Katrin Wegner

Falterspuren

Roman

DREIVIERTELHAUS

Für meine Großmutter
und jene, die im Kumerower See versanken,
als die Stille ihr letzter Ausweg war.

1

Lina Chavéz, 2015

Lina wollte fliegen, aber die Meister der Täuschung maskierten sich schon. Sie verwandelten sich in Vogelkot und welkes Laub und legten sich gut getarnt auf die Lauer.

Langsam erwachten mit dem Tag der Admiral und das Pfauenauge, der Zitronenfalter aber ließ auf sich warten. Dabei wollten sie ihm auflauern und ihn umzingeln. Sie wollten ihn überwältigen und ihn nötigen, sein Geheimnis zu verraten. Denn durch sein Blut floss ein Frostschutzmittel, das sie besitzen wollten, damit die Kälte ihnen nichts anhaben konnte.

Als sie ihn entdeckten, stürzte eine Fledermaus vom Himmel. Sie schnappte den Zitronenfalter und verschlang ihn mit Panzer und Flügeln. Brüllend schoss sie davon.

Lina fuhr aus dem Schlaf. Ihr Herz pochte, und die blonden Locken fielen ihr ins Gesicht. Es dauerte, bis sie verstand, dass nur ihr Telefon schrillte. Schlaftrunken taumelte sie durch den Flur, da verstummte es.

In der Küche schenkte sie sich ein Glas Wasser ein, als das Läuten erneut in den Schaltkreis der Angst eindrang. Wer rief sie nachts um drei an?

Lina hielt den Hörer weit von ihrem Ohr, als müsste sie sich schützen, doch am anderen Ende blieb es still. Sie wollte gerade auflegen, da flüsterte eine männliche Stimme: »Maria Chavéz ist tot.«

Mit einem Schlag wurde es kalt im Raum. Ein Zitronenfalter empfindet keine Kälte, weil der Körper den Gefrierpunkt seiner Flüssigkeiten herabsetzen kann. Als Mensch aber drohte sie gleich zu erfrieren.

Die Stimme des Mannes zitterte. »Du bist doch Lina Chavéz, Tochter von Maria Chavéz?«

In Linas Ohren begann es zu surren, so laut, dass sie befürchtete, er könnte es hören. Als Schmetterling hätte sie ihre Tarnung aufrechterhalten, egal, was geschah. Ihre Flügel hätten in Farben geleuchtet, die den Feind irritierten. Auch Lina konnte verwirren wie ein Falter, nun aber flog sie auf. Der Anrufer ließ keinen Widerspruch zu: »Natürlich bist du mit ihr verwandt! Und mit Ramon Chavéz!«

Glasflügler sahen Hornissen zum Verwechseln ähnlich und erschreckten ihren Feind. Tagpfauenaugen verunsicherten den Gegner mit ihren falschen Augen. Lina täuschte, wenn jemand nach ihrem Namen fragte. Der Name Chavéz fiel auf und brachte Menschen ins Spiel, mit denen sie nichts zu tun haben wollte. Deshalb schwieg sie jetzt lieber, aber der Mann ließ nicht locker: »Wenn du wüsstest, wo sich Ramon Chavéz versteckt, würdest du ihn dann treffen wollen?«

Sie wagte nicht mal den Kopf zu schütteln aus Furcht, er könnte es sehen.

Ihr Wissen über Ramon Chavéz stammte aus weniger als drei Schulstunden. Das war für sie immer der Beweis gewesen, wie unbedeutend und klein er war. Mozart, Beethoven und Bach nahmen das Zehnfache in Anspruch. Sie waren die Gekrönten des Curriculums.

Linas Musiklehrer hatte erzählt, dass Ramon Chavéz seit Jahrzehnten verschollen war, und bis heute war es niemandem gelungen, ihn aufzuspüren.

Der Mann am anderen Ende der Leitung wurde ungeduldig. Sie aber traute sich nicht mal zu atmen. Obwohl der Flur breit genug war, die Tür zum nächsten Zimmer offen, der Raum dahinter geräumig, fühlte sie sich eingeschlossen, auf nur einen Quadratmeter gedrängt, inmitten einer Kältekammer.

Dabei lief ihr Stoffwechsel auf Hochtouren. Gern hätte sie gezittert, damit die Bewegung ihrer Muskeln Wärme erzeugte und das weitere Abkühlen verhinderte, doch die Kälte brachte alles zum Stocken. Schon deshalb musste sie das Gespräch beenden und möglichst unbeteiligt wirken. Aber sie schaffte es nur mit Mühe.

»Ich kenne weder Maria noch Ramon Chavéz. Es tut mir leid, aber ich kann nichts für Sie tun!«

Während sie auflegte, schien es ihr, als hätte ihr Körper seine Energiereserven verbraucht, denn sie spürte die Kälte nicht mehr. Wie hatte das passieren können? Sie war seit vierundzwanzig Jahren auf der Welt, und nie zuvor hatte jemand darauf beharrt, sie mit den Chavéz in Beziehung zu setzen.

Schnell kroch Lina zurück in ihr Bett, zog die Decke eng an ihren Körper und hoffte, dass die Kälte verging. Unwillkürlich dachte sie an das Konzert zurück. Das war nun elf Jahre her, sie war gerade dreizehn geworden, und ihre Pflegeeltern meinten, es sei nun an der Zeit, sich mit ihrem Namen abzufinden. Deshalb hatten sie sie zu dem Konzert eingeladen. Aber davon ahnte sie nichts, als diese Cellistin die Bühne betrat und ihre Pflegemutter ihr zuflüsterte: »Das ist Maria Chavéz. Sie ist deine leibliche Mutter.«

Ihre leibliche Mutter? Der Schock saß tief, hatte sie doch längst beschlossen, die Existenz dieser Frau zu verleugnen. Wütend war sie, weil sie nicht Klinger hieß wie ihre Pflegeeltern. An jenem Abend aber wuchs der verhasste Name plötzlich über sie hinaus, erschlug sie beinahe mit der Lieblosigkeit einer Frau, die sie gleich nach der Geburt verstoßen hatte. Lina versank in dem federnden Sessel, bis sie das Gesicht ihrer fremden Mutter nicht mehr sehen musste und ihre Augen nur noch dem Bogen des Cellos folgten, der wie ein Florett hin- und herfegte.

Und sie schwor sich, dieser Frau mit dem hageren Gesicht nicht zu ähneln und ihr dünnes, aschbraunes Haar sofort zu färben, sollte sich im Alter herausstellen, dass sie es geerbt hatte. Nichts durfte Lina je an sie erinnern, keiner sollte die Verbindung ziehen, auch das Talent dieser Musikerin wollte sie keinesfalls besitzen. Seit jenem Tag lehnte Lina jedes Musikinstrument ab. Rhythmus und Klang verursachten ihr Schmerzen.

Entschlossen, die Dinge sofort zu regeln, schlich sie noch am Abend des Konzerts in der Pause in die Garderobe ihrer Mutter – und wurde enttäuscht. Ihre Mutter saß vor einem Spiegel und wirkte verspannt. Die Lippen waren zu dünnen Strichen gepresst, die Stirn in Falten gelegt. Wie alt mochte sie damals gewesen sein? So alt, wie Lina niemals werden wollte, und so verkrampft mochte sie keinen Moment lang sein, das stand für sie fest. Doch für einen kurzen Augenblick tat sie ihr leid, und Lina flüsterte: »Ich bin deine Tochter!«

Maria Chavéz drehte sich um, und ihre Miene verschob sich vor Staunen. Lina zählte innerlich bis drei, gab ihr eine letzte Chance, die Mutter zu werden, die sie in ihre Arme schloss und endlich erklärte, warum sie sie nicht hatte bei sich behalten können. Aber Maria hatte sich da bereits wie in Zeitlupe erhoben und ihre Arme vorgestreckt, halb begrüßend, halb abwehrend, als müsste sie erst überlegen, was man tat, wenn man seiner eigenen Tochter gegenüberstand.

Da schleuderte Lina ihr ins Gesicht: »Geben Sie mich zur Adoption frei!«, machte kehrt und rannte hinaus.

Hatte die Mutter verletzt gewirkt? Oder war Lina ihr wirklich vollkommen egal? Jedenfalls brauchten ihre wahren Eltern sie bald nicht mehr zu pflegen, sondern durften sie lieben wie ein eigenes Kind, das sie nicht hatten, aber vermissten. Denn nun würde diese Mutter sie wenigstens zur Adoption freigeben, und Lina könnte endlich diesen fremden Namen ablegen und Klinger heißen, zu guter Letzt dazugehören, zu dem Reihenhäuschen mit einem Garten, so schmal wie ein Handtuch, und zu Eltern, die einem ganz normalen Bürojob nachgingen.

Als Maria Chavéz nach der Pause erneut auf der Bühne erschien, verriet keine noch so kleine Geste, kein irritierter Blick, dass sie soeben zum ersten Mal ihrer leiblichen Tochter begegnet war. Der Applaus war schwach. Gern hätte Lina diesen Umstand schadenfroh genossen, aber sie fühlte sich nur elend.

Ihre Pflegemutter raunte ihr zu: »Und jetzt kommt eine Sonate von deinem Großvater, Ramon Chavéz.«

Lina ignorierte es, so gut sie konnte, dachte an gelbe Tomaten, die ihr besser schmeckten als die dunkelroten.

Dass sie im Leben dieser Leute mit dem fremden Namen keine Rolle spielen würde, war ihr eigentlich schon klar, seit sie Maria

Chavéz ihren ersten Brief geschrieben hatte. Damals war sie acht gewesen, kurz nachdem sie erfahren hatte, nicht im Bauch der Pflegemutter gewachsen zu sein. Sie hatte der leiblichen Mutter von ihrer Katze erzählt, dass sie selbst gern Fußball spielte und die Mutter trotz allem lieb hatte.

Maria Chavéz antwortete nicht.

Mit fünfzehn startete Lina einen letzten Versuch. Sie behauptete, ihr alles verzeihen zu können, wenn sie sich ihr endlich erklären würde, und bat darum, von den Pflegeeltern adoptiert werden zu dürfen. Und sie fragte nach ihrem Vater. In ihrer Geburtsurkunde stand an seiner Stelle nämlich »unbekannt«.

Hatte diese Frau den Mann vergessen, an den sich Lina so gern erinnern wollte? Ihn trug sie immer bei sich, den Erzeuger ohne Namen, als Andenken in einer Streichholzschachtel. Sie passte in jede Tasche, auch damals in dem schlecht besuchten Saal, tief vergraben in der Gesäßtasche ihrer Jeans. Liebevoll hatte sie die Box mit Blumen beklebt und mit Gedanken an ihren Vater gefüllt. Zwar blieben sie nur eine Hand voll Luft, aber in Watte gepackt, damit sich die Gedanken nicht stießen.

Maria Chavéz hüllte sich weiter in Schweigen und blieb ihr die Antwort für immer schuldig.

Nur wenige Tage nach dem nächtlichen Anruf erhielt Lina das Schreiben eines Notars, das sie zur Erbin erklärte. Gern hätte sie die Erbschaft ausgeschlagen und die Mutter für immer begraben, aber die Pflegeeltern rieten ihr davon ab. Sie witterten viel Geld und dachten an Tantiemen, weil Ramon Chavéz auf der ganzen Welt gespielt wurde. Nur ihnen zuliebe nahm Lina an, wollte aber das Erbe genauso schnell wieder loswerden und alles, was den Chavéz gehörte, verramschen.

Dennoch beschloss sie, einen Blick auf das zu werfen, was nun ihr gehörte, gerade lange genug, um vielleicht eine Spur ihres unbekannten Vaters zu finden. Und so fuhr sie eines Tages mit dem Bus zur Stadtgrenze, wanderte ein Stück durch den Grunewald und erreichte den Garten. Sie sah das Haus darin kaum, weil das Wildkraut, meterhoch gewachsen, die Sicht versperrte.

An diesem Ort hatte die Mutter also in den Sechziger-, Siebzigerjahren ihre Kindheit verbracht. Dann musste der Sturm das Grundstück an sich gerissen und die Zweige zu Boden gefegt haben. Doch zwischen eingeknickten Stämmen und gebrochenen Ästen blühte eine Pracht. Selten hatte Lina so viel Lavendel und Verbene auf einmal gesehen, Eisenkraut leuchtete neben Margeriten, und Lina bahnte sich den Weg durch das duftende Meer. Zwar kämpfte sie auch gegen die Brennnesseln, die sich vor ihr aufbäumten und sie garstig erwischten, sodass sie sich schon bald über die gerötete Haut rieb, aber trotzdem war sie froh über die penetranten Pflanzen, weil Schmetterlingsraupen sie mit dem größten Genuss fraßen.

Dieser Garten überlebte nach den goldenen Regeln, obwohl er sich selbst überlassen blieb, und verwandelte das Grundstück in ein Schmetterlingsparadies. Hier würde vom Frühjahr bis zum ersten Frost immer etwas blühen und die Insekten mit Nektar versorgen.

Dann lag es vor ihr, das Haus, von Efeu umschlungen wie ein von Algen bedecktes, versunkenes Schiff. Auch wenn sie nichts davon haben wollte, wuchs ihre Neugier auf diesen Ort. Bestimmt war ihr Vater hier Gast gewesen. Sicher spielte auch er kein Instrument und bekam Kopfschmerzen von klassischer Musik. Und mit Sicherheit war er auf Maria Chavéz hereingefallen, und sie hatte ihn dann eiskalt abserviert.

Seit Jahren käute Lina diese Gedanken wieder und wieder, dabei wollte sie sie doch endlich verdauen. Auch die Schachtel wollte sie nicht länger hüten wie damals mit vier, als sie dem Vater Zauberkraft verliehen und ihn mit ihren Träumen ins Kistchen gesperrt hatte.

Lina kramte den Schlüssel, den sie vom Notar erhalten hatte, aus dem Rucksack und schloss die Tür auf. Nichts deutete darauf hin, dass sich jemand hier aufhielt. Trotzdem rief sie vorsichtig »Hallo?« und hörte, wie ihre Stimme in Schichten von Staub erstickte.

Faserförmige Flocken überzogen die Kommoden wie ein Bergpanorama, und mit jedem Schritt hinterließ Lina Spuren auf dem geflochtenen Teppich, als wanderte sie durch Schnee.

Im ersten Raum war der Rollladen zur Hälfte herabgelassen, Licht schimmerte durch die Lamellen und legte sich in hellen Streifen über ein braun gepolstertes Bett, einen Schrank mit olivgrünem Schleiflack und über Tapeten mit zartem Blumenmuster. Das musste das Schlafzimmer des Großvaters gewesen sein.

Das Zimmer der Mutter hingegen wirkte verstrahlt, mit Wänden in grellem Lila, bunt gestreiften Loungesesseln und einer Stehlampe im Paisleymuster. Ihr Bett war noch bezogen mit Wäsche in rosa und weißen Karos.

Das Haus war ein Museum für Mode der Siebzigerjahre, die ihren Höhepunkt im Bad fand: Von den Kacheln bis zum Duschvorleger war alles in ein kräftiges Curry getaucht.

Eigentlich, so hatte es ihr der Notar erklärt, gehörte das Haus ihrem Großvater. Aber nach vierzig Jahren, die er verschollen war und in denen er kein Lebenszeichen von sich gegeben hatte, konnte ihn Lina ohne großes Verfahren für tot erklären lassen. Obschon diese Idee von ihren Pflegeeltern stammte, war Lina der

Vollzug nicht schwergefallen, weil Ramon Chavéz wahrscheinlich ohnehin längst verstorben war. Und selbst wenn er noch irgendwo atmen sollte, musste er die ewige Ruhe, in die sie ihn schickte, wie einen Gnadenstoß empfinden. Warum sonst hatte er sich der Welt entzogen?

Im Wohnzimmer ließ sich das stramm gezogene Rolloband kaum nach oben hieven. Als es sich endlich bewegte, legten sich die Holzlamellen knarzend aufeinander, bis der Tag schwach hereinschimmerte. Durch die von Fliegenkot und Schmutz blinden Glasscheiben drang wenig Licht.

Lina sah den Garten leicht verschwommen, aber entdeckte sofort einen Kohlweißling, der auf einer Sonnenbraut saß, bemerkte ein Tagpfauenauge, das von einer Goldrute zur Silberkerze flatterte, und einen Trauermantel, der vom Nektar der Fetthenne naschte.

Das behauptete Ableben ihres Großvaters machte sie froh, sein amtlich verordneter Tod beruhigte sie. Zwei Tote waren besser als die eine tote Mutter. Ein lediglich Verschollener konnte sich jederzeit in ihren Tagesplan schleichen und für alles kämpfen, was er seit Jahren nicht mehr verteidigt hatte. Und womöglich erhöbe er Anspruch auf das, was sie jetzt berührte. Denn sie war das entsorgte Kind, das er nicht an seine Sachen lassen wollte. Jetzt musste er sich ihrem Willen fügen.

Mitten im Raum stand ein schwarzer Flügel, und auf seinem Holz stapelten sich Notenblätter. Lina klappte den Klavierdeckel auf und hämmerte über die Tasten. Manche Töne klirrten, andere verloren sich im Hall, die meisten schepperten wie metallene Sprungfedern. Es gab keinen Zweifel, dass der Resonanzboden gerissen war, trotzdem hätte sie ihre Diagnose öffentlich nie zugegeben, handelte es sich doch um unnötiges Wissen, mit dem sich nur die Chavéz befassten, sie hingegen hatte damit nichts zu tun. Lieber strich sie über Bücherreihen und fand zu ihrer Überraschung gleich drei Standardwerke über Schmetterlinge. Der Großvater! Natürlich hätte sie darauf kommen können, dass er Schmetterlinge liebte. Schließlich war er noch besser als sie im Tarnen und Täuschen: Er war bis heute nicht aufgeflogen. Lina zog die *Enzyklopädie der Schmetterlinge* heraus und entdeckte ein Lesezeichen ausgerechnet zwischen zwei Seiten, die sich dem Trauerspanner widmeten. Das rührte sie, denn es schien ihr spontan, als könnte es für Ramon keine bessere Wahl als diesen Falter geben. Auch er stellte sich tot, wenn Gefahr drohte. Gewiss hatte ihr Großvater sich ihn zum Vorbild genommen, und nach dieser Entdeckung rechnete Lina nun erst recht nicht mehr mit ihm.

Mit einem Male war ihr so feierlich zumute, dass sie im Haus umherstolzierte wie eine Schlossherrin. Schwungvoll zog sie die Leinentücher von den Möbeln, legte Sofa und Sessel frei, strich über mehrere Plattenspieler und viele Schallplatten. In jeder Ecke thronte ein Lautsprecher, selbst in der Küche verbargen sich Boxen in den Einbauschränken, als wollte man alles mit Musik fluten, damit es in keinem Raum still bliebe.

Lina rieb ein Glas an ihrem T-Shirt blank und hielt es unter das matt angelaufene Messing. Aus dem Wasserhahn gurgelte es, und ein paar braune Tropfen platschten heraus. Im nächsten Moment aber versiegte die rostige Quelle, kein Laut drang mehr aus dem Rohr. Nun schien es ihr hier sogar stiller zu sein als in ihrer eigenen Wohnung, die sie gerade allein bewohnte, weil ihre Mitbewohnerin im Ausland weilte.

Seit dem nächtlichen Anruf war es ihr, als hätten die Menschen sich von ihr zurückgezogen. Keiner rief mehr an, niemand besuchte sie, als hätte der unbekannte Mann die Verbindung gekappt. Genauso wenig, wie die Öffentlichkeit wusste, wer Ramon Chavéz für tot erklärt hatte, ja, dass es überhaupt eine leibliche Verwandte und Erbin gab, wusste sie, wem jene nächtliche Stimme gehörte. So blieb sie eine Unbekannte, der die Bewunderer nicht verziehen, weil sie Ramon ins Grab gestoßen und damit ihre letzte Hoffnung begraben hatte, ihn noch einmal zu sehen. Nie hätte Lina gedacht, dass seine Fangemeinde noch immer so groß war und so lautstark um ihn trauern würde.

Im Zimmer ihrer Mutter wühlte Lina in den Schränken und entdeckte, in einer Ecke verborgen, lauter kleine Schreibhefte, gefüllt mit Erlebnissen und Eindrücken aus ihrem Leben. Ein unverhoffter Schatz, der sie sofort gefangen nahm. Bestimmt war darin ein Hinweis auf ihren Vater zu finden, sein Name, vielleicht sogar mehr. Eigentlich wollte sie den ersten Eintrag nur überfliegen, dann aber las sie sich fest.

Liebes Tagebuch,
heute war ich mit meinen Eltern im Kino. Ich wollte »Dynamit mit Seide« sehen. Papa kaufte mir Popcorn. Ich wollte Cola trinken, aber Mama erlaubte es nicht.
Der Film war toll. Meine Eltern sahen nicht hin. Sie haben sich nur gestritten.
Jerry Cotton jagte hinter den Ganoven her. Er konnte sie nicht fangen. Es gab so viele Fallen. Keine hat er gesehen. Er fiel dauernd herein. Ich hatte Angst um ihn. Deshalb hielt ich mir oft die Augen zu. Und einmal habe ich mich so erschrocken, dass ich mein Popcorn umgeworfen habe. Mama und Papa hätten geschimpft. Sie haben nichts gesehen.

Am Ende wurde alles gut. Jerry Cotton konnte sich befreien. Die böse Frau hatte nichts zu lachen. Sie wurde festgenommen. Ich habe mich so sehr darüber gefreut, dass ich in die Hände geklatscht habe. Ich habe sogar laut gelacht.
Aber da waren meine Eltern nicht mehr da. Ihre Plätze waren leer.
Ich bin aufgestanden und aus dem Kino gerannt. Mama und Papa schrien sich vor dem Marmorhaus an. Mama schlug Papa ins Gesicht. Dann sahen sie mich. Papa rief mir zu: »Wir gehen sofort nach Hause.«
Sie liefen los und waren so schnell, dass ich kaum hinterherkam.
Da war die Gedächtniskirche. Es ging den Ku'damm entlang. Mama und Papa schauten sich nicht um.
Dabei konnte ich sie nicht einholen. Immer stand jemand im Weg.
Am Kranzler-Eck bin ich mit zwei Kindern zusammengestoßen. Sie haben Eis gegessen. Das Eis schmolz bereits. Es kleckerte überallhin. Ihre Eltern schimpften mit ihnen. Ihre Mutter spuckte auf ein Taschentuch und wischte die Gesichter der Kinder ab. Das war eklig. Fast hätte ich gespuckt.
Ein Auto hielt an, und ein Mann sprang heraus. Er lief auf Mama zu und hat sie geküsst. Mitten auf den Mund. Da ist sie einfach in sein Auto gestiegen, und er ist mit ihr weggefahren.
Papa hat meine Hand fest umklammert. Das tat weh, aber ich habe nichts gesagt und er auch nicht.
Wir sind den ganzen Weg zu Fuß nach Hause gegangen. Papa hat die ganze Zeit geschwiegen.
Als wir ankamen, war Mama schon da. Sie hat Cello geübt. Wenn sie spielt, darf sie keiner stören.

Heute war ein doofer Tag.
Deine Maria

Kurz blätterte Lina auch durch die anderen Hefte. Das letzte endete im August 1990 mit einem Eintrag aus Magallanes in Chile. Sie würde sich viel Zeit nehmen, um in den eng beschriebenen Seiten nach ihrem Vater zu suchen. Vorerst aber verstaute sie die Hefte in ihrem Rucksack, kippte das Fenster zum Garten und lauschte dem Rascheln der Blätter, das sich mit dem Gezwitscher der Vögel mischte und über die Stille des Hauses legte. In der Ferne rauschte der Verkehr.

In all den Jahren war dieses Haus vor der Öffentlichkeit verborgen geblieben, denn Ramon schirmte sich ab. Er hielt sein Waldhaus geheim, und es blieb auch nur sein Wochenendhaus. Unter der Woche lebte er mit seiner Tochter in einer Stadtwohnung, in der Maria auch nach seinem Verschwinden noch lange blieb. Erst als sie Geld brauchte, verkaufte sie das Apartment und bezog eine Mietwohnung. Warum sie das Haus im Wald ignoriert und lieber zur Miete gewohnt hatte, konnte der Notar nicht erklären. Vielleicht war sie ihren Erinnerungen aus dem Weg gegangen oder hatte es im Wald zu einsam gefunden. Nun war es Linas Pflicht, die Mietwohnung der Mutter zu kündigen und auszuräumen. Noch aber spielte sie auf Zeit, weil sie eine Horde Journalisten vermutete, die den Ort belagerte und nur darauf lauerte, sie zu überführen. Auch sie selbst brauchte noch Zeit. Denn in den Alltag einer Fremden einzudringen, konnte Spuren hinterlassen, wie der schwersüßliche Geruch des Todes, der sich in der Nase festsetzte und nicht mehr wich.

Lina stieg eine winkelstufige Betontreppe nach oben. Die Tür zum Dachboden stand offen und gab den Blick auf einen Saal frei, sicher gut hundert Quadratmeter groß. Die Fläche war wie leergefegt, und Lina schritt über knarrende Dielen bis zur Fensterluke. Von hier oben betrachtet schimmerte der Garten wie ein Mosaik aus bunten Farben, und sie entdeckte einen Zitronenfalter, der auf dem Dachgiebel ruhte. Wie viel farbenprächtiger musste die Welt für diesen Falter sein? Und noch während sie darüber nachdachte, wie riesig sein Farbspektrum war, weil er über Hunderte lichtempfindliche Sinneszellen verfügte, unterbrach ein Summen ihre Gedanken, und auf dem Display ihres Handys leuchtete eine Nummer mit französischer Vorwahl. Lina zögerte nur kurz, dann nahm sie das Gespräch an. Sie erkannte den nächtlichen Anrufer sofort.

»Lina, bist du es?«

Lina antwortete nicht. Sie wartete darauf, dass die Temperatur sank. Als nichts dergleichen geschah, fragte sie streng: »Okay, wer sind Sie? Und was wollen Sie schon wieder von mir?«

»Komm sofort nach Paris. Du musst deine Sachen abholen.«

Schmetterlinge verteidigen sich, indem sie geschickt ausweichen und davonfliegen. Auch Linas erster Impuls war, Haken zu schlagen, um dem Leben der Chavéz zu entkommen. Sie war flink, wäre durchaus in der Lage, spurlos zu verschwinden, damit der Mann sie nie wieder fände. Aber ihr Abwehrsystem war gestört, seitdem er sie zum ersten Mal angerufen hatte. Sie musste sich nun anders wehren. Also sagte sie: »Sie verwechseln mich. Ich bin nicht die, die Sie suchen. Rufen Sie mich nie wieder an!«

Der Mann lachte trocken. »Bist du dir wirklich sicher? Du wurdest am 6. Mai 1991 in Berlin geboren, als Tochter von Maria und Enkelin von Ramon Chavéz. Interessiert dich deine Familie denn gar nicht?«

Spätestens jetzt hätte der Polarstrom durch ihre Blutbahnen stürmen müssen, denn wenn sie aufflog, wurde ihr immer kalt. Aber sie fröstelte nicht mal.

»Sind Sie mein Vater?«, fragte sie.

Er antwortete ausweichend: »Dir bleibt nur noch wenig Zeit, um mich zu treffen.«

Bestimmt hörte er sie atmen, aufgeregt und schwer. Erst nach einer halben Ewigkeit fuhr er fort: »Halt dich an die Besuchszeiten! Bis 22 Uhr kannst du kommen.«

Er nannte ihr die Adresse einer psychiatrischen Klinik in der Nähe von Paris, dann legte er auf.

Lina konnte es nicht fassen. Wie war es ihr vierundzwanzig Jahre lang gelungen, kaum aufzufallen, und plötzlich war sie anscheinend für jedermann jederzeit aufspürbar? Dabei hatte sie sich doch einem Nachtfalter gleich ihrer Umgebung angepasst, war, wie durch das Muster im Flügel, mit jedem Ort verschmolzen. Sie ging im Hintergrund auf, kleidete sich sogar in dessen Farben. Und wenn es ihrer Sicherheit diente, ahmte sie auch den Stil mancher Menschen nach. Jetzt aber stand sie wie bloßgestellt da.

In einer halben Stunde begann ihre Insekten-Vorlesung. Sollte sie die geliebte Stunde schwänzen und zum Bahnhof fahren, um in den nächsten Zug nach Paris zu steigen?

Ziellos wanderte sie durch das Haus. Nicht im Traum hätte sie daran gedacht, dass ihr Vater ein Franzose sein könnte, in Paris lebte und seine Enttäuschung so groß war, dass Maria erst sterben musste, bevor er sich seiner Tochter stellte. Und war es nicht auch die Pflicht eines Vaters, seine Tochter über den Tod ihrer Mutter zu informieren?

Nachdem sie die Haustür dreimal verschlossen hatte und sich den Weg zurück zur Pforte bahnte, sah sie einen Mann in ihrem Garten stehen, der offenbar den Flug eines Admirals verfolgte. Sein Kopf bewegte sich mit den Schneisen des Falters, bis der Admiral auf einem Sumpfstorchschnabel landete. Der Mann mochte um die fünfzig sein, in seinem Haar glitzerten bereits graue Strähnen. Lina beschloss, dass keine Gefahr von ihm ausging, immerhin schien er sich für Schmetterlinge und verwilderte Areale zu interessieren. Schon als Kind hatte Lina davon geträumt, für Insektenliebhaber aller Altersklassen einen Schmetterlingspark zu errichten, und hier bot sich das ja geradezu an. Sollte sie den Mann darauf hinweisen, dass er in einem privaten Garten stand, oder unbemerkt davonschleichen?

Lina entschied sich für Letzteres, doch als sie sich auf der Straße noch einmal umdrehte, sah der Mann sie direkt an. Nun winkte er ihr auch noch zu, und sie hörte ihn rufen: »Wie kommen Sie an diesen schönen Garten?«

Dann ging er auf sie zu. Als hätte sie feindliche Pheromone gerochen, verlor er seine Harmlosigkeit sofort. Auch männliche Nachtfalter rochen das Pheromon ihres Feindes mit ihren Antennen, noch bevor sie ihn sahen. Wie sehr hatte Lina sie immer um ihre Geruchswelten beneidet.

Der Mann kam näher, und tatsächlich nahm sie plötzlich ein harziges Aroma wahr. Es schreckte sie ab. Sie flüchtete über die Straße, den Waldrand hinunter, zur Bushaltestelle. Wenn der Bus pünktlich käme, würde sie in einer halben Stunde die U-Bahn erreichen, fünfundvierzig Minuten später den Hauptbahnhof – und gegen zwölf könnte sie schon in einem Zug nach Paris sitzen.

Damit war ihre Entscheidung gefällt: In acht Stunden würde sie Paris erreichen und noch heute erfahren, wer dieses Spiel mit ihr trieb.

Kurz darauf kam auch schon der Bus, und Lina stieg ein. Der Mann war jetzt nur noch wenige Meter entfernt und ruderte mit den Armen, aber der Fahrer bemerkte ihn nicht. Er schloss die Türen und fuhr an. Da winkte der Mann ihr noch einmal zu und rief etwas, das sie nicht verstand, einen Namen vielleicht. Kre-well, so klang es, aber das sagte ihr nichts. Dann verschwand er aus ihrem Blickfeld, und Lina atmete auf.

2 Maria Chavéz, 1990

Dieses Heft hat Eselsohren. In die erste Zeile schrieb ich vor dreizehn Jahren. Da hatte mein Vater mich gerade verlassen, und ich hörte auf, weitere Seiten zu füllen. Damals war ich siebzehn und sehr verliebt. Das Einzige, was mich interessierte, war, wann mich Robert Crewell endlich auch lieben würde.

Crewell galt in unserer Schule als hochbegabt. Er übersah mich, dabei konnte ich alle Suiten von Bach spielen. Aber mit meinem Cello wusste er nichts anzufangen.

Jetzt bin ich dreißig, schlage das Heft wieder auf und schreibe einfach weiter. Ich liebte Crewell schon, als der Kunstlehrer uns eine Aufgabe stellte. Wir sollten ein Bild über das Glück malen. Ich zeichnete eine Familie mit Hund, Crewell gab, statt des Gemäldes, einen Spiegel ab. »Glück ist, sich ein Leben lang ungetrübt in die Augen zu schauen«, war sein Kommentar dazu.

In diesem Moment begann ich auf ihn zu warten.

Aber es sollten noch weitere vier Jahre vergehen, bis er mich wahrnahm. Ich spielte Britten auf einem Schulfest.

Er behauptete: »Klassische Musik ist ein Irrtum.«

Und obwohl ich dadurch erkannte, dass sein genialer Ruf nur ein Bluff war, konnte ich ihn trotzdem nicht vergessen. Ich versuchte es und konzentrierte mich nur noch auf mein Cello. Denn ich mochte, wenn es unter meiner Hand vibrierte. Nichts lebte leidenschaftlicher als sein nussbraunes Holz.

Als er sich nicht mehr von mir beachtet fühlte, kam er täglich zu mir und hörte mir beim Üben zu. Dann blieb er bis zum Abendessen und unterhielt sich mit meinem Vater über ferne Länder. Ein Paar wurden wir aber erst, als mein Vater verschwand.

Damals hockte ich auf einem Baum und beobachtete, wie Crewell durch das Kornfeld streifte. Eigentlich konnte er mich gar nicht sehen, dennoch fragte er in meine Richtung: »Hast du jemals von William Blake gehört? Oder von Meister Eckhart?«

Dann trat er näher. Mir war, als wechselte die Erde in Sekunden ihre Gestalt, ihre Farben und Töne. Und sein Lächeln hatte nie so hell geleuchtet.

»Ich werde niemals das Meer sehen«, sagte er bedauernd.

Ich kannte den Text. Er gehörte ihm nicht. Deshalb antwortete ich mit einer weiteren Liedzeile: »Suchst du die Fuchsbauten, die noch nicht bewohnt sind?«

Und er kletterte zu mir hinauf und küsste mich.

Später stiegen wir auf den Dachboden, den ich seit siebzehn Jahren nicht hatte betreten dürfen. Mein Vater war am Morgen gegangen, und ich ahnte, dass er nicht mehr zurückkommen würde. So gab es keinen, der uns davon abhielt.

Der Dachboden umfasste 100 Quadratmeter, ein Drittel voller Kisten, der Rest war leer und staubig.

»Was öffnen wir zuerst?« Crewell bahnte sich den Weg an Kartons und Boxen vorbei, bis er die letzte Reihe erreichte und eine Truhe anhob. »Wie wäre es damit?«

Ich folgte ihm langsam, blieb immer wieder stehen und pustete den Staub von den Kisten. Seine Truhe aber glänzte, als hätte jemand sie erst vor Kurzem poliert. Ich hob ihren Deckel und zog Zeichnungen und Fotos meiner Mutter heraus. Ich hatte sie nie zuvor gesehen.

Crewell entdeckte ihre Handtasche. Sie lag auf dem Grund und war verschlossen. Er hielt sie dicht an sein Ohr und schüttelte sie.

»Das klingt nach mehr als nur einem Schlüsselbund, einem Lippenstift und einem Portemonnaie!«

Am liebsten wollte er sie sofort öffnen, aber ich erlaubte es ihm nicht. Lieber sah ich ihre Zeichnungen durch. Auf der ersten irrte ein Mann durch ein Labyrinth mit aufgespießten Herzen. Als ich das Blatt wendete, erkannte ich ihre Handschrift und den Titel: ›Schuberts Winterreise, das ausweglose Wandern eines Umhergetriebenen, seiner verlorenen Liebe nachtrauernd.‹

Zu jedem Musikstück hatte sie ein Bild angefertigt, und obwohl ihre Zeichnungen kitschig waren, gaben sie mir einen Halt. Denn mein Vater hatte ihre Spuren verwischt und sie, wie sich an jenem Tag auf dem Dachboden zeigte, in Kisten verbannt. Mit jedem Titel jedoch kamen Erinnerungen zurück.

Crewell kannte kein einziges Stück. Trotzdem spielte er zunächst mit und zog eine Zeichnung nach der anderen aus dem Stapel. Mit einem Sturmgemälde beendete er unser Spiel. »Das ist langweilig und bringt uns kein Stück weiter!«

Aber ich war anderer Meinung. Mich machte die plötzliche Nähe zu meiner Mutter glücklich, und ich nahm ihm die Zeichnung ab. Sie zeigte zwei synchron tanzende Hände auf einem Friedhof, und über den Grabsteinen wirbelten Blätter auf. Wieder durchschaute ich ihre Darstellung sofort: »Das ist der Trauermarsch von Chopin. Im Finale schwatzen die Hände unisono, und über den Gräbern saust der Wind.«

Am liebsten hätte ich den ganzen Abend weitergespielt und mit meiner Mutter um die Wette geraten, denn irgendwie fühlte ich mich von ihr geborgen.

Aber Crewell nahm mir die Zeichnung aus der Hand. »Es gibt Spannenderes als das!« Erneut hielt er ihre Handtasche empor. Also erlaubte ich ihm endlich, die Tasche aufzubrechen.

Neben Lippenstiften, einer Cremedose und ihrem Reisepass fanden wir die Schlüssel meines Vaters. Und wir fanden diesen Brief. Er war an Ramon Chavéz gerichtet, der Absender hieß Karl Krause, er wohnte in einem Dorf in der Mecklenburgischen Schweiz, DDR. Ich hatte diesen Namen noch nie zuvor gehört und mich erstaunte, dass meinen Vater das Schreiben kurz vor seinem Verschwinden erreicht hatte. Was machten seine Schlüssel und dieser Brief in *ihrer* Tasche?

Ich wollte das Geheimnis lüften, sobald ich alleine war, und stopfte den Brief in meine Jeans. Dort vergaß ich ihn für eine Weile, denn Crewell umarmte mich so heftig, dass er sich noch am Abend in mir verlor. Drei Jahre später warf er mir vor, sich in mir verirrt zu haben.

Heute wohne ich mitten in der Stadt. Und jeden Montag komme ich wieder, für den Fall, dass mein Vater zurückgekehrt ist. Dann leere ich seinen Briefkasten und hoffe auf ein Zeichen von ihm. Seit dreizehn Jahren vermute ich, dass er noch lebt und sich nur vor der Welt versteckt.

Und während ich zum ersten Mal seit Langem wieder in dieses Heft schreibe, pikse ich mit einem Stift in die letzten Seiten und schlage Löcher in das weiße Papier. Sie sehen aus wie Einschusslöcher.

Schon bald umschlingt meine Faust den Stift, als wollte sie ihn würgen. Und ich steche zu. Ich malträtiere das Heft mit meinem Zorn, denn mein Vater quält mich mit seinem Schweigen.

Mit siebzehn glaubte ich, sein Verschwinden brächte mir die Unabhängigkeit. Aber damit lag ich falsch. Denn seine Macht besteht fort. Sie beherrscht mich und wacht über das, was ich denke, was ich fühle.

Damals wehrte ich mich dagegen und behauptete vor meinen Freunden: »Mein Vater ist tot.« Weil ich Gewissheit brauchte. Mit seinem Tod würde ich irgendwann leben können, mit seinem Verschwinden aber kam ich nicht klar.

Das ist der Grund, weshalb ich das Haus am Wald meide. Ich bin nur noch selten dort und wenn, dann schleiche ich durch stille Räume. Bei meinem Vater war es niemals still gewesen. Ständig spielte die Musik, denn mein Vater zog sich die Töne wie Heroin durch die Venen.

Als Kind konnte ich wegen der Musik oft nicht schlafen. Nun war er weg, und ich vermisste die Rhythmen im Haus.

Inzwischen bin ich dreißig und betrachte mein Cello als sein Abbild. Ich nehme seinen Hals und drücke zu. Ich nehme seinen Körper und schüttle ihn, greife hinein, boxe in seine Innereien und zerkratze seine hölzerne Haut. Am Ende verpasse ich ihm einen kräftigen Tritt.

Doch am heutigen Tag, als ich wieder mal nach seiner Post sah, veränderte sich alles: Nach dreizehn langen Jahren lag plötzlich ein Brief im Kasten. Ich öffnete ihn, zog ein Foto aus dem Umschlag und erkannte meinen Vater sofort. Er stand gegen einen Felsen gelehnt, war grau geworden, aber noch immer trug er seine karierte Schiebermütze. Auf einem Zettel stand eine Adresse in Chile, und der Brief war in Druckschrift verfasst:

Sehr geehrte Maria Chavéz,
ich bin nach Magallanes gereist, um in die raueste Region der Welt vorzudringen. Das von Stürmen gepeitschte Land steht niemals still. Es ist immer in Aufruhr, prasselnd, fegend und rauschend.
Ihren Vater entdeckte ich bei einem Spaziergang und zückte meine Kamera. Ich schoss dieses Bild, von ihm unbemerkt.
Als ich ihn ansprach, bestritt er, Ramon Chavéz zu sein, aber wirkte ertappt. Deshalb ließ ich ihn in dem Glauben, mich geirrt zu haben. Daraufhin schöpfte er Vertrauen und sagte, er sei schon vor Jahrzehnten ausgewandert. Magallanes sei das Land seiner Hoffnung gewesen, denn hier sei es immer laut. Nun aber habe er seinen Trugschluss erkannt. Selbst der ohrenbetäubendste Ort reiche nicht aus, um ihn zu heilen. Er habe nicht mehr lange zu leben und müsse dringend seine Tochter sprechen. So hielt ich es für richtig, Sie zu informieren. Auf dem Zettel steht die Adresse, wo Sie ihn finden.
Hochachtungsvoll, ein Freund Ihrer Familie.

Wie lang hatte ich auf ein Zeichen gewartet – nun war es da.

Doch bevor ich nach Chile aufbrach, wollte ich Crewell einweihen, denn er war der einzige Mensch, dem ich noch vertraute. Obwohl er keine Beziehung mehr wollte, rief er mich immer wieder an und verabredete sich mit mir, meist nur für eine Nacht und dann, wenn er Liebeskummer hatte.

Wenn ich ihn nun lockte, das Geheimnis aufzudecken, brachte es mich ins Spiel. Es wurde unser Spiel, da er sich meinen Vater nicht würde entgehen lassen.

Crewell arbeitet heute für eine große Zeitung. Er ist ein ehrgeiziger Mann geworden. Die Aussicht auf Ruhm konnte mich attraktiv für ihn machen.

Also rief ich seine Kollegin an. Sie verriet mir, dass er auf Usedom weilte, im Urlaub, allein.

Ich traf ihn auf der Strandpromenade. Er war erstaunt, mich zu sehen, aber schickte mich nicht fort. Stattdessen tat er entrüstet: »Maria, wann hörst du endlich auf, mir nachzurennen!«, und fügte augenzwinkernd hinzu: »Na gut, nur für die eine Nacht!«

Fahre ich in den Urlaub, bevorzuge ich das Gebirge. Ich hasse das Meer. Der salzige Geruch, durchmischt von Fisch und Algen, ekelt mich an. Dabei sind die Nächte im August lauwarm und wären perfekt für eine Liebesnacht im Freien, wenn ich die See nicht so verabscheute.

Ich legte mich neben ihn in den Sand und sah ihn an. Warmes Licht machte sein Gesicht ganz weich und die dunkelblonden Locken umschmeichelten seine Züge. Ich musste mich beherrschen, ihn nicht unentwegt anzustarren. Gleichzeitig rebellierte meine Magensäure.

Vielleicht war es meiner Übelkeit geschuldet, dass ich mich plötzlich schwanger fühlte. Ich stellte mir vor, wie unsere Kinder sein würden. Erbten sie seine Züge, wären sie ebenfalls schön. Ich sagte: »Es gibt einiges, was du wissen solltest. Es betrifft meinen Vater.«

Und ich verriet ihm, dass ich einem Geheimnis auf die Schliche gekommen war, das ich nur ihm anvertrauen würde, und erwähnte zunächst nur meine Mutter.

Tatsächlich wollte er mehr von mir wissen. Ich holte ganz weit aus: »Mein Vater hat das Cello immer geliebt, auch schon, als er sie zum ersten Mal traf. Da waren beide gerade zwanzig geworden. Tag für Tag stahl er sich in den Titania-Palast, um ihren Proben zu lauschen! Aber sie wollte erst lange nichts von ihm wissen.«

Crewell lachte auf. Er berührte mich zum ersten Mal seit meiner Ankunft und stupste mich immer wieder an, wie um mich zu necken. Dabei sagte er: »Das ist wohl ein Muster in deiner Familie: zu nerven, bis der andere endlich nachgibt.«

Er hatte recht. Ich konnte nichts dagegen tun. Crewell zog mich an, als umgäbe ihn ein magnetisches Feld, das mich vor Sonnenwinden und kosmischer Strahlung schützte. Es gab mich einfach nicht frei. Doch warum kam auch er immer wieder zu mir zurück? Brauchte er mich doch?

Ich fragte ihn nicht, sondern war einfach froh, dass er noch immer neben mir saß, auch wenn er ungeduldig wurde und mit einer kreisenden Geste signalisierte, ich solle mich auf das Wesentliche beschränken. Doch obgleich er sich beschwerte, witterte er eine gute Geschichte, die er sich nicht entgehen lassen wollte. Also holte ich erst recht weit aus.

»Mein Vater war, bevor er berühmt wurde, arm, nachlässig gekleidet und spindeldürr. Als er meine Mutter und andere Ensemblemitglieder in ein Lokal verfolgte, wurde er Zeuge eines Streits. Der Dirigent ereiferte sich über die Jupiter-Sinfonie, und er pfiff Motive daraus, übertönte jeden, der sich gegen ihn stellte. Aber mein Vater war ein wandelndes Musiklexikon. Er hatte jeden Ton vor Augen. Und damals in dem Lokal mischte er sich ein. Dabei fiel er auf, ein ungepflegter Mann, der es wagte, zu widersprechen. Doch mein Vater bemerkte nicht, wenn ihn jemand ablehnte. Er ruhte in der Musik, sie war sein goldenes Schloss. Und sie schirmte ihn ab. Deshalb stand er auf und hielt eine Rede: ›Mein Herr, Sie irren sich! Mit dem vierten Satz besteigen Sie den Olymp der Kunst! Die Krönung findet gleich fünffach statt. Fünf musikalische Gedanken lassen sich gleichzeitig feiern und haben neben klassischen Gästen auch barocke Besucher geladen. Was für ein rauschendes Fest vereint die Fuge mit der Sonate und lässt alle Themen gleichzeitig erklingen. Wie ein Wetterleuchten blendet das Licht in einem strahlenden C-Dur-Glanz und verleiht Macht, Würde und erfindet sich immer wieder neu.‹

Der Dirigent machte sich über ihn lustig: ›Auf den unbekannten Musikkritiker!‹

Mein Vater blieb ungerührt: ›Ich bin Komponist.‹

Seine eigenen Versionen, wann er mit der Tonsetzerei begonnen hatte, gingen weit auseinander. Mal behauptete er, nach einem zersplitterten Arm, noch während er im Krankenhaus lag, dann wieder, seine Anfänge lägen im späten Jugendalter. Im Lokal witterte er seine Chance. Er zog ein weißes Blatt Papier aus seiner Tasche und füllte es mit den ersten Takten seines Streichquartetts. ›Sehen Sie hier, die Geigen …‹ Und er sang ihren Part. ›Vielleicht erscheint es Ihnen zunächst wie das Motiv des Sterbens aus Schuberts *Tod und das Mädchen*.‹ Dann hämmerte er den Rhythmus. ›Der ergreifendste Augenblick und gleichzeitig auch die eigentliche Schlüsselstelle des Liedes ist für mich, wenn das Mädchen fleht: *Und rühr mich nicht an*, dann nämlich erklingt das rhythmische Motiv Halbe, zwei Viertel, und der Tod rührt sie an, in eben diesem Moment. Aber glauben Sie mir, es ist die elementare Kraft dieses motivischen Urgedankens und verändert sich bei mir schließlich. Bei mir wird die Kraft zum Dreiklang aufgefüllt.‹«

Crewell unterbrach meine lange Rede. »Erzählst du mir nur irgendwas, oder führt das auch mal irgendwohin?«

Ich nickte eifrig. »Das wirst du noch sehen.«

Dabei beobachtete ich zufrieden, dass er zwar die Augen verdrehte, aber sich geschlagen gab, weil er womöglich mit einer Sensation belohnt wurde, wenn er sich auf meine Spielregeln einließ.

Ich fuhr fort: »Eigentlich wollte mein Vater mit seinen Kompositionen nur meine Mutter beeindrucken, doch sie verließ schnell das Lokal. Da brach mein Vater ab. Der Dirigent aber lud ihn schon am nächsten Tag zu sich ein. Das war sein Durchbruch. Noch im selben Jahr wurden drei seiner Werke uraufgeführt, und es folgten weitere in regelmäßigen Abständen: jedes Jahr drei, und immer im selben Zeitraum. Bis heute wird mein Vater über die Grenzen hinaus gefeiert. Meiner Mutter imponierte das erst, als er ihr ein Dutzend Cellokonzerte widmete. Acht Monate später heirateten sie, dann wurde ich geboren.«

Crewell hatte genug und stand jetzt auf. »Du bluffst. Du erzählst mir nichts, was groß von Bedeutung wäre.«

Er nahm einen Stein vom Boden und warf ihn ins Meer. Dann sammelte er eine Handvoll Steinchen und ließ sie über die ruhige Fläche des Wassers schnellen. Ich betrachtete seinen Körper, hatte ihn nie so muskulös gesehen; genoss, wie er sich vorbeugte, zum Wurf ausholte und sich freute, weil sie die Wasseroberfläche in flachen Bögen trafen. Und ich stellte mir vor, ich würde noch heute mit ihm schlafen.

Crewell nahm seinen Rucksack, setzte sich in Bewegung und wanderte am Strand entlang. Ich hatte Mühe, ihm zu folgen. Dabei dachte ich an meine Eltern, die niemals glücklich waren. Schon als Kind hatte ich die Verachtung meiner Mutter gespürt. Sie war die Einzige weltweit, die Ramon Chavéz nicht verehrte, ihn sogar erniedrigte, wann immer sie konnte.

Mich ertrug sie, nachdem ich fünf geworden war und sie mir die ersten Cellostunden geben konnte. Genügte ich ihren

Ansprüchen, erfüllte sie mir jeden Wunsch. Schwankte meine Intonation, strafte sie mich mit Liebesentzug. Kurz nach meinem zwölften Geburtstag starb sie an Krebs. Nun holte mein Vater die besten Cellisten ins Haus, und sie unterrichteten mich weniger streng. Aber mein Vater herrschte über mein Üben, und dem Diktator genügte ich nie. Ich sollte unabhängig vom Urteil anderer werden, weil nur sein eigenes zählte.

Der frühe Tod meiner Mutter löste weltweit Bestürzung aus. Mein Vater nahm das Bedauern regungslos entgegen und lebte weiter, als hätte es sie nie gegeben. Dafür musste ich ihre Rolle einnehmen, denn ich sollte die gefeierte Cellistin werden. Daran bin ich gescheitert.

Endlich hatte ich Crewell eingeholt, aber wusste nichts mehr zu sagen. Meine Übelkeit lähmte mich. Der fischige Gestank widerte mich an. Am liebsten hätte ich mich in seine Arme geworfen und geweint, denn irgendwie war er anders als sonst, er brauchte mich gerade nicht.

Am Himmel verdichteten sich die Wolken. Wellen fegten über den Sand. Kaum fielen die ersten Regentropfen, nahm Crewell meine Hand, und wir rannten zu seinem Hotel. Wir hatten es noch nicht erreicht, da prasselte der Regen auf uns nieder, dass unsere Kleidung nur so triefte.

Crewell führte mich in sein Zimmer. Er hängte sein nasses T-Shirt über die Heizung und trocknete sich mit einem Handtuch ab. Ich verschwand unter der Dusche.

Eine Weile später stand ich nackt vor ihm. Er lag auf seinem Bett und rauchte. Gespannt glitt sein Blick über meinen Körper. Draußen tobte das Gewitter.

Ich betrachtete ein Ölbild über seinem Bett. Dort versammelten sich Menschen um ein Lagerfeuer, und es wanden sich

Rauchschwaden umeinander. Der tanzende Dampf vereinigte sich in meinem Kopf, und ich schämte mich, weil ich im kitschigsten Gemälde Erotik suchte. Ich konnte nicht anders, als ihn zu fragen: »Warum willst du mich nur, wenn du gerade keine andere hast?«

Mit Wucht drückte er seine noch längst nicht heruntergebrannte Zigarette aus, als wollte er auch das letzte Fünkchen Sympathie für mich auslöschen.

Er sagte nichts.

Wenn er mir doch nur eine plausible Antwort gegeben hätte! Ich wäre bereit gewesen, alles zu ändern, was er mir vorwarf. Und ich durchkreuzte den Raum wie ein Kind, das vor drohenden Ohrfeigen auswich, die die Wahrheit ihm ins Gesicht klatschte. Vor der Minibar stoppte ich und entnahm ihr eine Flasche Wein. Ich füllte zwei Gläser, umschiffte sein Bett und reichte ihm eins. Doch statt mit ihm anzustoßen, stellte ich mich wieder vor das Ölgemälde und fuhr mit dem Zeigefinger über die blauen Rauchschwaden.

Da warf er mir seinen Morgenmantel zu und zischte: »Zieh dir was an!«

Statt seiner Aufforderung zu folgen, legte ich mich einfach neben ihn. Ich kam ihm so nahe, dass sich unsere Körper berührten, und gab endlich preis: »Ich weiß jetzt, wo mein Vater ist!«

Überrascht sah er mich an. Und ich fuhr fort: »Er lebt in Magallanes.«

Da begann er zu beben, und es dauerte eine Weile, bis er fragte: »Woher weißt du das?«

Statt zu antworten, genoss ich seine Aufregung. Wie lange hatte er nicht an mich gedacht? Nun führte kein Weg an mir vorbei. Und ich spürte mich in seinem Beben.

Jetzt berührte er mich sogar zärtlich, auch wenn er mir nur eine Strähne aus dem Gesicht strich. Und ich stand auf und gab ihm den Brief. Den Zettel mit der Adresse aber hielt ich zurück.

Lange betrachtete er das Foto. Als er den Brief gelesen hatte, kam er auf mich zu. Doch statt mich zu packen, meinen Körper zu umschlingen und mich zu küssen, zwängte er sich in seine noch feuchten Jeans.

Wenn er sich doch nackt auf mich gelegt hätte. Ich hätte mich so sicher gefühlt, hätte seinen Körper als Festung erlebt, und seine Bewegungen hätten mich nach dem Höhepunkt in den Schlaf geschaukelt.

Aber er nahm mich nicht. Stattdessen packte er seine Sachen zusammen.

Und so zog ich mich an.

Kurz darauf verließen wir das Hotel und stiegen in sein Auto. Er sagte: »Wir fahren jetzt zurück nach Berlin. Ich muss was klären, dann sehen wir weiter!«

Anfangs fuhr er den Wagen noch selbst, aber wir kamen kaum voran. Vor uns stockte der Verkehr, schlich gen Süden, bis unter das Dach bepackt mit Koffern.

Crewell sprach wenig. Dabei hoffte ich, er würde mir Fragen stellen, die ich seit Jahren nicht beantworten konnte. Ich hatte Angst, und ich wollte, dass er mich brauchte. Zugleich wusste ich, dass er mich missbrauchte. Er wollte nur meinen Vater.

Crewell war müde. Bald konnte er sich nicht mehr auf den Verkehr konzentrieren. Auf einem Feldweg hielt er an. Dort tauschten wir die Plätze, und ab da kutschierte ich uns von einem mecklenburgischen Dorf zum nächsten. Vorbei an gelb leuchtenden Rapsfeldern ärgerte ich mich über jedes Schlagloch. Aber ich musste behutsam sein. Crewells Kopf ruhte auf meiner Schulter. Er war eingeschlafen, kaum dass ich das Steuer übernommen hatte. Schepperte sein Wagen über brüchigen Asphalt, würde sich Crewell von mir abwenden, sein Kopf würde nicht mehr auf meiner Schulter ruhen. Noch aber prallten Millionen Ionen aufeinander und zerfielen in Teilchen von Licht. Sie durchfluteten meine Magengrube. Wie hätte ich mich da noch beherrschen sollen? Ich hielt an einem Garten.

Vor uns stand eines jener typischen DDR-Häuser. Mit seinem steilen Dach und der ausgestellten Traufe kam es mir so beschwingt vor. Aber der abblätternde Kratzputz holte mich zurück in die Realität. Irgendwo hier war er aufgewachsen, mein verschwundener Vater.

Wo genau, wusste ich nicht. Er erschloss sich mir nicht einmal in seiner Musik. Seine Musik hatte viele Gesichter, Stil und Struktur wirkten magisch. Schon in den ersten Takten verirrte ich mich, steckte fest in seinen Welten. Da gab es Kronenglöckchen und Seidenhyazinthen, die sich mit jedem Ton vermehrten und in die Höhe schossen. Erst beim Schlusston kam ich wieder zu mir und war beseelt wie Millionen andere auch.

Da wurde Crewell wach und stieg aus. Er stapfte zur Haustür, beugte sich über das Klingelschild. Dann schritt er herrisch weiter.

Ich verstand nicht, was er sagte.

Vor einem blank geputzten Fenster blieb er stehen und starrte schamlos hinein. Dann rief er mir etwas zu, und jetzt verstand ich ihn endlich.

»Wir sind in Demmin! Dein Vater ist doch hier in Demmin geboren, oder?«

Warum musste er in fremde Fenster stieren? Weil ich mich für ihn schämte, antwortete ich nicht. Außerdem konnte man in jedem Lexikon nachlesen, wo mein Vater geboren wurde. Doch keiner wusste genau, wo er seine Kindheit verbracht hatte, darüber hatte er immer geschwiegen.

Das Fenster öffnete sich. Eine Frau mit weißhaarigem Dutt winkte Crewell zu. »Was wollen Sie von mir?«

»Sind Sie mit Ramon Chavéz zur Schule gegangen?«, fragte er.

Die Frau verschwand. Kurz darauf trat sie aus der Haustür und kam direkt auf mich zu.

»Mit wem soll ich zur Schule gegangen sein?«

Ich öffnete die Autotür, stieg aus, entschuldigte mich für Crewells Benehmen und erklärte: »Wir suchen nach Bekannten von Ramon Chavéz. Er soll hier aufgewachsen sein.«

Nun stand die Alte dicht vor mir.

»Warum wollen Sie das wissen?«

Aus den Augenwinkeln beobachtete sie Crewell. Der war zum Auto zurückgekehrt, hatte sich neben mich auf den Beifahrersitz gesetzt und die Augen geschlossen. Anscheinend erwartete er schon nichts mehr von dieser Gegend, und erst recht nichts von dieser Person.

»Vor vielen Jahren lebte hier mal eine Frau«, sagte sie auf einmal, »die hat so manches erzählt.«

Als wollte ich nicht glauben, dass der Zufall mir solche Informationen zuspielte, ließ ich mich auf den Fahrersitz zurückgleiten und zog die Tür sanft zu.

Die Frau musste beiseitetreten, aber sie gab nicht auf.

»Er kam aus einem Dorf am Kummerower See. Das hat uns die Frau erzählt. Sie kannte die Mutter von Ramon Chavéz. Sie hatte diesen Spanier geheiratet, seinen Vater. Er war ein Herumtreiber, kümmerte sich um nichts, war ein schlechter Ehemann, ein verantwortungsloser Vater. Er ließ sich nur selten blicken. Sein Zuhause war die ganze Welt, aber das Haus von seiner Frau und seinem Sohn betrat er nur einmal im Jahr.«

Und als wäre es der Beweis für ihre Worte, zeigte sie in Richtung eines Hauses, das nur fünfzig Meter von uns entfernt stand.

»Da drüben hat die Frau gewohnt.«

Seine Biografen hatten viel spekuliert, auch über die Gegend um den Kummerower See. Deshalb war es nichts gänzlich Neues, was die Alte uns erzählte. Trotzdem fragte ich nach dem Namen des Dorfes.

Da gab sie zu: »Über das Dorf hat die Frau nie gesprochen. Wir können sie auch nicht mehr fragen. Sie ist vor ein paar Jahren gestorben.«

Obwohl ich nichts anderes erwartet hatte, war ich trotzdem enttäuscht. Ich beschloss, endlich weiterzufahren.

Doch sie hielt mich noch einmal zurück.

»Es kamen immer wieder Leute und fragten nach ihm.« Verschwörerisch lächelte sie mich an. »Aber die Frau verriet nichts, nicht mal, dass sie seine Eltern kannte.«

Nun hatte ich wirklich genug. Ich wünschte ihr einen schönen Tag und fuhr davon.

Kurz sah ich zu Crewell hinüber und sagte: »Wenn du es nicht eilig hast, nach Berlin zu kommen, würde ich gern einen Abstecher machen.«

Er antwortete nicht, schien wieder zu schlafen. Ich aber dachte an Karl Krause. Nur wenige Tage, nachdem ich seinen Brief an meinen Vater gefunden hatte, suchte ich im Autoatlas nach dem Absenderort. Er lag nicht weit von Demmin entfernt. Vielleicht lebte Karl Krause noch immer dort? Wenn ich nun schon in der

Gegend war, wollte ich wenigstens versuchen, ihn zu treffen, um zu erfahren, warum er meinen Vater vertrieben hatte.

Doch je näher ich dem Dorf kam, desto mehr erschrak ich über meinen Mut. Als sich kurz vor dem Ziel ein See erstreckte, parkte ich das Auto am Rand des Weges und stieg einfach aus. Ich wollte etwas Zeit gewinnen.

Es war ein malerischer Ort, mit einem Steg zwischen hoch gewachsenem Schilf. Schon bald balancierte ich über das Holz und lehnte mich gegen einen Pfeiler. Er war mit Algen überzogen.

Ich beobachtete Böen, wie sie über den See peitschten und Wellen, die gegen die Bretter schlugen und sich an den Bohlen brachen. Schaumkronen trafen mein Gesicht, blieben in meinen Wimpern kleben und verschleierten meinen Blick. Deshalb erkannte ich den Mann und die Frau erst spät.

Crewell hatte sie zeitgleich entdeckt. Er schrie: »Maria! Ruf einen Arzt! Hol die Polizei!«

Und er sprang kopfüber in den See und schwamm zu dem wogenden Paar. Aber ich hörte ihn nur wie in Watte gepackt, brauchte einen Moment, um zu verstehen, was passierte. Das Paar erschien mir wie eine Abfolge von Erinnerungen, die schon lange her waren. Dabei konnte ich mich an gar nichts erinnern.

Endlich fand ich mich mitten auf der Fahrbahn wieder. Ich wollte ein Auto zum Halten bringen, aber noch war keines zu sehen. Immer wieder schaute ich zurück zum See, beobachtete, wie Robert die starren Körper an Land zog. Dann versuchte er sie wiederzubeleben.

Ein Trabant hielt an, und ein junger Mann kurbelte sein Fenster herunter. »Was stehst du hier so herum?«, fragte er.

Schweigend zeigte ich auf Crewell.

Im Nu sprang er aus dem Wagen, ließ die Tür sperrangelweit offen stehen.

Crewell kam ihm ein Stück entgegengelaufen. »Sie trieben einfach im See. Ich habe sie herausgezogen, das hat nichts gebracht. Was sollen wir jetzt tun?«

Sie beugten sich gemeinsam über die beiden und suchten ihren Puls. Crewell leistete weiter Erste Hilfe. Ohne Erfolg. Noch einmal schrie er mir zu: »Maria, hol endlich einen Krankenwagen!«

Ich wog ab, welches Dorf am nächsten lag. Der Ort, aus dem wir kamen, lag in Sichtweite, ich hätte die Landstraße nur zurückfahren müssen. Aber ich entschied mich für die andere Richtung und rannte los, ich musste zu Karl Krause. Auf die Idee, das Auto zu nehmen, kam ich nicht.

Und wieder fühlte es sich so an, als hätte ich das schon einmal erlebt, als wäre es damals um mein Leben gegangen. Doch noch immer konnte ich mich an nichts erinnern.

Umso erstaunter war ich, dass mir dieser Ort wie ein Déjàvu erschien: Rechts verfolgte mich der See bis zu den ersten Häusern. Rote Dächer schimmerten durch ein Spalier von Pappeln. Links lagen zwei kleinere Seen und blickten mir wie aus dunklen Augenhöhlen nach.

Crewell hatte verstört gewirkt. Gern hätte ich ihn getröstet und ihm ins Ohr geflüstert: »Du hast alles für diese zwei Menschen getan, aber womöglich haben sie ihren Tod selbst gewählt.«

Hatte auch Crewell mich einst freiwillig gewählt? Oder war es nur Mitleid gewesen? Damals saß ich im Baum, unweit von ihm entfernt. Er hatte William Blake und Louisiana Red geliebt, als er mich zum ersten Mal küsste.

Vielleicht reichte sein Blick über die Äste aus, um sich meinetwegen zu sorgen, denn ich verriet einen Anflug von Schmerz. Warum musste ich damals so lang auf ihn warten?

Nun warte ich schon wieder auf ihn. Dabei weiß er, wie viel er mir bedeutet. Und er weiß auch, wie leicht er mich zerstören kann.

Ich wurde schneller und erreichte den Ort.

Jetzt hätte ich nur in den ersten Garten stürzen und an der nächsten Klingel Sturm läuten müssen. Aber ich lief einfach weiter.

An der Dorfstraße elf betrat ich seinen Garten. Er wirkte sehr gepflegt. Ich ging auf ein weißes, frei stehendes Haus zu. Es war aus Holzbeton gebaut, mit flach geneigtem Satteldach. Auf dem Klingelschild las ich seinen Namen. Tatsächlich, Karl Krause wohnte noch immer hier.

Ein Mann mit gewelltem, schneeweißem Haar öffnete. Er trug eine Nickelbrille und blickte mich aus stahlblauen Augen an.

»Wollen Sie zu mir?«

Statt mich vorzustellen, schilderte ich ihm, was vorgefallen war. Er ließ die Haustür offen und führte mich zum Nachbarhaus. Dabei wirkte er zugleich gelassen und darauf bedacht, mir schnell zu helfen.

Das eingeschossige Haus war grau und mit fünf weiteren Häusern in einem Riegel verbunden. Während er klingelte, erklärte er mir: »Nur der Arzt und der Pfarrer haben ein Telefon. Hier wohnt unser Arzt.«

Eine Frau öffnete.

Der Alte wies auf mich. »Am See ist was passiert. Wir brauchen Lothar.«

»Er ist bei einer Hausgeburt«, erwiderte sie und hob bedauernd die Hände.

Da schob sich der Alte an ihr vorbei in den Flur. Auf einem Schrank stand ein grünes Scheibentelefon. Er rief die Polizei an, meldete sich mit Krause und gab meine Schilderungen wieder. Als er auflegte, nickte er mir zu.

»Sie schicken eine Streife zum See. Und zwei Krankenwagen.«

Er dirigierte mich zurück in sein Haus, führte mich durch einen Windfang in die Küche. Sie war einfach eingerichtet, mit grauen Einbauschränken und einem alten Büffet. Es roch nach Erbsensuppe.

Karl Krause bat mich, auf der Küchenbank Platz zu nehmen. Er schien besorgt.

»Nehmen Sie sich's nicht zu Herzen. Dieser See ist verflucht. Schon immer haben sie sich wie die Lemminge hineingestürzt.«

Er zog eine Flasche Schnaps aus dem Kühlfach, schenkte sich und mir ein.

»Das beruhigt. Ruhen Sie sich erst mal aus von dem Schreck.«

Er ließ sich mir gegenüber auf einem Schemel nieder und betrachtete mich nachdenklich. Seinen Korn rührte er nicht an.

»Sie haben sich noch gar nicht vorgestellt!«

»Maria. Ich heiße Maria.«

Während ich an meinem Schnaps nippte, beobachtete ich ihn. Wie alt er war, konnte ich schwer schätzen. Ich tippte auf eine Zahl zwischen siebzig und fünfundsiebzig.

Karl Krause lächelte.

»Maria. Sie erinnern mich an jemanden.«

Prüfend schaute er mich an.

»Gleich fällt es mir wieder ein, warten Sie!«

Sein Blick fiel auf meine Hände.

»Sie haben schöne Finger. Sind Sie etwa Geigerin? Oder Pianistin?«

Schnell verbarg ich meine Hände, er entschuldigte sich übermäßig.

»Ich wollte Sie nicht belästigen. Dabei habe ich mich selbst noch gar nicht vorgestellt. Karl Krause, mein Name ist Karl Krause.«

Da sah auch ich auf seine Hände. Und was ich sah, beruhigte mich. Ich erkannte auch bei ihm die filigranen Hände eines Pianisten. Seine schlanken Finger wirkten viel zu elegant, als dass sie mich hätten würgen wollen. Sein Gesicht wirkte vertrauensvoll, strahlte Feinsinn aus. Sein Lächeln war einnehmend.

Ich griff zu meinem Glas und trank den Schnaps in einem Zug. Sofort nahm er es mir ab und versenkte es mit seinem eigenen Glas, das noch immer voll war, im Spülwasser.

»Waren Sie auf der Durchreise?«

Ich nickte. »Wir waren auf Usedom. Mein Freund ist am See geblieben. Er hat gehofft, sie retten zu können. Ich habe einfach irgendwo geklingelt, um Hilfe zu holen.«

Er versuchte mich noch immer zu trösten. »Der See zieht nur Menschen an, die ihre Entscheidung bereits getroffen haben. Was glauben Sie, wie oft das hier schon passiert ist! Und seit November geschieht es wieder häufiger. Sie kommen einfach nicht damit zurecht, dass ihre Welt im Umbruch ist. Passen Sie auf, ich zeig Ihnen was.«

Und er führte mich über ein Durchgangszimmer mit Bett, Schreibtisch und Kleiderschrank in sein Wohnzimmer.

Auch dieser Raum war einfach eingerichtet, ein Sofa, zwei graue Sessel und Regale. Hier roch es nach Mottenkugeln. Was mir sofort ins Auge fiel, war seine große Schallplattensammlung.

Sie erstreckte sich über vier lange Holzbretter. Aber was ich dann entdeckte, übertraf alles, was ich erwartet hatte.

Als Erstes sah ich meine Mutter im Regalfach ganz vorn auf einem Cover. Sie saß auf einem geschwungenen Stuhl, ihr Violoncello gegen die Schulter gelehnt, und lächelte in die Kamera. Karl Krause reichte mir die Hülle, damit ich sie mir aus der Nähe anschauen konnte. Es war eine Aufnahme von 1961, mit Cellosonaten von Schumann und Chopin.

Als ich sie zurückstellte, ermunterte er mich: »Schauen Sie ruhig weiter. Es ist nicht die einzige Aufnahme von ihr!«

Ich blätterte in dem Fach und fand sämtliche Aufnahmen meiner Mutter, mal mit Cello vor den Münchner Symphonikern, mal zwischen den Berliner Philharmonikern sitzend.

Dann aber musste ich feststellen, dass sich dort nicht nur ihre Aufnahmen versammelten. In den obersten Reihen fand ich alle Sinfonien meines Vaters. Karl Krause besaß sämtliche Streichquartette von ihm und die gesammelten Konzerte für Violoncello. Wohin war ich hier geraten?

Ich stand mitten in einer Phonothek! Aber das schien weit mehr zu bedeuten, als nur in ein Archiv der Chavéz zu tauchen.

Als ich mich umdrehte, saß Karl Krause versunken in seinem Sofa. Er sah verloren aus, als hätte ihn jemand irgendwo in diesem Jahrhundert vergessen.

Gerade lockerte er seine Finger, als wollte er sich im nächsten Moment an einen Flügel setzen. Dann würde er spielen, bis ihn jemand wieder dort abholte, wo er verloren gegangen war.

»Sie sammeln alles von Ramon Chavéz?«

Er schien mich nicht zu hören.

»Haben Sie seine Konzerte besucht?«

Er schaute auf. »Chavéz wurde bei uns nicht gespielt! Er unterlag der Zensur.«

»Ramon Chavéz war in der DDR verboten?«

Seine Antwort klang trotzig: »Wegen einer antisowjetischen Oper!«

Das verblüffte mich. »Aber er hat keine einzige Oper geschrieben! Er war völlig unpolitisch!«

Da sah mich Karl Krause an wie ein strenger Vater. »Oh doch. Es gibt genau drei Opern!«

Noch einmal blickte ich über seine Plattensammlung und betrachtete das Porträt meines Vaters. Und ich duckte mich. Selbst hier, in dem vergessenen Winkel eines untergehenden Landes, konfrontierte er mich noch mit meinem Scheitern.

Ein letztes Plattencover zog ich aus der Sammlung und suchte in der Haltung meines Vaters ein politisches Zeichen. Aber was ich fand, war nur dieser dauerhaft selbstherrliche Zug um seine Mundwinkel.

»Wann sind Sie Ramon Chavéz denn begegnet? Und wo war das genau?«

Karl Krause schwieg.

»Oder kannten Sie ihn nur aus dem Westfernsehen? Aus dem Westradio?«

Noch immer sagte er nichts.

Ich setzte mich auf den Sessel ihm gegenüber. »Hatten Sie hier überhaupt Empfang? Wie sind Sie an all seine Platten gekommen?«

Da beugte sich der Alte über eine Kommode. Er zog einen schwarzen Karton aus der Schublade und sagte: »Auch wenn ich versucht habe, nicht aufzufallen, ist es mir gelungen, so manches zu retten. Aber das meiste halte ich noch immer in meinem Kopf versteckt.«

Und während er das sagte, zog er Papiere aus dem Karton und warf sie mir in den Schoß. Aber er blätterte sie an meiner Stelle durch. Das tat er so schnell, dass ich zwar Bleistiftskizzen erkannte, aber nicht, was sie darstellen sollten. Ich wollte ihm die Papiere aus der Hand nehmen, um zu sehen, von wem sie stammten, aber ich durfte es nicht. Denn schnell verstaute er alles wieder in dem Karton. Trotzdem wagte ich anzumerken: »Ramon Chavéz hat nie gemalt!«

Da kam er mir sehr nahe. Ich konnte seinen Atem riechen. Er stank nach Zwiebeln.

»Ja, auch das hat er nicht. Er hat so vieles nicht gemacht.«

Zu meiner Erleichterung läutete es in diesem Moment an der Tür.

Karl Krause lief in den Flur. Ich ging ihm nach. Seinen Karton trug ich vor der Brust. Falls der Alte mich angreifen wollte, würde ich ihm den Kasten vor die Füße werfen.

Zwei Polizisten begrüßten Karl Krause wie einen alten Freund und deuteten auf Crewell, der neben ihnen stand. »Er vermisst seine Freundin.«

Gern wäre ich Crewell um den Hals gefallen. Nah rückte ich an ihn heran, atmete seinen orientalisch-holzigen Duft ein, der mich kurz erschauern ließ. Er hatte dieses Aftershave schon als Schüler benutzt.

Plötzlich schnellte Karl Krause vor.

»Jetzt weiß ich, wer du bist. Du bist seine Tochter, Maria Chavéz!«

Er riss mir den Karton aus der Hand und warf die Tür hinter sich zu.

Crewell legte seinen Arm um mich.

»Mir scheint, ich habe eine Menge verpasst?«

Als ich nicht reagierte, hauchte er mir einen Kuss auf die Wange.

»Du erzählst mir doch, was war? Er scheint ja ein Volltreffer zu sein. Hat er deinen Vater persönlich gekannt?«

Ich schmiegte mich an ihn, als könnte ich meine Gefühle auf ihn übertragen, und erwiderte: »Nein, er war nur ein Fan. Ich glaube nicht, dass er ihn persönlich kannte. Wusstest du, dass mein Vater in der DDR verboten war?«

Crewell löste sich aus der Umarmung.

»Wenn dir noch so viel an mir liegt, solltest du keine Geheimnisse vor mir haben!«

Und er stapfte zu seinem Auto. Dabei fing er an zu lachen. Und sein Gelächter rieselte wie eine Salve kleiner Hagebuttensamen über meinen Körper. Meine Haut begann zu jucken.

Die Polizisten sahen sich vielsagend an und verabschiedeten sich.

Ich hatte die Beifahrertür noch nicht zugezogen, da fuhr Crewell schon an. Dabei suchte er nach einem Radiosender. Bei *Ruby Tuesday* von den Stones stoppte er und sang lauthals mit. Ich sah stur nach vorn und bedauerte die Insekten, die gegen die Windschutzscheibe klatschten.

Als das Lied zu Ende war, stellte Crewell das Radio aus und sang alleine weiter. Bald musste er husten.

»Das sah komisch aus. Der Alte hat dich richtig gejagt. Was hatte er für ein Problem mit dir und deinem Vater?«

Ich zuckte mit den Achseln, dachte jedoch an den Brief, den er meinem Vater geschrieben hatte. Ich hatte ihn tausendmal gelesen: ›Ramon, ich vermisse die Chronologie. Und ich vermisse eine Oper. Warum hast du das getan? Gruß, Karl Krause.‹ Einen Tag später verschwand mein Vater. Seitdem fühle ich mich wie eine Vertriebene. Dabei war es mein Vater, der ins Exil ging.

»Hör mal, Maria«, unterbrach Crewell meine Gedanken. »Ich weiß nicht, ob es so gut ist, mit dir durch die Gegend zu reisen, weil du dir einfach zu viel versprichst. Wenn was zwischen uns läuft, dann ist es nur noch eine Affäre, und das weißt du auch!«

Er sah mich kurz, aber durchdringend an. Dann richtete er seine Konzentration wieder auf den Verkehr.

Doch wie einen Kontrapunkt legte er seine Hand in meinen Nacken, ließ sie einfach dort liegen. Sie lag wie ein Pflaster auf meiner Haut. Da jubilierte und flehte alles in mir, dass er anfangen möge, mich zu streicheln.

Er tat es nicht.

Ich musste mich ablenken. In meiner Fantasie verwandelte ich den Asphalt in Dominosteine. Sie verschwanden unter dem Auto, tauchten wieder auf und versenkten sich erneut.

»Lass uns nach Chile fliegen und deinen Vater finden, jetzt sofort«, sagte Crewell auf einmal, als wäre es das Selbstverständlichste auf der Welt.

Seine Finger spielten mit meinem Ohrläppchen und umkreisten meine Ohrmuschel. Nach einer Weile glitten sie an meinem Hals hinunter und fuhren unter mein Kleid. Sie berührten meine Brust. Er umschloss sie fest.

Da sagte ich ihm, dass ich mit ihm fliegen wollte. Sofort.

Und seine Hand verschwand. Sie blieb um das Lenkrad geschlungen, als hätte sie schon immer dort gelegen.

Ich tastete in meiner Handtasche nach meinem Reisepass. Die Kleidung, die fehlte, konnte ich in Magallanes kaufen und redete mir ein, dass Magallanes mein Trumpf war. Ich allein besaß die Adresse meines Vaters. Ich würde Crewell in die patagonische Irre leiten, bevor ich ihn zu meinem Vater führte. Nur ich sprach Spanisch, ich hatte die Sprache in der Schule gewählt. Und das Spanische verwandelte selbst die sprödeste Frau in das temperamentvolle Wesen, das Crewell gefiel.

Wir erreichten Berlin.

Crewell verließ die Autobahn und fuhr auf dem schnellsten Weg zum Tegeler Flughafen.

3
Lina Chavéz, 2015

Lina Chavéz stand vor einem gusseisernen Tor am Stadtrand von Paris. Das Licht der untergehenden Sonne hüllte die Psychiatrie in einen rötlichen Umhang. Wie verzaubert lagen die Erker und Türmchen vor ihr und ließen vergessen, wie viel Not sich hinter diesen Mauern ballen mochte.

Lina fühlte sich beklommen, weil sie noch nie eine psychiatrische Klinik betreten hatte und weil sie nicht wusste, wie sie die Verwirrung, die sie hier spürte, aushalten sollte. Der insektenfeindliche Garten, der sich hinter der Pforte bis zum Gebäude erstreckte, wirkte wie ein Vorbote glatt rasierter Seelen und erloschener Blicke.

Lina fürchtete sich, weil keiner wusste, wo sie war, und niemand sie abholen würde, bliebe sie hier auf dem Zauberberg gefangen. Doch als sie sich umdrehte, um den Ort schnellen Schrittes wieder zu verlassen, sah sie direkt in das strenge Gesicht einer Frau, die ihr plötzlich gegenüberstand. Sie trug einen weißen Kittel und schien kaum dreißig Jahre alt zu sein.

«Comment puis-je vous aider, Madame?»

Lina suchte nach Worten, aber erinnerte sich lediglich an ihr Französischbuch in der Schule, das ihr nichts nützte, weil ihm jede passende Vokabel fehlte. Sie konnte die Sätze nur stammeln.

Die junge Frau unterbrach sie.

»Sie kommen aus Deutschland! Sind Sie Lina Chavéz?«

Lina nickte, und die Frau stellte sich als Doktor Nadine Javette vor. Sie sagte, Lina werde erwartet, und warf einen Blick auf ihre Armbanduhr.

»Unsere Besuchszeit ist um 22 Uhr zu Ende. Dann schließt auch der Park. Ihnen bleibt nur noch eine Stunde.«

Javette lief vor, betrat das Gebäude und wechselte ein paar Worte mit einem älteren Mann, der an der Anmeldung saß. Er musterte Lina und griff zum Telefon.

Lina trat dicht an ihn heran, weil sie zu hören hoffte, bei wem er sie ankündigte. Aber die Ärztin lotste sie bereits weiter, durch lange Gänge mit gewölbten, stuckverzierten Decken. In jeder Ecke standen Palmen, und an den Wänden hingen Bilder mit abstrakten Motiven, in warmen Farben gehalten. Wahrscheinlich sollten sie beruhigend wirken.

Gern hätte Lina die Ärztin gefragt, wem sie gleich begegneten und ob sie sich vor Patienten in Acht nehmen müsse, aber Nadine Javette ging so zügig, dass Lina kaum folgen konnte, und immer, wenn Lina sie erreichte und ihr eine Frage stellte, presste die Ärztin den Finger gegen ihre Lippen, als dürfe sie keiner hören.

Sie durchquerten einen Innenhof, der sich von dem gestutzten Park unterschied. Hier wuchs alles durcheinander.

Lina beobachtete eine Mopsfledermaus, die durch die Luft jagte und Insekten aufscheuchte. Trotz zunehmender Dämmerung erkannte sie Waldhasel neben Pfaffenhütchen und Kreuzdorn.

Und sie entdeckte zwei seltene Falterarten, einen Schönbären und eine Gammaeule. Wie im Zuckerrausch naschten sie von dem süßen Nektar der Zaunwinden.

Gern hätte sie noch länger geschaut, aber die Ärztin wartete bereits im Eingang zum nächsten Gebäude. Es war ein Atrium. Über dem Oktogon aus Glas schimmerten die ersten Sterne, und von dem achteckigen Raum gingen zwei Dutzend Zimmer ab, die hinter verschlossenen Türen lagen. An den Wänden hingen Ölgemälde, alle im selben Stil gehalten, als stammten sie von ein und demselben Künstler. Sie wirkten düster, zeigten Menschen inmitten einer Wüstenlandschaft, kurz vor dem Verdursten, wie es schien.

Lina hätte gern gewusst, welchen Zweck sie bei Patienten erfüllten, die ihren Lebensmut verloren hatten, da antwortete die Ärztin, als könnte sie Gedanken lesen: »Damals, als das Atrium fertig war, zogen kranke Künstler ein. Die meisten waren Maler, Bildhauer und Musiker. Manche blieben bis zum Tod hier, andere verewigten sich an den Wänden. Die Patienten aus dem Haupthaus haben keinen Zutritt. Auch der verwilderte Garten war schon immer nur den Bewohnern des Oktogons vorbehalten.«

Dann drehte sie sich einmal im Kreis, wies auf Türen und Bilder.

»Das Gebäude steht unter Denkmalschutz. Früher gehörte es zu unserer Klinik, heute dient es als Pension. Hier wohnen Menschen, die psychiatrische Hilfe brauchen, aber nicht an unsere Stationen gebunden sind. Es sind Privatpatienten, die hier Zuflucht finden.«

Aus dem, was die Ärztin erzählte, erschloss sich Lina weder, wen sie gleich treffen würde, noch in welcher Verbindung er zu diesem Ort stand. Aber bevor sie sie fragen konnte, klopfte die Ärztin schon an eine der Türen, und von drinnen rief jemand: »Entrez, s'il vous plaît!«

Lina erkannte die Stimme des Anrufers.

Nadine Javette öffnete die Tür zu einem Spalt, der so schmal war, dass es Lina unmöglich war, auch nur einen winzigen Blick zu erhaschen, und sagte ohne jede Emotion: »Lina Chavéz est là!«

Nun hörte Lina ein Räuspern, und die Stimme erwiderte: »Elle devrait entrer. Laissez-nous seul, s'il vous plaît.«

Statt sie ins Zimmer zu geleiten, sie auf den Anblick eines womöglich Entrückten vorzubereiten, sagte die Ärztin nur trocken: »Ich hole Sie in einer Stunde wieder ab.«

Damit ließ sie Lina allein.

Lina blieb im Türrahmen stehen. Sie sah einen Greis in einem karierten Ohrensessel sitzen. Er war klein, in sich zusammengesunken, das Gesicht voller Falten. Sein schneeweißes Haar reichte ihm bis auf die Schulter.

Als sie eintrat, lächelte er freundlich, und seine Augen leuchteten. Sie waren auffallend blau, neugierig und wach. Und Lina erschrak über ihre Naivität, noch bevor er sie bat, sich zu ihm zu setzen.

Wie hatte sie nur glauben können, ihr Vater hätte sie zu sich gerufen, sodass sie Hals über Kopf in den Zug gestiegen war? Warum hatte sie keine Sekunde lang damit gerechnet, ihren Großvater hier anzutreffen? Aus dem Musikunterricht wusste sie noch, dass er Jahrgang 1935 war. Zwar wirkte dieser Greis älter als achtzig, aber seine Augen funkelten um Jahrzehnte jünger und blitzten sie aufmerksam an.

Lina nahm auf einem Stuhl neben seinem Bett Platz und senkte ihren Blick vor dem, was gleich geschehen würde. Dann brach es aus ihr heraus: »Sie sind Ramon Chavéz!«

Sein Lächeln erstarb. Plötzlich wirkte er genau so, wie sich Lina einen verwirrten Patienten immer vorgestellt hatte. Er spreizte seine Finger und dirigierte, als wollte er die Luft komprimieren, sie dick und stickig machen, um Lina nur die schlechten Schwebestoffe übrig zu lassen. Automatisch atmete sie so wenig wie möglich und schaute lieber weg.

Erst als er sich beruhigt hatte und regungslos dasaß, die Hände zusammengefaltet in den Schoß gelegt, blickte sie wieder auf und entschuldigte sich.

»Das habe ich nicht gewollt. Sie sind seit vierzig Jahren verschollen. Die meisten werden irgendwann für tot erklärt!«

Da lächelte er und erwiderte: »Aber dein Großvater ist tot!« Und er wiederholte es sogar mit Nachdruck: »Ramon Chavéz ist tot!«

Zunächst fiel es ihr schwer, die Behauptung anzunehmen. Und Lina suchte in seiner Mimik, in seiner Haltung und seinem Blick Ähnlichkeiten mit dem Mann, den sie aus Schulbüchern und Filmen kannte. Sein weißes Haar war gewellt. Auch Ramon hatte Locken, und seine Augen waren auffallend blau. Trotzdem wollte sie ihm so gern glauben, weil es sich gut anfühlte. War Ramon tatsächlich tot, könnte ihre Familie sie nie mehr hinterrücks überfallen und ihre Gedanken besetzen wie eine hawaiianische Raupe, die sich als Zweig verkleidete, um harmlose Insekten zu attackieren.

»Wann genau ist er denn gestorben?«

Der Alte taxierte sie. »Das fragst du mich? Du hast doch seinen Todestag bestimmt!«

Die Erleichterung verpuffte, noch ehe sie sich in Lina ausbreiten durfte. Ob er es nun zugab oder nicht, sie meinte zu wissen, dass ihr Großvater leibhaftig vor ihr saß. Sein Gehäuse war mit

Seide getarnt. Er würde sie weiter überfallen, wie die Raupe eines Prachtfalters, die sich über Schnecken hermachte und nur darauf lauerte, sie bei lebendigem Leib zu fressen.

Minuten verstrichen, in denen Lina darauf hinfieberte, ihrem Großvater zu entkommen. Aber wenn sie ihn auf der Stelle verließ, würde sie den Namen ihres Vaters nie erfahren, und Ramon Chavéz kannte seinen Namen bestimmt. Sie war auf seine Hilfe angewiesen.

Wie gern hätte sie sich mit ihrem Vater verbündet. Zusammen wären sie stark und kämen gegen die nie endende Macht der Chavéz bestimmt an. Warum verschlang sie Lina wie ein Meer aus Blättern, einer wuchernden Salvinia gleich, deren Sauerstoffbedarf so groß war, dass sie anderes Leben erstickte? Lina blieb das schwarze Schaf, das man verstoßen hatte, weil es falsch war, mit Makeln versehen.

Plötzlich erhob sich der Alte, umklammerte die Lehne seines Sessels und bat: »Sei so nett und gib mir den Rollator!«

Lina drehte den Gehwagen zu ihm hin, damit er sich abstützen konnte. Er schob sich zur Tür, die noch immer einen Spalt geöffnet war, und mit erstaunlicher Kraft stieß er sie auf, rollte bis zur Mitte des Atriums und blieb unter der Glaskuppel stehen.

Das Licht der Sterne glitzerte auf seinem schneeweißen Haar. Nach wie vor vermochte Lina nicht einzuschätzen, wie alt der Mann war. Er wirkte wie aus mehreren Teilen zusammengesetzt, von denen jedes in einem anderen Tempo alterte. Sein Körper war gebrechlich wie der eines Neunzigjährigen, sein Gesicht so runzelig, als wäre er der älteste Mensch der Welt. Aber seine Augen glänzten, als gehörten sie einem Jungen, der noch Großes vollbringen wollte.

Einmal drehte er sich um seine eigene Achse und deutete auf die Gemälde, die zwischen den Türen hingen.

»Samuel Kaunatjike, Maler aus Namibia, Überlebender des Völkermordes. Sie haben ihn damals geholt, um Komitas zum Reden zu bringen. Denn wer hätte das besser gekonnt als einer, der wusste, was es mit dir macht, wenn sie dich wie Vieh durch die Wüste treiben, ohne Essen und Trinken, dem Tod geweiht.«

Was der Mann auch sagte, verwunderte sie nicht mehr. Anscheinend ging es schnell, sich an Wahnsinn zu gewöhnen.

Bevor sie sich die Bilder genauer anschauen konnte, schnappte der Alte nach ihrem Arm und hielt sie fest.

»Komitas war Komponist und Überlebender des armenischen Völkermords. Er hat in meinem Zimmer gelebt, sechzehn lange Jahre, bis zu seinem Tod. Diese sechzehn Jahre hat er nur geschwiegen.«

Endlich ließ er sie los. »Nun weißt du, warum ich dich gerufen habe.«

Lina schüttelte den Kopf. »Es tut mir sehr leid, aber das weiß ich nicht. Was hat das alles mit mir zu tun?«

Er rollte zurück in sein Zimmer. Dort stieß er immer wieder gegen das Gestell seines Sessels, als ginge er davon aus, dass Lina ihm sofort zu Hilfe eilte.

Doch Lina wanderte von einem Bild zum nächsten, als versuchte sie zu verstehen, in welcher Verbindung sie zu all dem stand, dabei gab es hier nichts zu begreifen. Dennoch vertiefte sie sich in die Motive, die alle gleich waren, in Licht getaucht, das über ein ausgetrocknetes Land flimmerte, und in der Ferne glitzerte das Wasser wie eine Fata Morgana.

Die ersten Menschen hatten die Täuschung erkannt. Sie fielen zu Boden und krümmten sich. Andere blieben als Schatten, kurz vor dem Verdursten.

Noch einmal stieß der Greis mit seinem Rollator gegen den Sessel. »Hilf mir endlich, damit ich mich setzen kann!«

Lina eilte zu ihm und stützte ihn, während er in den Sessel glitt. Dann nahm sie ihm gegenüber Platz und sah verstohlen auf die Uhr. Die Zeit wurde knapp. In vierzig Minuten würde die Ärztin sie abholen. Bis dahin wollte sie alle Fragen klären.

Er bemerkte ihre Unruhe.

»Du bist gekommen, um deine Sachen abzuholen.«

Plötzlich beugte er sich über die Tischplatte und griff nach einer vergoldeten Schachtel. Sie lag auf einem Stapel loser Blätter.

»Hier. Dein Astrolabium!«

Lina nahm das Kästchen entgegen. Es machte sie ratlos.

Er aber nickte ihr zu, als hätte er lange auf diesen Moment gewartet.

»Und im Schrank steht dein Cello. Hol es raus. Ich kann es nicht mehr spielen. Es braucht dich als neue Besitzerin!«

Lina rührte sich nicht.

Der Alte erhob sich an ihrer Stelle, durchquerte den Raum ohne Rollator und zog einen schwarzen Instrumentenkoffer aus dem Holzschrein.

»Ein Modell aus Markneukirchen und garantiert aus dem 18. Jahrhundert.«

Und er forderte Lina auf, sich das Meisterstück anzuschauen. Aber Lina konnte ihre Enttäuschung nicht länger verbergen.

»Wenn ich den Kasten öffne, erkenne ich nicht, ob es gut ist oder schlecht. Bei mir ist das in den falschen Händen. Ich habe mit Musik nichts zu tun. Tut mir leid, Sie wollten mir sicher was Gutes tun.«

Der Alte fiel ihr ins Wort.

»In deiner Familie spielt jeder ein Instrument. Also fang an, es zu lernen. Du bist noch jung!«

Lina strich mit der Hand über den Koffer. Aber während sie nach passenden Worten suchte, um ihn nicht noch mehr zu enttäuschen, ohne dabei zu heucheln, schnaubte er halb verächtlich.

»Wahrscheinlich kommst du nach deinem Vater. Verkauf das Cello, verkauf das Astrolabium, und du wirst erstaunt sein, wie viel dir beides einbringen wird!«

Bei der Erwähnung ihres Vaters griff Lina automatisch in die Tasche ihrer Jeans. Sie klopfte an die mit Blumen beklebte Streichholzschachtel, als wollte sie die Träume wecken, die sie darin aufbewahrte. Jetzt glaubte sie sicher zu wissen, dass sich der Weg nach Paris gelohnt hatte.

»Wer ist mein Vater? Und wo lebt er? Etwa hier in Frankreich?«

Der Alte tat, als hörte er sie nicht. Überhaupt gab er sich nun den Anschein, als wäre sie nicht mehr anwesend. Er begann, Kreuzworträtsel zu lösen.

Aber Lina bedrängte ihn weiter.

»Was ist so schwer daran, mir seinen Namen zu nennen? Kommen Sie, wie heißt mein Vater?«

Seelenruhig schrieb er Buchstaben in die Kästchen und blickte nur auf, wenn sich Schritte näherten, an seiner Tür vorüberliefen und in einem der Nachbarräume verhallten.

Am liebsten hätte Lina ihn am Handgelenk gepackt und die Antwort aus ihm herausgeschüttelt. Stattdessen fuhr sie ihn an:

»Was stimmt nicht mit Ihnen? Was haben Sie für ein Problem mit mir und meinem Vater?«

Er blätterte die Zeitschrift durch bis zur letzten Seite. Sie zeigte ein Schachbrett mit Figuren in einer bestimmten Stellung, und er brütete über mögliche Züge.

Lina verlor die Geduld. Fast hätte sie die Streichholzschachtel in ihrer Faust zerknüllt, da riss eine aufgeklebte Blume ab und flatterte zu Boden. Schnell schob sie ihren Fuß darauf, damit er nicht sah, mit wie viel Liebe sie ihren Vater bedachte. Wenn er es wüsste, würde er sie womöglich noch länger hinhalten.

Aber was brachte es ihr, die Beherrschung zu verlieren. Lieber täuschte sie Interesse für das Astrolabium vor und klappte seinen Deckel auf. Es war vergoldet, und sie entdeckte eine eingravierte Sternenkarte, einen Kompass und die Stadt Prag, wog das Döschen in der Hand, als könnte sie an seinem Gewicht den Wert ermessen.

Ihr Plan ging auf. Der Greis legte die Zeitung beiseite und betrachtete sie wohlwollend.

»Vermutlich wurde es im antiken Griechenland erfunden, von Hippachos oder Ptolemäus, später von arabischen Gelehrten weiterentwickelt. Im Mittelalter und in der frühen Neuzeit war es das Werkzeug aller Astronomen und anderer Wissenschaftler. Es war sowas wie ein analoger Minicomputer des Himmels. Man hat damit die Position von Sternen und Planeten bestimmt und die Uhrzeit berechnet.«

Er unterbrach sich selbst und beugte sich vor.

»Welche Schuhgröße hast du?«

Dabei schob er seine Hemdsärmel nach oben, und Lina bemerkte, dass seine Haut mit Altersflecken übersät war, sich seine kleinen, weißen Härchen aufrichteten, als wäre alles an ihm in heller Aufregung. Er wirkte voller Tatendrang.

»Du trägst Schuhgröße 39, nicht wahr?«

Als Lina nickte, ließ er sich in seinen Sessel sinken und lehnte sich zufrieden zurück.

»Genau wie ich damals.«

Er lächelte sie an. Es lag ein Schalk in seinem Blick, als würde er sich nur einen Spaß erlauben und wüsste genau, wie er auf sie wirkte. Kurz darauf wurde er wieder ernst, schob ihr einen Block und einen Bleistift zu und befahl: »Schreib auf: Wenn du deine Füße aneinanderreihst, sind es von der Spitze des Berges Richtung Süden genau 2045 Schritte, und du findest die Stelle, wo du graben musst. Hol alles aus der Erde und bring es nach Bir Tawil.«

Und er klappte eine Landkarte auf.

»Hast du mitgeschrieben? Hast du mich verstanden?«

Lina erkannte die Mecklenburgische Schweiz. Einige Dörfer waren mit einem Stift umkreist, und eine zittrige, schwarze Linie führte über mehrere Dörfer hinweg zu einem Berg. Lina nickte so überzeugend, wie sie nur konnte, denn sie hatte keine andere Wahl. Je mehr er sich verstanden fühlte, desto eher würde er ihre Fragen beantworten. Sie durfte ihn auf keinen Fall verärgern. Er war der Welt entrückt, daran zweifelte sie nicht, und ob er nun Ramon Chavéz war oder nicht, ob ihr Großvater noch lebte oder tot war, von diesem Mann hatte sie nichts zu befürchten. Das Oktogon war sein Zuhause geworden, womöglich verließ er es gar nicht mehr.

Sie sagte: »Ich kenne Bir Tawil. Ein Niemandsland zwischen Ägypten und Sudan. Wenn Sie es sich so sehr wünschen, reise ich gerne für Sie dorthin.«

Er schien ihr zu glauben. Vielleicht war er Patient geworden, weil er ein ödes Land verehrte, auf Wüste und Fels gebaut, das tatsächlich niemandem gehörte, aber die Kolonialfantasien besetzungswütiger Napoleons von jeher beflügelte.

Und Lina fügte hinzu: »Bei wem genau gebe ich Ihren Schatz denn ab in Bir Tawil? Gibt es dort jemanden, der ihn in Empfang nehmen kann?«

»In Bir Tawil steht ein Museum. Es ist das gerechte Haus, ein Mahnmal der Kunst.«

Seine Antwort klang so begeistert, dass es Lina rührte, wie wichtig er es nahm. Sie fühlte Mitleid, weil er sich in seinen Gedanken verfing und außer Psychiatern und Schwestern keinen normalen Menschen mehr zu Gesicht bekam. Wenigstens in diesen Minuten wollte sie eine Enkelin sein, die es gut mit ihm meinte. Sie setzte sich auf seine Lehne und strich ihm über den Arm. Und als sie noch einmal bestätigte, dass sie für ihn den Berg erklimmen und die 2045 Schritte hinabsteigen wollte, um den Schatz im Boden zu bergen und nach Bir Tawil zu überführen, legte sie so viel Überzeugungskraft in ihre Stimme, dass er ihr anvertraute: »Bir Tawil ist klein. Da gibt es nur ein einziges Gebäude. Du siehst es schon von Weitem. Es ist nubisch geformt. Ein schönes Haus, von meinem Freund vor langer Zeit gebaut.«

Tatsächlich kannte Lina Bir Tawil von einer Exkursion. Ihr Professor hatte ein Seminar geleitet, bei dem sie sich auf die Suche nach dem Papilio rex begaben. Sie hatte den Falter entdeckt und ihn an der Grenze Ägyptens beobachten können. Seine Vorderflügel waren schwarz, mit weißen Flecken verziert. Kurz flatterte er nach Bir Tawil und schwebte unschlüssig umher.

Als sie sich auf die Reise vorbereitete, hatte sie auch von Wahnsinnigen gelesen, die ganze Königreiche nach Bir Tawil versetzten. Der Mann neben ihr war also nicht der Einzige, der gerade dort von einer besseren Welt träumte, errichtet auf unfruchtbarem Boden.

Damals saß auch der schöne Falter auf dem Niemandsland. Er ruhte sich aus. Vielleicht genoss er die Stille, denn in Bir Tawil war es still. Und der Papilio rex flog erst spät zurück, ließ den Spielball aller selbsternannten Staatengründer allein. Seine Heimat blieben Ägypten und Sudan.

Der Alte schmiegte sich an Linas Schulter. »Wenn du mein Museum nicht findest, frag die Ababda-Nomaden. Sie kennen jeden Millimeter.«

Lina wich nicht vom Fleck. Je länger sie seine Nähe zuließ, desto normaler erschien es ihr.

Nun waren es nur noch wenige Minuten, bis die Ärztin sie abholen würde. Verwundert stellte sie fest, dass es ihr leidtat, ihn schon zu verlassen. Und sie suchte nach Ähnlichkeiten. Ihre Augen waren blau, auffallend wie seine. Aber sie selbst war groß gewachsen, er zusammengesunken und klein. Andererseits war seine Physiognomie feingliedrig, mit hohen Wangenknochen, genauso wie ihre.

Noch einmal schaute sie sich um. Die Einrichtung war unpersönlich. Wie konnte er hier leben, abgeschieden von seiner früheren Welt, in der er vieles angesammelt hatte? Fehlte ihm nichts? Was war mit ihm geschehen, dass er sich auf das Geringste beschränkte, losgelöst von den Rollen, die er einst ausgefüllt hatte? Wusste er noch, wer er war? Erinnerte er sich an die Noten, die er schrieb, die noch immer sein Genie bewiesen? Ob lebendig oder tot, das Podest, auf dem er stand, bröckelte nicht, auch wenn ihm sein Ansehen nun gleichgültig schien, verführt von der Terra incognita und versessen darauf, Lina zu steuern, auf dass sie ihre Füße auf unbewohntes Terrain setzte. Er saß fest im Atrium der Zeit und glaubte, der Einzige zu sein, der seinen Sehnsuchtsort vermessen hatte. Wie gut, dass sich die Ärzte um ihn kümmerten.

Er sah müde aus. Lina zog die karierte Decke vom Bett und legte sie ihm um den Körper.

»Sicher hat meine Mutter Sie hin und wieder besucht? Vielleicht hat sie Ihnen sogar erzählt, wer mein Vater ist?«

Er schmiegte seinen Kopf gegen die Ohrenlehne und schloss die Augen.

»Mit irgendeinem Mann war sie doch bestimmt mal zusammen. Wenn Sie mir ein paar Namen nennen, könnte ich selbst herausfinden, wer mein Vater ist.«

Er seufzte.

»Du glaubst also noch immer, ich wäre dein Großvater, Ramon Chavéz?«

Lina lachte.

»Kommen Sie! Keiner wird von mir je erfahren, dass Sie sich hier versteckt halten!«

Aber der Alte schüttelte nur den Kopf.

»Ramon Chavéz ist tot. Das ging durch alle Zeitungen!«

Im nächsten Moment verbarg er seine Augen hinter den Händen wie ein Kind, das zu verschwinden glaubt, sobald es nichts mehr sieht. Und Lina erschrak, als er behauptete: »Ich heiße Karl Krause. Und wir haben mehr miteinander zu tun, als du denkst!«

Noch immer hielt er seine Augen versteckt. Da packte Lina seine Hände und zog sie weg. Sollte vor ihr tatsächlich der Mann sitzen, der ihren Großvater mit seinem Brief in die Flucht getrieben hatte, musste er ihr in die Augen schauen.

»Wenn Sie wirklich Karl Krause sind, über den meine Mutter in ihrem Tagebuch geschrieben hat, dann kannten Sie beide: Ramon und Maria Chavéz. Meinen Großvater haben Sie in Angst und Schrecken versetzt. Warum? Sie sind schuld, dass er verschwunden ist!«

Wieder versteckte er sein Gesicht hinter beiden Händen.

»Hör auf mit diesem Verhör! Grab aus, was ich dir gesagt habe, dann hast du deine Antworten!«

Für einige Sekunden bewegte er sich nicht. Dann beugte er sich vor und füllte sein Glas mit Wasser. Er nahm einen Schluck, lächelte wieder und sah Lina verschwörerisch an.

»Mach den Cellokasten auf. Ich habe alles aufgeschrieben, was ich über deinen Großvater weiß.«

Lina legte noch einmal ihren Arm um ihn.

»Kommen Sie, machen Sie mir nichts vor. Sie wissen genau, wer mein Vater ist. Warum fällt es Ihnen so schwer, mir seinen Namen zu nennen?«

Der Alte kratzte sich an der Stirn. Wieder und wieder strich er Falten zur Seite, die sich nicht glätten lassen wollten, stattdessen wie starre Hügel stehen blieben.

Lina nahm ihm die Decke weg, damit ihm kalt wurde und er wenigstens darauf reagierte.

»Wenn Sie nicht mein Großvater sind, von wem haben Sie dann meine Kontaktdaten? Und was haben Sie mit Ramon Chavéz zu tun?«

Er sah auf die Uhr.

»Die Ärztin kommt gleich. Dir bleiben nur noch wenige Minuten, bis sie die Pforten schließen. Pack deine Sachen zusammen, du musst jetzt gehen!«

Lina atmete geräuschvoll aus. Aber was blieb ihr anderes übrig, als sich zu fügen? Sie schob das Astrolabium und die Landkarte in ihren Rucksack und stand auf. Da erhob auch er sich und trat dicht an sie heran. Sanft drückte er ihre Hand. Dann warnte er sie: »Halt dich von deinem Vater fern!«

Im nächsten Augenblick betrat die Ärztin das Zimmer.

»Ist alles in Ordnung bei Ihnen? Sie müssen jetzt gehen.«

Lina schulterte ihren Rucksack und griff nach dem Instrumentenkoffer.

»Pass auf dich auf!«, flüsterte der Alte zum Abschied.

Dann schob die Ärztin sie auch schon aus dem Raum und schloss die Tür hinter ihr. Wieder lief sie voran, und noch einmal durchquerten sie den verwilderten Garten. Ein Schwärmer schoss vorbei. Er war der beste Flieger unter allen Faltern. Sein muskulöser, stromlinienförmiger Körper gab ihm die nötige Kraft zu schnellen Schlägen, sodass er im Flug nur noch als Schimmer auftauchte.

»Laut meiner Mutter war Karl Krause ein verrückter Fan. Er hortete alle Aufnahmen meiner Familie. Weiß er deshalb so gut über mich Bescheid?«

Die Ärztin antwortete nicht, sie lief einfach weiter.

»Er hat alle meine Daten, er kennt meinen Geburtstag, meine Telefonnummern, meinen Geburtsort. Von wem? Oder ist er vielleicht doch mein Großvater? Ist er Ramon Chavéz?«

Gern hätte Lina der Ärztin ins Gesicht geschaut, während sie das fragte, aber Nadine Javette eilte vor ihr her. Dennoch hörte sie das Staunen, als Javette ausrief: »Er hat sich als Ramon Chavéz ausgegeben?«

Als sie nicht antwortete, blieb die Ärztin abrupt stehen, sodass Lina fast in sie hineingelaufen wäre.

»Wie hat er sich Ihnen vorgestellt? Welchen Namen hat er Ihnen genannt?«

Und Lina gab zu, keinen anderen Namen als Karl Krause gehört zu haben. Da nickte Javette, als hätte sie nichts anderes erwartet, wandte sich um und ging schweigend weiter. Sie durchquerten das Hauptgebäude und standen bald wieder am Anfang, in dem insektenfeindlichen Park.

»Er spielt ganz fantastisch Cello«, sagte die Ärztin. »Alles auswendig, alles aus dem Kopf. Doch seit ein paar Wochen kann er nicht mehr spielen. Die Finger tun ihm weh.«

Und sie drückte Lina ihre Visitenkarte in die Hand.

»Melden Sie sich, wenn Sie noch Fragen haben.«

Lina schob die Karte in die Tasche ihrer Jeans. Der nächste Bus kam in fünfzehn Minuten. Wenn alles glatt lief, würde sie den Nachtzug pünktlich erreichen.

»Warum ist er hier?«, fragte sie. »Und was hat Karl Krause mit meiner Familie zu tun? Warum musste er mich so dringend treffen?«

Sie waren bereits an der Pforte angelangt, und die Ärztin öffnete das Tor.

»Ich darf Ihnen wirklich nicht mehr sagen. Ich habe Ihnen ohnehin schon zu viel verraten«, beteuerte sie.

Lina widersprach.

»Er wollte mich unbedingt sehen. Schon jetzt erbe ich, was ihm am teuersten war: sein Cello. Also bedeute ich ihm eine ganze Menge. Warum darf ich nicht mehr erfahren? Was ist mit ihm?«

Die Ärztin sah sich um, als müsste sie sich vergewissern, dass keiner sie hörte. Dann raunte sie ihr zu: »Er hat ein fotografisches Gedächtnis, er kann nichts vergessen. Sie können sich nicht vorstellen, wie es in seinem Kopf aussieht. Sein Gedächtnis ist eine Bibliothek, voller Zeilen, Bilder, Sprachen und Noten. Das macht ihn verrückt, es sprengt seinen Kopf! Schon als Student war er deswegen hier.«

Noch einmal schaute sie in alle Richtungen und fügte hinzu: »Halten Sie sich nicht an seinem Namen fest. Karl Krause ist das, was ihn krank gemacht hat!«

Und sie verschwand im Park der Psychiatrie.

Als Lina später einen Platz in einem leeren Abteil des Nachtzugs nach Berlin gefunden hatte, entriegelte sie die schwarz angelaufenen Silberschnallen des Instrumentenkoffers und klappte ihn auf. Vor ihr lag, in dunkelblau schimmerndes Polster gebettet, ein nussbraunes Cello, und am Rande, eingeklemmt zwischen Griffbrett und Schnallen, steckte ein in Leder gebundenes Buch. Es enthielt ›Erinnerungen an Ramon Chavéz‹, mit ausladender Handschrift verfasst. Lina schmiegte sich in den Sitz und las die ersten Aufzeichnungen von Karl Krause.

4 Ramon Chavéz, 1945–1946

Am 1. Mai 1945 wurde es still, totenstill. Es war kurz nach seinem zehnten Geburtstag. Schon seit Tagen lag ein Duft in der Luft, der den Sommer ankündigte, doch in den Gärten begann die Verwesung.

Die Rote Armee drang immer weiter vor und besetzte alle Dörfer. Es war nur eine Frage der Zeit, wann sie auch ihren Ort einnehmen würde, ein kleines Dorf am Kummerower See, in dem nur noch Frauen und Kinder lebten. Die Männer kämpften an der Front, waren tot oder lagen verwundet in Lazaretten.

Ramon Chavéz interessierte das nicht. Er wollte angeln, mit dem Geschenk seiner Mutter, und durfte es nicht, weil die Frauen ein Fest planten. Dafür befahlen sie den Kindern, in die Gärten zu stürmen, alle Blumen mit ihren Wurzeln aus den Beeten zu reißen und die Pflanzen noch in der Luft zu zerfetzen. Sie selbst reihten Bänke auf den Kirchplatz und deckten Tafeln mit dunklen Laken.

Zunächst zerrupfte Ramon mit den anderen Kindern die Blüten nur zaghaft und stumm. Doch als immer mehr Blumen die Straßen bedeckten und die Verwüstung das Dorfbild bestimmte, wurden sie mutiger und fielen schon bald über die Pflanzen her. Sie stampften über die Beete und zerrissen die Blüten in jedem Winkel. Nur um den Garten der alten Frau Wilde machten sie einen großen Bogen, denn die hatte stets mit der Peitsche gedroht. Immer schien es, als wollte sie ihre Blumen selbst vor den Blicken schützen, nun sollte Chaos durch ihre Beete toben, sollten wühlende Hände Löcher schlagen. Verstohlen sahen sich die Kinder um, Ramon entdeckte Frau Wilde als Erster. Wie versteinert stand sie an der Pforte. Sie trug ihr schönstes Kleid, das leuchtete rot, und ihre Füße pressten sich in hochhackige Schuhe.

Ohne Frau Wilde aus den Augen zu lassen, griff Ramon nach einer Blume. Langsam zerquetschte er sie in seiner Faust. Sie schnappte nach Luft, gab dumpfe Laute von sich. Dann begann sie zu lachen, aber ihr Gelächter klang wie das Kichern einer Hyäne. Plötzlich verstummte sie und verschwand in geduckter Haltung.

Die Kinder schlichen ihr nach und verfolgten sie bis zum Kirchplatz. Nur Ramon verharrte, als wären seine Glieder gefroren, und rannte erst fort, als alle verschwunden waren, hinaus aus dem Ort und hinein in den Wald. Dort fand er eine Kuhle, in die er sich wie ein Igel hineinrollte. Dabei sehnte er sich nach seiner Mutter, weil nur sie ihn aus diesem Albtraum retten konnte.

Erst als die Sonne ihren Höchststand erreichte, wagte er sich ins Dorf zurück. Auf den Straßen lagen noch immer die geköpften Blumen, und von Weitem drangen Stimmen an sein Ohr.

Auf dem Dorfplatz erblickte er die Frauen an den gedeckten Tischen zusammen mit zwölf Rotarmisten, und Ramons Mutter lachte so schrill. Dabei starrte sie wie aus Glasaugen, und ihr Gesicht wirkte hölzern. Die alte Frau Wilde schwatzte ununterbrochen. Dass ihr keiner zuhörte, störte sie nicht.

Ein Soldat füllte die Gläser mit einer durchsichtigen Flüssigkeit nach und versorgte auch die Kinder damit. Die kauerten unter den Tischen und stützten sich wie auf einem schaukelnden Schiff.

Als die letzte Flasche geleert war, breitete sich eine gespenstische Stille aus. Bis ein Soldat hinter sich griff und aus einem erdbraunen Sack ein kleines Instrument hervorzog. Geschickt lehnte er es gegen seinen Bauch und zupfte auf vier Saiten. Seine Kameraden stimmten in das Lied mit ein, das Ramon nicht verstand, aber genoss, weil es so schwermütig klang und er sich damit weit fortträumen konnte.

Dann schlug die Kirchturmglocke sechsmal.

Einmütig taumelten die Frauen von ihren Plätzen und zerrten ihre Kinder mit sich. Alle versprachen sie den Soldaten, zeitig zurückzukehren, wenn sie die Kinder nach Hause gebracht hätten.

Ramon flüchtete zu seiner Mutter und umklammerte ihre Hand. Sie aber nahm ihn gar nicht wahr.

Zu Hause schlich er in sein Zimmer und setzte sich auf sein Bett. Von dort aus beobachtete er, wie seine Mutter den Ehering vom Finger streifte und über die Fliesen rollen ließ. Noch bevor der Ring unter dem Schrank verschwand, stolperte sie schon wieder aus dem Haus und ließ ihn grußlos und ohne einen Blick zurück.

Ramon fror. Aus der Ferne drangen Laute, die er zunächst nicht deuten konnte. Dann kamen tiefe Stimmen näher, und ein wilder Chor zog an seinem Fenster vorbei. Er vermischte sich mit schweren Schritten, als marschierte eine ganze Armee durch das Dorf.

Mehrmals wollte er aufstehen und aus dem Fenster schauen, aber er fühlte sich wie gelähmt vor Angst. Dann fielen ihm vor Erschöpfung die Augen zu, dabei wollte er doch den Moment nicht verpassen, wenn seine Mutter wiederkam.

Die ersten Sonnenstrahlen weckten ihn aus einem traumlosen Schlaf und brachten die Erinnerung zurück. Er rannte zum Schlafzimmer der Mutter. Ihr Bett lag leer und makellos vor ihm. Schnell schnappte er seine Angel und verließ das Haus. Vor ihm verdorrten die Blumen. Kein Laut drang aus den Häusern, und ihm schien, als hätte man ihn vergessen.

Am See warf er die Angel aus, doch die Rute glitt ihm ständig aus den Händen, sodass er durch das Wasser waten musste, um sie herauszufischen. Dabei wurde seine Kleidung schwer und klebte auf seiner Haut.

Ihm kam es vor wie eine Ewigkeit, bis ihm der perfekte Wurf gelang und der Haken in den Wellen versank. Das machte ihn froh und beruhigte ihn auch. Er setzte sich auf einen Baumstumpf, die Angel fest umklammert, und lauschte dem Wind, der durch das Schilf strich. Dann sah er sie. Auf dem Wasser trieb seine Mutter, reglos und nackt. Rhythmisch schwappte sie auf und nieder. Und in der Weite, verteilt über den ganzen See, schwammen noch andere Frauen, auch Kinder, einzeln oder dicht an dicht. Sie wogten im Einklang und zogen langsam an ihm vorbei.

Ramons Mutter schwamm nah am Ufer und ganz allein, als wäre sie die Letzte gewesen. Ramon flehte, dass der See sie im hohen Bogen wieder ausspeien würde. Aber das Meer der Toten blieb wie eine gemalte Apokalypse, und die Farben verschwammen vor seinen Augen, als wären sie noch gar nicht trocken.

Da stürzte sich Ramon in den See, um die Hand seiner Mutter zu greifen, aber sie entglitt ihm wieder und wieder. Und erst als Schreie und Lärm die Stille durchbrachen, fühlte Ramon, wie das eiskalte Wasser seine Seele überschwemmte.

Soldaten waren in der Nähe.

Ramon ließ die Hand der Mutter los und jagte davon. Er lief in den Wald und sah sich nicht um, stürzte haltlos zwischen Ästen und Zweigen hindurch und rannte bis zum Einbruch der Dämmerung.

Erst als er über eine Wurzel stolperte und der Länge nach hinschlug, merkte er, dass er kaum mehr atmen konnte, und er kroch auf allen Vieren weiter, bis er dichtes Unterholz erreichte. Hier kauerte er sich zusammen, und obwohl seine Beine endlich ruhen konnten, zuckte es in ihnen weiter, als würde er noch immer rennen. Da übermannte ihn der Schlaf, und er kam erst wieder zu sich, als ihn am nächsten Tag das warme Licht der Nachmittagssonne weckte.

Er lief weiter. Zweige flitschten in sein Gesicht, zerschnitten seine Haut, er aber fühlte keinen Schmerz, spürte nur Blut, das über seine Wangen rann.

Am zweiten Abend war er so schwach, dass er nicht mehr sagen konnte, wie oft die Sonne bereits untergegangen war, seit er aufgebrochen war. Er begab sich unter den Schutz eines Rhododendrons und vergaß jede Vorsicht. Denn um neuen Mut zu fassen, sang er ein Lied, das seine Mutter ihm gesungen hatte, als er noch ein ganz kleiner Junge war. Dadurch hörte er das Knacken der Zweige nicht, und als plötzlich ein Mann vor seinen

Augen erschien, der sich zu ihm hinunterbeugte, war es für ein Entkommen zu spät.

»Geht es dir gut?«

Der Mann wirkte jünger als seine Mutter. Aus stahlblauen Augen sah er ihn an. Und sein Blick schien besorgt. Geduldig wartete er auf eine Antwort.

Ramon überlegte fieberhaft, wie er vor dem Mann fliehen konnte, aber der ließ ihn keine Sekunde aus den Augen. Er nahm Ramons Hand, streichelte sie und sagte: »Hab keine Angst. Ich kümmere mich um dich.«

Doch Ramon zog die Hand zurück und verbarg sein Gesicht dahinter, bis der Mann sie beiseiteschob, um ihm eine Trinkflasche an die Lippen zu setzen.

Erst jetzt spürte Ramon, wie durstig er war. Sein Kopf war heiß, und sein Mund fühlte sich an, als hätte er in Sand gebissen. Gierig trank er. Dabei kribbelte sein ganzer Körper, und über seine Arme zog sich eine Gänsehaut. Noch nie zuvor war Ramon das kristallklare Wasser so frisch vorgekommen wie jetzt. Er wollte die Flasche gar nicht mehr absetzen, nichts anderes mehr trinken als diese wundervolle, kühle Flüssigkeit.

»Ich bin Sergej Napravnik«, sagte der Mann, lächelte und strich ihm über das Haar.

Hatte er seine ersten Worte noch in akzentfreiem Deutsch gesprochen, erinnerten die sich hart und weich abwechselnden Konsonanten seines Namens nun an den Klang der zwölf Rotarmisten, und Ramon wich zurück. Napravnik aber rutschte näher und sagte freundlich: »Ich habe dich schon oft in deinem Dorf gesehen.«

Und er legte seinen Arm um Ramons Schulter und zog ihn zu sich heran.

Ramon fühlte sich zu schwach, um sich gegen die Umarmung zu wehren, auch genoss er die Nähe und wollte sich nicht aus den Armen des Fremden befreien. Trotzdem strengte er sich an, seine Augen offen zu halten, weil er nicht wusste, was er von ihm denken sollte, aber sie klappten immer wieder zu. Schon bald fiel er in einen unruhigen Schlaf.

Zum ersten Mal seit seiner Flucht träumte er, weich gebettet in die Arme des Fremden, von seinem spanischen Vater, der als Musikant durch die Lande zog und im Traum sein Versprechen einlöste, ihn auf seine Reisen mitzunehmen.

Als Ramon erwachte, saß Sergej noch immer dicht neben ihm und reichte ihm eine Scheibe Brot. Nun spürte Ramon seinen Hunger, der seinen Kopf in Summen versetzte. Während er das Brot verschlang, lauschte Sergej, ob die Luft rein war, und gab Ramon ein Zeichen, ihm leise zu folgen.

Sie durchquerten den Wald, hielten sich fern von Pfaden und Wegen, bis sie zu einem moosbewachsenen Brett gelangten, das hinter dickem Gestrüpp und Ästen verborgen lag. Napravnik schob es beiseite und öffnete damit einen Verschlag im Erdboden. Neben einem Regal, gefüllt mit Blechgeschirr und Gaskocher, standen ein Feldbett, ein Stuhl und ein Hocker. Auf einem Tisch stapelten sich Hefte und lose Blätter, auf denen Ramon Punkte, Fähnchen und Linien entdeckte.

Noch während Napravnik den Eingang verschloss, fragte er: »Spielst du ein Instrument?«

Ramon schüttelte den Kopf.

Da legte der Mann seine Hand auf Ramons Schulter: »Wenn du lang genug auf die Noten schaust, werden sie laut. Du kannst sie in deinem Kopf hören. Sie verwandeln sich in schöne Klänge.«

Gespannt starrte Ramon auf die gemalten Zeichen und wartete. Er fixierte die Noten wie ein Python seine Beute, doch alles blieb still. Wut stieg in ihm auf. Schnell umklammerte er die Tischkante, um seinen Zorn zu bändigen, aber er kam nicht gegen ihn an. Plötzlich hatte er das Verlangen, alles zu zerschlagen. Warum hatte sie das getan? Warum hatte sie ihn allein gelassen? War er ihr denn kein guter Junge gewesen?

Er fegte die Blätter vom Tisch. Als er sie auch noch zerreißen wollte, packte Sergej den Jungen und hielt ihn fest. Da trat ihn Ramon und biss zu, aber Napravnik wehrte sich nicht. Er ließ ihn wüten und lockerte seinen Griff erst, als das Kind ruhiger wurde. Sofort wand sich Ramon aus der Umklammerung. Er warf sich zu Boden und schrie: »Mach es laut. Ich will, dass alles wieder laut wird!«

Napravnik kauerte sich neben ihn und wiegte ihn in seinen Armen. Als er sich etwas beruhigt hatte, setzte er ihn auf einen Hocker an den Tisch.

»Keine Sorge«, erklärte er, »es bleibt nicht still. Irgendwann wirst du die Musik hören, aber du musst es erst lernen.«

Er nahm mehrere Stifte zur Hand und zeichnete ein Haus, in das drei Noten zogen. Sie waren bunt. Als Sergej sie vorstellte, sprach er mit verschiedenen Stimmen: »Gestatten, ich bin das D. Ich bin rot und wohne im Keller.«

Das F leuchtete blau und fand seinen Platz gleich über ihm. Das A aber schimmerte gelb und bezog die Mitte seines neuen Domizils. Sie feierten ein rhythmisches Fest, bis eine goldene Elfe in den Giebel schwirrte: »Oh bitte, lassen Sie mich mitfeiern: Ich bin das hohe E.«

Sie blieb nicht der letzte Gast. Sergej erfand immer mehr Nachbarn, erzählte ihr Leben als harmonisches Märchen und ihren Alltag im 4/4-Takt. Und als er die Instrumente beschrieb, sang er ihm jedes Einzelne vor: »Die Geigen jubilieren, das Cello vibriert, und die Flöten können sogar zwitschern wie Vögel. Lustig ist das Quaken und Schmettern der Bläser.«

Neben dem klingenden Haus entstand schon bald ein ganzes Dorf und füllte sich mit kammermusikalischen Mythen. Längst waren die Geschichten chromatisch geworden, endeten Abend für Abend in lydischen Schlafliedern, und in den benachbarten Städten entstanden orchestrale Sagen.

Wochen zogen ins Land, und Napravnik und Ramon verließen ihre Hütte nur, um auszutreten, Nahrung und Wasser zu finden. In erster Linie aber bauten sie kontrapunktische Werke oder verwandelten klassische Dichtungen in viersätzige Sonaten. Denn Napravnik verstand es gut, Ramon in Kadenzen zu betten, damit es ihn in die Ferne katapultierte, weit fort von der Stille in ihm.

Als die Blätter gelb wurden, zog ein Orchester in Ramons Kopf, und seine Musiker ernannten ihn zu ihrem Dirigenten. Denn nun beherrschte Ramon die Kunst, Partituren zu lesen und sie in seinem Inneren zu hören, weil er die Stimmen zu einem Klang zusammenführte. Sein Repertoire wuchs von Tag zu Tag mit den Werken der großen Meister, und sein inneres Orchester spielte alles, was Napravnik zu Papier brachte.

Wie gern hätte Ramon die Musik auch im Konzertsaal gehört und sie mit seiner Vorstellung verglichen. Das Violoncello gefiel ihm besonders gut. In seinem Kopf konnte es schnurren wie ein Kater, brüllen wie ein Löwe und fauchen wie ein Luchs, ohne seine Melodie zu verlieren. Sergej versprach: »Ich werde dir bald beibringen, wie man auf dem Cello spielt, sobald wir uns nicht mehr verstecken müssen. Dann reisen wir in eine kleine Stadt im Erzgebirge und finden ein Cello für dich!«

Der Krieg war längst vorbei, als die ersten Blätter fielen. Sie aber hausten noch immer im Wald. Erst da packte Sergej seine Sachen zusammen und verließ mit Ramon den Verschlag. Er richtete ihre Route an den Gleisen aus. Meist waren sie zu Fuß unterwegs, nur manchmal, wenn keine Gefahr bestand, kontrolliert zu werden, fuhren sie mit dem Zug. Auf ihrem Weg hörte Ramon zum ersten Mal Geschichten aus der griechischen Mythologie.

»Merk dir genau, was ich dir über die Abenteuer und Kämpfe der griechischen Helden erzähle, vor allem, wie sie ihre Kraft einsetzten. Denn wir werden auf unserer Reise viel erleben, und manches wird unangenehm sein. Aber wenn es am schlimmsten ist, helfen Geschichten dabei, stark zu bleiben!«

Längst hatte Ramon bemerkt, dass er immer seltener an seinen Vater dachte, der mit seiner alten Geige umhertingelte, die er zärtlich »meine Stradivari« nannte. Früher hätte Ramon die Fiedel seines Vaters gern getragen, wenn er mit ihm gezogen wäre, nun aber wanderte er mit Sergej durch die Welt. Mit ihm war das Leben aufregend. Und er liebte Sergej wie einen Vater, einen richtigen Vater. Einen, der nicht nur einmal im Jahr vorbeischaute, wenn es Sommer wurde und die Kinder zu seiner Musik auf den Straßen tanzten. Sommer für Sommer war Ramon nach draußen gestürmt, wenn sein Vater ihn mit einem Tremolo-Tusch begrüßte. Dann hatte er seine Arme ausgebreitet und Ramon durch die Luft gewirbelt, während die Mutter stets stur in der Küche sitzen blieb.

Jedes Jahr saß Ramon mit seinem Vater im Schatten einer Eiche und lauschte dessen Geschichten vom Ende der Welt. Das lag an der Costa da Morte, wo der Vater aufgewachsen war. In seiner Nähe hatten fünf Meeresungeheuer einst ihr Unwesen getrieben, denn die Costa da Morte trennte die Lebenden von den Toten, hier wurde das Untier zum Vollstrecker des Todes, und am Horizont stiegen die Seelen zu den Sternen auf.

Sobald es dämmerte, verschwand der Vater im Haus, und Ramon musste draußen warten, bis seine Mutter ihn zum Essen rief. Aber sein Vater blieb stets nur für eine Nacht. Da half weder das Toben der Mutter am nächsten Morgen, noch Ramons Betteln und Flehen, dass er ihn doch mitnehmen sollte, quer durch die Welt. Sein Vater ließ immer nur ein Versprechen zurück: dass er im nächsten Sommer wiederkehren würde.

Jetzt aber war es Ramon egal, ob der Vater seine Versprechen einlöste oder nicht. Denn alles, was er an ihm vermisst hatte, fand er in Sergej. Auf ihn konnte er sich immer verlassen, auf seinen Vater nur einmal im Jahr.

An einem kühlen Morgen erreichten sie jene Stadt im Erzgebirge, von der Sergej ihm erzählt hatte. Sie schien vom Krieg kaum berührt worden zu sein. Viele kleine Gassen schlängelten sich durch ein Meer von Fachwerkhäusern, und hinter einer gotischen Kirche trafen Händler auf einem Schwarzmarkt zusammen.

Napravnik kannte den Ort. Zielstrebig lief er durch die Straßen, bis sie zu einem Stadttor gelangten. Auf verschlungenen Pfaden erklommen sie einen Berg und blieben vor den von wuchernden Zweigen verdeckten Mauern eines Gewölbes stehen. Napravnik schob das Grün beiseite und legte damit den Zugang zu einer Tür frei. Er hatte gerade geklopft, da öffnete bereits ein Greis und begrüßte Sergej wie einen alten Bekannten. Aber Ramon fühlte sich an das unheimliche Fest erinnert, kurz bevor die Toten im Wasser trieben, weil er ihn sogleich mit Fragen in der Sprache der zwölf Rotarmisten löcherte. Lange hatte diese Sprache Ramon in seinen Albträumen verfolgt. Nur mit viel Geduld war es Sergej gelungen, das Russische vom Trauma zu trennen. Denn Sergej sang das Lied vom Floh auf Russisch, und das Insekt ritt dann durch Ramons Sinne, während sich die Musik an die Insektenbeine klammerte und alles vibrierte. Das bereitete Ramon das größte Vergnügen. Napravnik hatte ebenfalls Spaß, weil der Floh ihn zu Sprüngen verleitete, die auch ihm den letzten Ernst raubten. Wenn Sergej vom Floh getrieben und gepikst über den Boden kugelte, endete das Lied stets damit, dass sie beide vor Lachen übereinander rollten.

Ramon und Napravnik betraten das Mundloch eines Stollens, und der Greis führte sie durch enge Sohlen in den Stollort, der ein gemauertes Gewölbe war, in dem drei Männer auf Steinen hockten und rauchten. Kaum hatten sie einander begrüßt, reichten sie auch Sergej eine Zigarette und stellten ihm viele Fragen. Wieder antwortete Napravnik auf Russisch und redete sich so in Rage, dass er die brennende Zigarette zwischen seinen Fingern völlig vergaß. Wie ein grauer Wurm löste sich die Asche und zerbröselte auf dem Boden.

Was auch immer Napravnik sagte, es machte Ramon Angst. Denn noch nie hatte er ihn so aufgewühlt erlebt. Für einen Moment glaubte er, den besonnenen Mann zwischen den Schächten verloren zu haben. Ein zweites Mal aber sollte seine Welt nicht zusammenbrechen und nur ihn am Leben lassen.

Da führte einer der Männer Ramon zu verschiedenen Kisten, in denen Instrumente lagerten. Zusammen bargen sie Geigen, Trompeten und Flöten, bis nur noch ein großer schwarzer Koffer übrigblieb.

Nun löste sich auch Sergej von den Männern. Er klappte den Koffer auf und stemmte ein nussbraunes Violoncello heraus.

Dabei entspannte sich sein Gesicht. Als er das Cello gegen seine Brust lehnte und die Saiten stimmte, wurde sein Blick wieder warm und vertraut, sodass Ramon seinen Kopf an Sergejs Brust schmiegte, knapp neben den Hals des Cellos, und das Glück fühlte, das ihn schon mit den ersten Klängen auf einen Teppich hob, gewoben aus sonoren Tönen, und Ramon schwebte davon. Denn die Musik übertraf, was er sich jemals vorgestellt hatte. Die Statik einer Händelsonate zerfiel wie das Muster eines Kaleidoskops, und ihre barocke Keuschheit baute sich mit Leidenschaft auf. Es marschierten Melodien wie Triumphzüge über die Saiten und entfesselten Partituren, als hätten sie nur darauf gewartet, aus Ramons Kopf befreit zu werden. Napravnik spielte das Cello, als hätte er nie für etwas anderes gelebt. Er ließ die Töne tanzen, sich ausbreiten und weit um sich schlagen, bis er sie wieder einfing und zügelte. Alle Noten, die Ramon bis dahin nur auf dem Papier gesehen hatte, erhoben sich wie ein Zauber. Mal herrschte Napravnik über die Musik, dann machte sie ihn zu ihrem Untertanen, und es fehlte nicht viel, dass er mit ihr verschmolz, weil das Instrument zu einem Teil seines Körpers wurde. Und als der letzte Ton verklang, überreichte Sergej Ramon das Cello und sagte: »Ein Modell aus Markneukirchen. Garantiert aus dem 18. Jahrhundert. Jetzt gehört es dir!«

Ramon umschlang den glänzenden Hals und legte seine Wange gegen das Griffbrett aus Ebenholz. Er lauschte hinein in die hölzerne Haut, hörte sie schwinden und quellen, sich werfen und reißen und glaubte mit jeder Berührung zu spüren, wie das Holz lebte. Und so beugte er sich über Zargen und Böden und sog den Hauch von Bergahorn ein. Er strich über die Fichtendecke und fühlte, wie sich die Wärme seiner Hand übertrug und sich auf ihr ausbreitete.

Als er die Saiten zupfte, ganz im Rhythmus seines Pulsschlags, nahm ihm Napravnik das Instrument aus den Armen und verstaute es wieder in seinem Kasten. Er drängte darauf zu gehen, weil es bald dunkel würde und sie einen Schlafplatz brauchten. Sie verabschiedeten sich von den Männern, und der Greis führte sie durch die Schächte zurück zum Ausgang. Dort umarmte er Napravnik noch einmal. Ramon aber drückte er ein achteckiges Messingstück in die Hand. Es war kaum größer als ein Unterteller. Und als Ramon seinen Verschluss löste und einen goldenen Deckel aufklappte, erklärte der Alte: »Das ist ein Astrolabium. Damit kannst du den Himmel berechnen.«

Ramon entdeckte einen Kompass, eingravierte Himmelskörper und einen Stadtplan von Prag. Alles wirkte so edel, dass er es tief in seiner Tasche versteckte und sich vornahm, das Geschenk wie einen Schatz zu hüten. Denn neben seinem Cello war es das Kostbarste, das er je besessen hatte.

Draußen dämmerte es bereits. Sie hasteten den Berg hinunter und orientierten sich gen Osten. Wieder richteten sie ihre Route an Gleisen aus, und schon hinter der nächsten Kurve stand ein Zug auf den Schienen. Im Führerhäuschen brannte Licht, ein Schatten eilte umher. Unbemerkt kletterten sie in den letzten Wagen und versteckten sich zwischen der Ladung.

Ramon war kalt. Napravnik knöpfte seinen Mantel auf, zog Ramon zu sich und wickelte die Stoffenden um ihn, damit sie ihn wärmten. So verharrten sie eng umschlungen, bis sich der Zug in Bewegung setzte.

Der Himmel war sternenklar, und Napravnik zeigte Ramon die Milchstraße, ein scheinbar nicht enden wollendes Knäuel strahlender Sterne. Da fragte Ramon leise: »Was geschieht mit der Seele, wenn ein Mensch ertrinkt?« Er presste sein Gesicht gegen Napravniks Brust, ganz fest, damit Sergej nicht merkte, wie sehr es ihn quälte, und fügte hinzu: »Wenn der Mensch ertrinken wollte!«

Napravnik wiegte Ramon leicht. Dann berührte er seinen Kopf und drehte sein Gesicht nah zu sich heran. »Wenn sich ein Mensch ertränkt, lässt er das Liebste zurück. Er musste gehen, denn er konnte nicht anders. Aber seine Seele lässt er bei dem, der zurückgeblieben ist. Und sie wandert mit ihm, ein Leben lang.«

Ramon war erleichtert. »Dann hab ich jetzt zwei!«

Sergej küsste ihm die Stirn. »Zwei Seelen hast du jetzt auf jeden Fall!«

Noch lange saßen sie aneinandergeschmiegt da und schwiegen, während der Zug durch die Nacht rollte. Erst am frühen Morgen hielt er vor Ruinen, und die Mauerreste ließen erkennen, dass hier einst eine Häuserzeile stand. Sie hatten den Bahnhof von Halle erreicht. An den Gleisen herrschte reges Treiben. Arbeiter machten sich daran, die Fracht des Zuges zu entladen.

Unbemerkt sprangen Ramon und Sergej aus dem Wagen und versteckten sich auf dem Gelände. Dort warteten sie auf einen nächsten Zug, der sie nach Berlin bringen würde. Noch einmal gelang es ihnen, sich zwischen Kisten zu verbergen und als blinde Passagiere mitzureisen. Am nächsten Mittag kamen sie an. Ziellos wanderten sie zwischen den Trümmern, nur vereinzelt stand überhaupt noch ein Haus. Ruinen säumten die Straßen, ließen kaum erkennen, wo sie sich befanden.

Ramon und Sergej irrten kilometerweit zu Fuß. Und mit ihnen zogen Tausende durch die Trümmerwüste, die meisten auf der Suche nach einem Durchgangslager, aber die waren alle überfüllt.

Napravnik suchte eine Wohnung, die seiner Pariser Freundin gehörte, und er schilderte den Ort in den schönsten Farben: »Es steht ein großes Bett im Raum. Die Federbetten sind flauschig und warm! Aber am gemütlichsten ist die Badewanne. Wir werden in warmem Wasser liegen.«

Doch am liebsten hörte Ramon, was Sergej gegessen hatte, wenn er die Freundin traf. Denn sie beherrschte die französische Küche par excellence. »Besonders köstlich ist das Blätterteiggebäck mit Zwiebel-Confit, ganz hervorragend zu einem Champagner. Dann wird die Bouillabaisse aufgetischt, eine Suppe aus Fischresten und viel Gemüse. Das Beste aber ist das Bœuf bourguignon, ein Rindfleischgericht, perfekt gewürzt, mit Kartoffel-Sellerie-Püree. Und zum Nachtisch Blancmanger. Das ist süße Mandelcreme mit gerösteten Mandeln, Passionsfrüchten und Mandarinenragout!«

Und obwohl es in Ramons Kopf surrte, weil er sich vor Hunger kaum mehr auf den Beinen halten konnte, hoffte er, sich an den Geschichten irgendwann satthören zu können, während sie immer weiterliefen und nur nachts in Kellern oder Verschlägen zur Ruhe kamen.

Schon seit Tagen hatten Ramon und Sergej nichts als altes Brot gegessen, und zwischendurch zwang Napravnik Ramon, komplizierte Partituren zu lesen, damit er sein inneres Orchester anstimmte und seinen knurrenden Magen für Momente vergaß. Doch vor Ramons Augen verschwammen die Noten, und seine Organe rumorten so stark, dass sie sein Ensemble übertönten. Er fühlte sich schwach und wollte endlich irgendwo ankommen.

Aber es sollte noch Tage dauern, bis Sergej den ersten Anhaltspunkt fand. Zwischen Ruinen stachen zerbrochene Säulen empor. Damals hatten sie zwei Pferde umrahmt, deren Köpfe nun im Schutt lagen. Drei Schuttwege weiter stießen sie auf das, was von dem Haus der Pariser Freundin übrig geblieben war. Es flimmerte vor ihren Augen, als spielten die Luftschichten verrückt, denn es lag halb zerfallen vor ihnen. Da die vordere Front fehlte, hausten seine Bewohner wie auf einer offenen Bühne.

Unter einem Treppenabsatz kauerte ein Mann auf einer alten Matratze. Seelenruhig las er in einer Zeitung, und es schien, als lebte er mit seinem Hausstand auf kleinstem Fuß, denn er war umringt von Töpfen, Kleidung und anderen Habseligkeiten. Napravnik klopfte ihm auf die Schulter.

»Alfred! Ich bin's, Sergej.«

Überrascht sah der Mann auf: »Napravnik!«

Er erhob sich und reichte Sergej die Hand. »Wollen Sie zu Michelle Lacrons?«

Sergej nickte.

»Sie ist noch nicht wieder zurück. Wahrscheinlich ist sie noch in Paris.«

Napravnik erklärte, dass er keinen Schlüssel zu ihrer Wohnung habe, aber gern dort auf sie warten würde, doch Alfred winkte ab: »Sie brauchen hier keine Schlüssel, es ist alles offen. Leider ist nicht viel von ihrer Wohnung übrig.«

Er strich Ramon übers Haar und betrachtete ihn neugierig.

»Wie war es in Ihrer Heimat? Sie waren doch in der Ukraine?«

Sergej nickte.

»Ich war da, bis ich zur Armee musste.«

Alfred sah ihn erschrocken an.

»Und was machen Sie dann hier?«

Als Sergej schwieg, fuhr Alfred fort: »Halten Sie sich bloß vom Ostteil fern. Man wird Sie längst suchen!«

Er hob seine Zeitung und deutete auf einen Artikel, der aufgeschlagen vor ihm lag: »Haben Sie von Auschwitz gehört?«

Napravnik nickte.

»In der Nähe meiner Heimat Lemberg, im Wald Lissinitschi, haben sie Juden erschossen. Wir mussten ihre Gräber schaufeln. Manche haben noch gelebt.«

Für eine Weile schwiegen Alfred und Sergej. Dann zog Alfred einen Apfel aus der Tasche und schenkte ihn Ramon.

Ramon genoss die saftige Süße, die sich in ihm ausbreitete wie ein Zaubertrank. Und er fühlte sich wie berauscht von dem erfrischenden Geschmack, den er längst vergessen geglaubt hatte.

Als hätte Alfred sein Empfinden erraten, griff er unter seine Matratze und zog einen Beutel hervor.

»Jeder hier versucht, irgendwo in der Umgebung Lebensmittel zu bekommen.«

Er reichte Sergej den Beutel. Er war voller Kartoffeln, Wurst und Brot.

»Ihr habt Glück. Ich war heute hamstern, vom Stettiner Bahnhof aufs Land ist es nicht weit. Versucht es auch mal. Manchmal wird man mit Hunden vom Hof gehetzt, aber manchmal bekommt man so viel, dass man es kaum tragen kann. Dieses Mal kann ich euch etwas abgeben.«

Sergej war gerührt und bedankte sich mehrmals. Dann stieg er mit Ramon nach oben. In jeder Etage hausten Männer, Frauen und Kinder bei offenem Flur. Sie lebten hinter Brettern und Planen verbarrikadiert, um sich vor Wind und Regen zu schützen.

Im vierten Stock endlich lag, was von der Wohnung der Michelle Lacrons übrig war: Eine Ruine bis zum Korridor, der Abgrund zur Straße war offen. Vor ihrem Einsturz hatten die Mauern zwei Zimmer und eine Küche umschlossen, geblieben war davon nur ein Mauervorsprung, über den nun ein kalter Wind hinwegfegte. Nur ein einziger Raum war noch bewohnbar, dort zogen sie ein, stürzten sich erst einmal auf das Essen und verschlangen so viel Brot und Wurst auf einmal, dass ihnen schlecht wurde. Erschöpft kauerten sie sich in eine Ecke und schliefen auf dem harten Boden sofort ein, in ihre Mäntel und dicht aneinander gerollt, um sich zu wärmen.

Wasser gab es nur draußen an der Straße, Ramon lief jeden Morgen mit einem Krug zur Pumpe. Dort harrte er mit mehreren Dutzend Menschen aus, bis er an die Reihe kam.

Menschenschlangen gehörten zum alltäglichen Bild. Überall standen die Leute an. Sie warteten auf Lebensmittelkarten, reihten sich für Brot, Gemüse und Wurst ein und tauschten auf dem Schwarzmarkt alles, was sie brauchten.

Sergej war erfinderisch. Er backte aus Kartoffelschalen Kuchen und machte aus Hefe Leberwurst. Und trotzdem hatten sie immer Hunger. Der Winter nahte und mit ihm die Angst vor der Kälte. Oft schlugen Sergej und Ramon Holz in den umliegenden Wäldern und versuchten die Wände ihres Raumes mit Pappe und Holz abzudichten, aber das reichte nicht aus: Die Wintermonate wurden zur Bewährungsprobe.

Fast jeden Tag schloss sich Napravnik einer Arbeitskolonne an und schuftete bei jedem Wetter. Er trug Schuttberge ab und reinigte Ziegelsteine von Putz und Mörtel. Sein Lohn war gering, doch viel mehr zählten die besseren Lebensmittelkarten, die er nach jedem Einsatz bekam. Außerdem fand er im Schutt so manches Stück Holz, das sie zu Hause als Brennholz verwendeten. Und auch im Abfall von Kriegsmaterial entdeckte er vieles, das noch verwertbar war. So verwandelten sie die Filter von Gasmasken in Siebe oder Schöpfkellen und verwendeten alte Stahlhelme als Kochtöpfe. Alles war Mangelware, alles wurde gebraucht. Trotzdem konnte Ramon sein Glück kaum fassen, weil sie ein Dach über dem Kopf hatten und weil Sergej ihm endlich das Spielen auf dem Cello beibrachte. Darüber war es Frühling geworden, und sie waren froh, dass sie den Winter überlebt hatten.

Anfangs kratzte der Bogen über die Saiten, stolperte, hüpfte und fiel, aber mit jeder weiteren Unterrichtsstunde wurde Ramon besser, und nach einer Weile fanden auch seine Finger ihren Platz am Griffbrett. Ramon prägte sich die Abstände ein und schaffte es schon bald, erste Kadenzen sauber zu spielen. Abends aber konnte er kaum noch seinen Arm anheben, so verkrampft war er vom ständigen Üben und ungewohnten Sitzen. Dann trug Napravnik ihn ins Bett, massierte seine angespannten Schultern und erzählte ihm von Orpheus.

»Er war der größte Sänger und Dichter der Mythologie. Mit seiner Musik konnte er sogar Steine und Tiere bewegen. Aber am mächtigsten war sein Gesang. Damit bezwang er das Meer, und mit dem Spiel auf der Harfe zähmte er die Höllenhunde. Behalt das immer bei dir, Ramon, egal, was geschieht: Du hast eine Waffe, die dich vor dem Schlimmsten beschützt. Denn du hast die Musik!«

Aber nur selten kam er über den Anfang der Geschichte hinaus, weil Ramon schon eingeschlafen war. So musste das, was er eigentlich erzählen wollte, noch warten. Und immer erwachte Ramon schon im Morgengrauen, nahm sein Cello und übte weiter.

Napravnik unterrichtete Ramon mit Standardwerken, die er aus seinem Gedächtnis zauberte. Denn Napravnik konnte sich alles merken, sein Gehirn war eine riesige Bibliothek, in der er sich anscheinend jederzeit bedienen konnte.

Wenn Sergej unterwegs war und arbeitete, übte Ramon für sich allein. Sobald er nach Hause kam, gab er Ramon die nächste Cellostunde. Danach saß er oft noch lange versunken und brachte alles zu Papier, woran er sich erinnern konnte. Er notierte Orchesterstimmen, Konzerte und Sonaten, und schnell stapelten sich die Partituren fast bis zur Decke. Es waren verbotene Noten: Ramon war es nicht erlaubt, sie anzurühren.

Eines Tages, mitten im heißen Sommer, stand plötzlich ein GI in ihrem Flur. Er war hochgewachsen und kaum älter als Sergej. Lange lagen sich die beiden Männer in den Armen und redeten in einer Sprache aufeinander ein, die Ramon immer wieder auf den Straßen hörte. Endlich setzten sie sich in den Schatten der offenen Mauern, denn seit es wärmer geworden war, nutzten Sergej und Ramon die Flächen als Balkon. Hier kochten sie im Freien und bauten ihr Gemüse an. Außerdem lebten seit wenigen Wochen drei Hühner auf ihrem Dach.

Als Ramon sein Cellospiel unterbrach und sich zu ihnen gesellte, deckte Sergej gerade den Tisch. Fröhlich rief er ihm zu: »Ramon, das ist mein bester Freund Rick. Stell dir vor, er hat Orte betreten, die nie zuvor jemand gesehen hat. Bestimmt wird irgendwann ein Land nach ihm benannt.«

Lachend verpasste Rick ihm einen leichten Klaps auf den Hinterkopf und stellte klar: »Ich habe die Westantarktis erforscht, aber die meisten Teile, die ich durchschritten habe, hat schon ein anderer vor mir entdeckt!«

Der Mann sprach mit einem Akzent, der klang, als hätte er eine Billardkugel verschluckt, und Ramon musste lachen. Rick lachte mit und schenkte heißen Tee aus. Und während Ramon über die dampfende Flüssigkeit in seiner Tasse pustete, schwärmte Rick ihm vor: »In der Antarktis gibt es Pinguine. Und ich habe Wale und Seehunde gesehen.«

Er hob seine Tasse und prostete Ramon und Sergej zu.

»Aber am aufregendsten sind die Vulkane. Das Land hat 23 riesige Vulkane. Der höchste ist über 4000 Meter hoch. In der Westantarktis werden die Vulkane irgendwann aktiv. Und dann schmilzt das Eis!«

Ramon half Sergej beim Schneiden von Wurst und Brot, und Rick verteilte die Köstlichkeiten auf drei Teller. Schon bald konzentrierten sie sich nur noch auf das Essen und schwiegen. Erst als Rick seine dritte Stulle vertilgt hatte, fragte er streng: »Geht der Junge in die Schule?«

Sergej und Ramon schüttelten fast gleichzeitig den Kopf.

»Er muss in die Schule gehen. Schon seit einem Jahr gibt es wieder regulären Unterricht«, sagte Rick. Dann öffnete er seine Tasche und zog Geschenke heraus: ein großes Stück Butter und eine Tafel Schokolade. Beides legte er auf den Tisch.

Ramon und Sergej fielen über die lang entbehrte Butter her.

»Die Schule hier war so zerstört, dass Hunderte von Kindern erst einmal die Steine aufgetürmt und aufgeräumt haben, bevor an Unterricht zu denken war«, erklärte Sergej, biss in die fettige Stulle und fuhr mit vollem Mund fort: »Weißt du, wie schlecht die Lehrer hier sind? Vormittags unterrichten sie, nachmittags gehen sie zur Lehrerausbildung. Und es gibt nicht mal Papier. Wochenlang lagen die Bücher mit Hakenkreuzstempel auf dem Schulhof. Dann haben sie die einzelnen Seiten herausgerissen, um überhaupt etwas zum Schreiben zu haben. Unter diesen Umständen unterrichte ich Ramon lieber selbst.«

Ramon leckte die Butter direkt von seinem Messer, und Rick schmierte ihm sogleich die doppelte Menge auf die nächste Brotscheibe und reichte sie ihm lachend.

»Sieh dir den Jungen doch an. Er ist spindeldürr. Ein großer Vorteil, ihn zur Schule zu schicken, wäre die Schulspeisung. Jeder Schüler bekommt einen Blechnapf voll Essen. Der Blechnapf gehört zur Schulausrüstung wie das Mäppchen!«

Aber Sergej schüttelte den Kopf. Er nahm Ramon das Brot aus der Hand, kratzte die dicke Schicht Fett wieder ab und schichtete sie zurück auf das Stück Butter in der Mitte des Tisches.

»Dein Geschenk muss auch noch für die nächsten Tage reichen«, mahnte er. »Hör auf, den Jungen zu verwöhnen. Wenn du weg bist, muss er wieder mit wenig zurechtkommen.«

Und er wickelte die Butter in ihr Papier und verstaute sie an einem schattigen Ort.

»Hast du dich mal umgeschaut, wie viele verwahrloste Jugendliche durch die Stadt irren? Mit ihnen fertig zu werden ist nicht nur ein Problem für euch. Überall lauern Banden. Sie plündern die Züge, um an Lebensmittel zu kommen. Selbst auf dem Schwarzmarkt werden Kinder aufgegriffen, die gerade mal fünf Jahre alt sind. Diese Stadt ist gefährlich, und ich will nicht, dass Ramon etwas geschieht.«

Noch hatte Ramon die Schokolade nicht angerührt. Nun wickelte Rick sie aus dem Papier und schob ihm ein großes Stück in den Mund. Dabei sah er Sergej provozierend an.

»Der Junge soll sich wenigstens satt essen, solange ich hier bin. Und überhaupt: Du solltest ihm mehr Spaß gönnen. Geht raus! Das Opernhaus ist zwar noch zerstört, aber ihr könnt in den Admiralspalast gehen, die Tribüne, ins Renaissance-

Theater. Oder geh mit Ramon ins Deutsche Theater. Zeig ihm *Nathan der Weise*.«

Sergej stöhnte. »Hast du eine Ahnung, was passiert, wenn sie mich erwischen?«

»Dann sucht euch was in der Nähe! Gespielt wird in jedem Raum, aber lass ihn hier nicht versauern.«

Die Schokolade zerschmolz auf der Zunge. Ihre Süße betörte Ramon. Da brach ihm Rick schon das nächste Stück ab und erzählte: »Ich reise bald in den Sudan. Da bin ich besonders gern, denn dort gibt es Elefanten, Giraffen und Löwen.«

»Hast du auch Krokodile gesehen?«

Ramon schmatzte genüsslich, und Rick nickte.

»Oh ja. Ganz viele, im Nil. Und Flusspferde. Wenn du es dir noch mal anders überlegst und doch kein Cellist werden willst, dann werde Entdecker. Da kommst du durch die ganze Welt.«

Und er berichtete von seinen Reisen, von fremden Ländern und Menschen, und Ramon hörte ihm gebannt zu.

Napravnik aber rührte gedankenverloren in seiner Tasse. Plötzlich unterbrach er seinen Freund.

»Ich habe den perfekten Ort gefunden. Bir Tawil ist genau richtig für mein Museum!«

Überrascht sah Rick auf.

»Hassan Fathy lebt in Kairo. Das liegt genau auf deiner Route, wenn du in den Sudan reist. Besuch ihn doch für mich! Er hat genaue Vorstellungen, wie das Museum aussehen soll. Ein riesiges Lehmziegelhaus mit nubischem Gewölbe.«

»Das ist komplett verrückt!«

Rick verließ den Tisch, setzte sich auf den Mauervorsprung und sah hinunter auf die Straße.

»Du meinst das tatsächlich noch immer ernst.«

Sergej räumte die Teller zusammen, als wollte er seinen Freund zum Aufbruch drängen. Dabei klapperte das Geschirr, als müsste es gleich zerbrechen, so grob packte er es an. Er erwiderte: »In der Wüste kann ich hüten, was ich gerettet habe, nach Bir Tawil kommt so schnell keiner!«

Er warf das dreckige Geschirr in die Waschschüssel.

»Und ich brauche diesen abgelegenen Ort, denn es wird lange dauern, bis der Terror vorbei ist. Weißt du, was sie reden, wenn ich von morgens bis abends die Straßen freiräume? Da sind neue Kommunisten, die mir erzählen wollen, was Kommunismus ist; im Kommunismus würde alles im Überfluss da sein. Und dann sind da noch die alten Nazis, wie Wölfe im Schafspelz. Sie werden weitermachen, egal in welcher Position.«

Rick ging nicht darauf ein. Demonstrativ wandte er sich an Ramon.

»Ich bin zwar nur ein Polarforscher, aber im Sommer treffe ich einige Weltentdecker im Sudan. Ich werde Fotos machen und dir ein paar schöne Bilder von Krokodilen mitbringen. Aber zuerst werde ich dir eine Postkarte schicken ...«

Wieder unterbrach ihn Sergej.

»Die Sache ist ernst, Rick. Hassan Fathy braucht Geld. Ohne Geld kann er nicht anfangen, das Museum zu bauen. Wenn du sowieso über Kairo fliegst, könntest du ihm das Geld doch vorstrecken!«

Doch Rick reagierte nicht. Er hatte sich bereits zu Ramon an den Tisch gesetzt. Und Ramon wäre am liebsten mit ihm gereist. Denn dieser Rick gefiel ihm. Er sah weit mehr von der Welt als sein spanischer Vater, der zwar auch durch die Gegend tingelte, aber nicht mal ahnte, was sich auf anderen Kontinenten verbarg.

»Verdienst du als Weltentdecker so viel Geld, dass du damit auch ein Museum bauen könntest?«

Lächelnd strich Rick ihm übers Haar, blieb jedoch die Antwort schuldig. Er schenkte sich Tee nach und wechselte dann in die andere Sprache. Nun aber klang er streng, er schien Sergej ins Gewissen zu reden. Immer wieder fiel dabei auch Ramons Name, und sie begannen zu streiten.

Ramon zog sich zurück in den einzigen unzerstörten Raum, in dem er und Sergej schliefen, und schloss die Tür hinter sich, um wieder Cello zu üben. Dabei hörte er sie noch lange reden, zwischendurch auch lachen, und gegen Mitternacht stand Rick plötzlich neben ihm, weil er sich verabschieden wollte.

»Pass gut auf dich auf, Ramon! Und hüte dein Talent.«

Er schrieb seine Adresse auf einen Zettel, knüllte ihn zu einer Kugel zusammen und warf sie in den Klangkörper des Cellos. »Wenn irgendwas ist, dann melde dich bei mir.«

Bevor er verschwand, umarmten sich Rick und Napravnik noch einmal fest. Danach blieben Ramon und Sergej wieder für Wochen allein.

5 Maria Chavéz, 1990

Ich verschlief dreizehn Stunden in der Luft. Kurz vor dem Ziel wachte ich auf. Das Ende der Welt versank in sandigen Dünen. Punta Arenas war kalt.

Wir betraten das Rollfeld. Nebel umhüllte uns. Der Wind rumpelte wie ein Vierzigtonner über uns hinweg. Wir flüchteten in den nächsten Bus, ohne zu wissen, wohin er fuhr. Ich schmiegte mich an Crewell. Er rückte nicht von mir ab. Bei meiner leichten Bekleidung konnte ich nur hoffen, mein Begehren nicht zu verraten, denn er wollte sich einfach nur wärmen.

Der Bus schlingerte durch schmale Straßen, kam an Viehweiden und Tälern vorbei. Schwarze Kühe rupften das Pampasgras. Zunächst sahen wir keinen Menschen.

Als Pappeln die Straßen säumten, erreichten wir ein Dorf. Die Häuser waren geduckt, ihre Dächer aus Blech. Wir eilten in das nächste Geschäft. Der Laden war warm, doch ich fror noch immer und kaufte Unmengen an wollenen Sachen, schichtete Pullover wie Zwiebelschalen über meinen Körper.

Crewells Lippen waren blau angelaufen. Er hüllte sich noch an der Kasse in seinen neuen Mantel. Trotzdem kroch die Kälte weiter durch unsere Poren. Als wir den Laden verließen, entfachte der Wind ein Feuerwerk in meinem Ohr.

Crewell redete auf mich ein. Ich verstand kein Wort. Als er es endlich bemerkte, nahm er meine Hand und zog mich an Bäumen vorbei, deren Wipfel fehlten. Anscheinend hatte der Orkan sie fortgerissen. Nun riss Crewell mich mit sich, in eine gut besuchte Bar. An den Tischen spielten Männer Karten, und wir setzten uns vor einen knisternden Kamin.

Eine korpulente, untersetzte Frau fragte nach unseren Wünschen. Und weil ich zu lang brauchte, um meine Antwort auf Spanisch zu geben, übernahm Crewell und fragte auf Englisch nach zwei Zimmern.

Die Wirtin lotste uns über einen verglasten Hof, in dessen Mitte ein Mädchen in einem Matekessel rührte. Kurz darauf zeigte die Frau uns einen purpurrot gestrichenen, fensterlosen Raum, darin standen ein Doppelbett und ein Schrank. Klo und Dusche lagen nebenan, zur gemeinsamen Nutzung mit den Gästen der Bar.

Wir teilten uns den Raum für eine Nacht. Etwas Besseres war nicht zu bekommen, aber uns war auch zu kalt, um weiterzusuchen.

Kaum hatte uns die Frau allein gelassen, zog ich mich aus. Nackt hüllte ich mich in meine Decken.

Crewell entkleidete sich bis auf die Unterwäsche. Schnell verbarg er sich unter den Kissen und entschuldigte sich: »Ich muss mich an das raue Klima erst gewöhnen. Gute Nacht.«

Wenige Minuten später schnarchte er.

Seine Nähe aber durchdrang meinen Körper. Er nahm mir die Ruhe, ich konnte kaum einschlafen.

Als ich erwachte, hatte ich keine Ahnung, wie spät es war. Die Seite neben mir war leer. Ich tastete nach dem Lichtschalter. Dann zog ich mich an und durchquerte den verglasten Hof. Über mir wirbelten silbrige Wolken auf, aber das schallgeschützte Glasdach hielt den Lärm von mir fern.

Crewell entdeckte ich an der Bar. Er studierte eine Landkarte. Der ganze Raum roch würzig. Bald erschien die Barfrau mit einem vollen Tablett und stellte zwei dampfende Terrinen vor uns ab.

Es war ein Eintopf aus Mais und Kürbis. Wir berauschten uns an seiner köstlichen Schärfe.

Kaum hatten wir aufgegessen, spendierte uns die Wirtin einen Traubenschnaps. Als ich ihn in einem Zug hinunterkippte, legte sich ein süßer Pelz über meine Zunge, und ich fasste Mut: »Bist du gerade mit jemandem zusammen?«

Crewell verzog das Gesicht. Ob ihn meine Frage oder der Alkohol anwiderte, ich wusste es nicht. Er orderte auf Englisch einen Kaffee. Sofort brachte die Barfrau ihm eine hellbraune Brühe. Crewell schüttete Unmengen an Zucker hinein.

Das Mädchen, das am Abend im Matekessel gerührt hatte, schenkte uns ein Gebäck. Es bestand aus einer klebrig-braunen Paste eingekochter Kondensmilch. Abermals verzog Crewell das Gesicht und sagte: »Ja, ich bin mit einer Frau zusammen, doch es ist kompliziert. Wir haben uns für ein paar Wochen getrennt. Dann kann sich jeder mal ausprobieren, ohne sich vor dem anderen rechtfertigen zu müssen.«

Er zwinkerte mir zu.

»Ich bin also wieder mal offen für alles, außer für eine Beziehung. Aber selbst das fällt mir gerade schwer. Also lass mir ein bisschen Zeit!«

Dann schob er das Gebäck beiseite und sah mich beschwörend an.

»Wir sollten gleich aufbrechen und deinen Vater aufsuchen.«

Ich liebte die chilenischen Speisen, trank und aß auch das, was er verschmähte. Er aber hatte nur ein Thema und deutete auf einen Punkt auf der Landkarte.

»Wir sind hier. Und dein Vater? Wo genau lebt der?«

Ich suchte das Dorf, in dem mein Vater jetzt wohnte. Seine Adresse hatte sich in mein Hirn gebrannt. Aber ich wies auf eine andere Stelle, drei Dörfer von meinem Vater entfernt. Ich wollte Zeit gewinnen, wollte Crewell erst allein für mich haben.

Er prüfte die Route.

»Das müsste etwa 60 Kilometer von hier entfernt sein«, sagte er und nickte mir zu. »Ich hole unsere Taschen, du zahlst.«

Eine Viertelstunde später standen wir auf der Straße, wieder umringt vom Pfeifen des Windes. Nirgendwo hing ein Plan, wann der nächste Bus fuhr, und niemand hatte mir gesagt, dass in Magallanes die Winter im Sommer lagen. Sie waren alles andere als romantisch.

Ein Taxi hielt neben uns an. Der Fahrer fragte, ob er uns mitnehmen solle. Als ich verneinte, behauptete er, der nächste Bus führe erst in vier Stunden. Da gab ich nach, breitete unsere Karte aus und zeigte ihm das Dorf, in dem wir uns einquartieren wollten. Der Chilene nannte einen viel zu hohen Preis. Ich feilschte, bis wir uns einig wurden. Wir nahmen auf der Rückbank Platz.

Der Weg stieg steil an. Kiebitze umkreisten uns, setzten sich auf die Äste schwarzer Zypressen. Dort ruhten sie sich aus.

Schon bald zog sich Dornengestrüpp in Wogen dahin, erstreckte sich in Terrassen nach oben. Am Horizont lösten sich Himmel und Erde farblos auf.

Als müsste der Fahrer mir sein Land farbig malen, schwärmte er vom patagonischen Einhorn. Und er beschwor mich, nach Lago Posadas zu fahren, denn dort erhielte ich den Beweis für dessen Existenz. Er sei in alten Malereien zu finden. Jäger hätten das Einhorn schon vor Jahrtausenden ausgerottet.

Da kam ich in Fahrt, stellte ihm Fragen auf Spanisch und kommentierte, was er mir sagte. Denn so langsam hatte ich mich an den Frost und den Sturm gewöhnt.

Crewell verstand kein einziges Wort. Ich übersetzte nichts. Dennoch starrte er mich an. Und unter seinem Blick verwandelte ich mich in das, was ich nicht war, leidenschaftlich und forsch. Und ich spielte damit, wollte ihn betören.

Wir durchquerten flaches Land, fuhren an Aberdeenrindern vorbei. Später sahen wir riesige Toreinfahrten, die zu prächtigen Landgütern führten.

Der Taxifahrer redete ununterbrochen. Er schimpfte über die Millionäre, die am Fuße des Berges lebten. In Magallanes wohnte nämlich nur ganz unten, wer es zu etwas gebracht hatte. Oben hingegen mussten die Armen hausen.

Ich erzählte von unserem Haus im Wald, berichtete von dem Apartment in Berlin. Crewell fragte abermals, worüber wir sprachen, doch ich ignorierte ihn weiter.

Als wir eine Hütte aus Holz erreichten, hielt der Fahrer kurz an. Stimmen aus dem Fernseher schallten zu uns herüber und mischten sich mit dem Zischen von heißem Fett. Kurz darauf trat ein Mann aus der Hütte und begrüßte den Fahrer mit einem zahnlosen Lächeln. Er drückte ihm ein Päckchen in die

Hand. Der Fahrer wickelte es auf und zog ein Sandwich heraus. Gierig biss er hinein und fuhr hupend davon. Als ich mich noch einmal umdrehte, ragte ein Arm aus der Tür und warf einem Hund einen Knochen zu.

Später überholten wir einen alten Mann. Er war in einen Poncho gehüllt und hatte seinen Filzhut tief ins Gesicht gezogen. Als wir an ihm vorbeischossen, verschwand er in einer Wolke aus Sand.

Der Fahrer erzählte von seinen Frauen. Er ließ sich gerade zum dritten Mal scheiden. Ich erklärte ihm auf Spanisch, dass auch wir mal ein Paar gewesen seien. Dabei gestand ich, Crewell noch immer zu lieben.

Der Fahrer bedauerte mich. Gleichzeitig machte er mir Hoffnung. Patagonien sei voller Energie. Wind und Kälte hätten eine Kraft geschaffen, die stark genug wäre, um alles zu erreichen, was man nur wollte. Denn selbst die Bäume ließen sich nicht entwurzeln, waren kräftiger als die in der übrigen Welt.

Seine Worte beflügelten meine List.

Crewell fragte zum dritten Mal, worüber wir sprachen. Ich beachtete ihn noch immer nicht. Stattdessen versprach ich dem Fahrer, im Dezember wiederzukommen, wenn die Aprikosenbäume Früchte trugen, aber produzierte meine spanischen Laute nur für Crewell. Ich lockte ihn mit meinen Gesängen.

Nach einer Stunde erreichten wir das Ziel. Der Fahrer hielt neben einem Friedhof. Zypressen ragten in den Himmel, dazwischen glänzten Gräber aus schwarzem Marmor.

Der Fahrer empfahl uns das Hotel gegenüber, eine zweistöckige Villa aus Holz. Sie schmiegte sich an einen Felsen, war weiß getüncht und mit Balkonen versehen.

Ich drückte dem Fahrer einen Schein in die Hand. Er bedankte sich und wünschte mir Glück. Wir verabschiedeten uns herzlich.

Crewell war längst ausgestiegen und lehnte an einem Geländer, direkt am Meer. Hinter ihm zog sich ein Pfad wie eine Linie über die Klippen und umringte die ganze Bucht. Mannshohe Wellen schwappten gegen die Felsen, spritzten ihm ins Gesicht. Schnell wandte er sich ab.

Ich betrat das Hotel. Es war altmodisch eingerichtet. An den Wänden hingen geschwungene Spiegel in goldenen Rahmen, davor standen Chaiselongues aus blauem Samt, von silbernen Löwenpranken getragen. Kurz darauf stand Crewell neben mir und bewunderte die holzgetäfelte Rezeption. Dahinter saß eine elegant gekleidete Frau. Nachdem sie uns auf Spanisch begrüßt hatte, schlug sie mit der Hand auf eine Tischglocke. Sofort öffnete sich die Tür neben ihr, und ein Page erschien. Er nahm Crewell unsere Reisetaschen ab und wartete neben der Treppe, bis ich die Zimmer bezahlt hatte. Dann führte er uns nach oben und stellte unser Gepäck im ersten Stock zwischen zwei Türen ab.

Mein Zimmer lag neben Crewells. Es war herrschaftlich groß, mit goldverziertem Stuck an der Decke, und über einen gemeinsamen Balkon mit seinem verbunden. In der Mitte befand sich ein Himmelbett, dahinter zwei Bauernschränke, davor ein geschwungenes Sofa mit zwei Sesseln. Von meinem Fenster aus sah ich das Meer. Ich fühlte mich stark. In diesem Zimmer wurde mir endlich warm.

Vor mir stand eine Flasche Vino Linado, ein Geschenk des Hauses. Ich öffnete die Flasche und probierte den Wein. Der lachsfarbene Rosé schmeckte nach dem heißen Sommer, den ich erst vor Kurzem verlassen hatte, und verströmte den Duft von Rosen und Beeren.

Drei Dörfer entfernt atmete mein Vater, womöglich schon seit dreizehn Jahren. Kurz vor seiner Flucht hatte ihn der Brief von Karl Krause erreicht, hatte ihn panisch gemacht. Ständig bläute er mir ein, das Licht nur noch anzuschalten, wenn die Jalousien heruntergezogen waren. Das hielt ich nicht aus. Ich blieb über Stunden in meinem Zimmer, um mich zu beruhigen. Wie immer griff ich zum Cello und spielte besessener als je zuvor. Da rissen meine Fingerkuppen und hinterließen blutige Schlieren auf dem Holz.

Crewell unterbrach meine Erinnerung. Er stand auf dem Balkon und klopfte an mein Fenster. Als ich ihn hereinließ, zischte der Wind durch den Spalt. Schnell schloss Crewell die Tür und trat nah an mich heran.

»Wir brauchen einen Plan!«

Ich trank mein Glas in einem Zug leer und wollte mir sofort nachschenken, aber Crewell nahm mir die Flasche weg. Dann hauchte er mir einen Kuss auf die Stirn.

»Sobald wir deinen Vater gefunden haben, kümmern wir uns nur um uns. Du und ich, versprochen.«

Ich betrachtete die Weiden. Diese Bäume widersetzten sich dem Sturm.

Da ergriff auch mich die Kraft dieses Landes, und ich bildete mir ein, dass sie zu einer Quelle der Verwandlung wurde. Sie kühlte mich ab und schützte mich vor Crewell und meinen Vater.

Wieder sah ich den Pfad. Er schlängelte sich um die Felsen, von einem Dorf zum nächsten. Plötzlich wollte ich ihn sofort beschreiten.

Im selben Moment beschloss ich, meinen Vater noch heute zu treffen – allein. Crewell wollte ich erst bei meinem zweiten Besuch mitnehmen. Um mich nicht zu verraten, vermied ich es,

Crewell anzuschauen, als ich sagte: »Am besten machen wir mal einen Tag nichts zusammen.«

Erneut griff ich zum Wein. Jetzt trank ich ihn direkt aus der Flasche.

»Du bist betrunken!« Crewell nahm mir die Flasche ab.

Ich nickte. Magallanes war toll. Ich liebte sein eiskaltes Südmeer, seine unfruchtbaren Ebenen und das unzugängliche Bergland. Dieses Land war störrisch. Und es machte auch mich zum Eigenbrötler. Das tat mir gut.

Im nächsten Moment öffnete ich die Balkontür und forderte ihn auf zu gehen. Ich genoss Crewells Entsetzen.

Noch einmal kam er auf mich zu. Und endlich küsste er mich. Fühlte er plötzlich, wie sehr ich ihm hier genau das geben wollte, was ich mir von ihm ersehnte?

Er machte meine Hoffnung sofort zunichte.

»Dann gehen wir aber spätestens übermorgen zu deinem Vater, ja?«

Ich schob ihn hinaus und erwiderte: »Lass uns einfach in Ruhe ankommen, jeder für sich. Kann sein, dass ich dafür auch morgen und übermorgen noch meine Zeit brauche.«

So gern hätte ich seinen Kuss erwidert. Stattdessen hüllte ich mich in drei Wollpullover, Mütze und Schal. Darüber zog ich die Daunenjacke und quetschte meine mit dicken Socken geschützten Füße in die Turnschuhe. Dann füllte ich meinen Rucksack mit einem Pyjama, meiner Zahnbürste und einer Landkarte und verließ das Hotel.

Oben auf dem Pfad schaute ich ins Landesinnere und entdeckte einen Fluss. Er schlängelte sich zwischen knochenweißen Klippen und smaragdgrünen Feldern entlang. Obwohl ich viel zu weit entfernt stand, glaubte ich zu hören, wie das Wasser durch raschelndes Ried eilte. Am Rand bogen sich die Weiden mit Wucht, und die Unterseiten ihrer Blätter blitzten silbrig auf.

Purpurschwalben jagten durch die Luft und stoben über das Kliff. Als sie von den Böen erfasst wurden, stürzten sie ab. Kurz vor dem Aufprall schossen sie wieder hoch und wurden erneut aus ihrem Flug gerissen.

Wo wohl die Wüste lag, mit Dornengestrüpp bewachsen? Zerrieb man dessen grauen Blätter, verströmten sie einen bitteren Geruch.

Der Pfad stieg immer steiler an. Bald stand ich an der höchsten Stelle. Sie verschaffte mir einen weiten Blick. Anhand der Karte überprüfte ich, wo das Dorf meines Vaters lag. Es war das letzte, das ich von hier oben sehen konnte. Ich durfte es nicht verfehlen und orientierte mich an den zerklüfteten Klippen. Sie schienen zu tanzen, während das Licht der Sonne in ihnen reflektierte. Von hier oben wirkte der Boden wie mit Rostflecken bedeckt. Hinter seinem Dorf ragten rötliche Berge empor.

Nun war der Himmel fahlblau geworden. Kondore kreisten wie schwarze Punkte. Und ich wanderte weiter, durch einen Korridor violetter Felsen. Dabei sauste der Wind durch meine Kleidung. Ich fühlte ihn nicht. Auch die Gischt spürte ich nicht, dabei sprühte sie mir direkt ins Gesicht. Ich lief nah am Abgrund entlang, unten tobte das Meer. Obschon ich nicht schwindelfrei war, störten mich jetzt die Höhen nicht. Ich sah Felswände in Schichten glänzen. Sie waren beige und braun gestreift, fast wie die Fahne einer Reiterschwadron.

Im Tal erkannte ich schon sein Dorf, der Pfad über die Klippen endete hier. Eine Treppe, in den Fels geschlagen, führte nach unten, so gelangte ich an das Ufer eines Sees. Wäre es Sommer, könnte ich in seinem saphirblauen Wasser Lagunen sehen,

Schwäne mit schwarzen Hälsen und Flamingos, die das Gewässer rosa färbten. Wie gern wäre ich jetzt einem Guanako begegnet, um seine Anmut zu bewundern. Es nieste und weinte zugleich.

Ich umrundete den See und kam in sein Dorf. Gleich würde ich sein Haus erreichen.

Wo immer ich hinblickte, wuchsen Ebereschen. Die Straßen waren menschenleer. Ich lief immer geradeaus. Die Wolken türmten sich violett und spiegelten sich in den Fenstern der Backsteinhäuser. Auf den Dächern klapperten die Ofenrohre, daneben ein Gewirr von Drähten. Ich vernahm viele kraftvolle Stimmen. Sie drangen aus den Häusern und mischten sich mit dem Brausen des Windes.

Mein Vater wohnte am Ende der Straße, sein Haus war eine Hütte, umringt von schwarzen Zypressen. Dahinter begann die Prärie, die sich bis zu einer Kette von blauen Bergen erstreckte. Sofort fiel mir seine karierte Schiebermütze ins Auge. Sie lag auf der Bank.

Nichts rührte mich mehr als sie.

Wenn ich in den Rhythmus des Sturms atmete, würde ich meine Gefühle kontrollieren können. Dann müsste ich mich nicht mehr zusammenreißen und bliebe stark.

Aber es gelang mir nicht. Die erste Cellosuite von Bach ertönte.

Hörte ich sie wirklich oder erklang sie nur in meinem Kopf? Das Klopfen der locker hängenden Bretter an seiner Hütte erinnerten mich an seinen letzten Morgen. Ich hatte dasselbe Stück gespielt. Und auch damals wurde der Klang des Cellos von einem Hämmern durchbrochen. Es kam aus unserem Wohnzimmer.

Als Siebzehnjährige unterbrach ich mein Üben und fand meinen Vater auf unseren Holzdielen kniend. Er riss Bretter aus dem

Boden und stellte fest: »Wir haben schon lange nicht mehr unter die Dielen geschaut.«

Damals hatte ich genickt, aber keine Anstalten gemacht, ihm zu helfen. Er war enttäuscht.

Als er den Hohlraum abtastete, sagte er: »Ich bin mir sicher, dass ich sie genau hier versteckt hatte!«

Dann legte er seinen Kopf auf den Boden, lauschte angestrengt.

»Jetzt höre ich sogar schon jemanden lachen. Hörst du das auch?«

Sein Verhalten grenzte für mich an Wahnsinn. Er war wie ausgewechselt. Eigentlich hätte ich ihm helfen müssen. Vor dreizehn Jahren aber spielte ich nicht mehr mit.

Wir nannten es die Köpenickiade. Seit ich ein Kleinkind war, spielten wir sie. Immer eröffnete mein Vater das Spiel mit einer Glocke. Er ließ sie sechsmal erklingen, dann machten wir uns fein. Mein Vater erschien jedes Mal in demselben Anzug, ich trug mein schönstes Kleid. Feierlich nickten wir uns zu. Dann hielt mein Vater eine kurze Ansprache, es war stets dieselbe, als hätte er sie auswendig gelernt: »Willkommen zu unserer Köpenickiade. Verehrte Schatzmeisterin?«

Er nickte mir zu.

»Die Regeln sind bekannt: Nie darfst du jemandem sagen, was wir hier spielen. Denn es ist unser Spiel und geht keinen was an.«

Die weiteren Regeln waren simpel: Wir suchten nach Noten und fanden sie auch. Sie lagen im Haus verstreut, meistens unter den Dielen versteckt. Pro Spiel galt es nur zwei bis drei Partituren zu entdecken, danach gaben wir auf. Den Rest ließen wir für die nächsten Male übrig. Zum Schluss bediente er das Glöckchen noch einmal, und wir verbeugten uns vor den Noten. Er gab ihnen neue Titel, und ich durfte sie mit seinem Namen unterzeichnen. Das beherrschte ich tatsächlich schon im Alter von vier Jahren. Er lehrte es mich, lange bevor ich meinen eigenen Namen zu schreiben vermochte. Dann steckte ich die Noten in einen frankierten Umschlag, und er schickte sie an den Verlag. Und immer endete unsere Köpenickiade mit einem Festtagsessen in einem feinen Lokal. Dort saßen wir als Verschworene und stießen mit Himbeerbrause an.

An seinem letzten Abend in Deutschland aber verweigerte ich mich unserem Ritual. Ich ging zurück in mein Zimmer und übte die erste Cellosuite von Bach. Er rannte mir nach.

»Was ist? Hast du das Glöckchen nicht gehört?«

Ich murmelte nur: »Es ist vorbei. Ich spiele nicht mehr mit!«

Da packte er seine Sachen zusammen und ging.

Er kam nicht wieder.

Und jetzt, am Ende der Welt, klang die Musik so nah. Dabei hielt ich weder mein Cello am Leib, noch hatte ich ein Glöckchen vernommen, das mich zur Köpenickiade rief. Aber ich hörte seine schweren Schritte. Da wurde mir augenblicklich klar, dass die Musik aus einer Anlage kam.

Im nächsten Moment setzte sich mein Vater neben mich auf die Bank.

Ich wagte es nicht, ihn anzuschauen. Starrte stattdessen zu den vier Berggipfeln, betrachtete ihre gerade Linie, den purpurroten Buckel ganz vorn, daneben die rotgelbe Säule, dahinter einen Kamm mit Zacken und den Kegel eines mit Schneezinnen bedeckten Vulkans.

Mein Vater unterbrach das Schweigen.

»Dass du kommen würdest, wusste ich. Dass du aber so schnell da bist, damit habe ich nicht gerechnet.«

Jetzt sah ich ihn an. Sein Gesicht war kantig geworden. Seine Haut von der Sonne gegerbt, die Haare grau, sein Körper drahtig und schlank. Er wirkte gesund. Ich durchschaute ihn sofort: »Du warst es! Du hast mir diesen Brief geschrieben!«

Er lächelte verschmitzt und strich mir eine Strähne aus der Stirn. »Du siehst gut aus!«

Ich zerrte den Brief aus dem Rucksack und warf ihn in seinen Schoß.

»Wie konntest du mich so erschrecken?«

Statt darauf einzugehen, tätschelte er meine Wange.

Ich rückte von ihm ab. »Warum erst jetzt? Warum meldest du dich erst nach dreizehn Jahren? Meinst du, ich habe nichts Besseres zu tun, als einfach alles stehen und liegen zu lassen, nur um dich zu treffen?«

Obwohl ich ihn nicht ansah, wusste ich von der Verachtung in seinem Blick, noch bevor sie sich in seiner Stimme manifestierte: »Was hast du schon Wichtigeres zu tun!«

Meine Enttäuschung wand sich wie ein Würgeeisen um meine Kehle. Ich wollte auf der Stelle gehen. Doch wie in einem Albtraum konnte ich mich nicht bewegen.

Warum hatte er mich nicht begrüßt? Warum nahm er mich nicht in den Arm? Hatte er mich denn nicht vermisst?

Er stand auf.

Ich sah ihm nicht nach. Aber ich hörte, wie er irgendwann die Schallplatte umdrehte. Erst spät folgte ich ihm ins Haus. Da stand er bereits hinter einer holzvertäfelten Theke und kochte Tee.

Im Kamin knisterte ein Feuer. Davor standen drei Korbsessel, ein Sofa und ein Schaukelstuhl. An den Wänden bogen sich die Regalbretter, weil Hunderte von Schallplatten sie nach unten drückten.

Ich blätterte durch seine Plattensammlung. Die meisten Aufnahmen stammten von meiner Mutter. Es waren Cellokonzerte von Haydn und Schumann, gestützt von zwei Kisten, jede mit einem Namen versehen. Links stand ihr Name, sie war bis zum Rand gefüllt mit Zeitungsartikeln. Rechts stand mein Name an einer leeren Box.

Mein Vater verteilte Brote auf zwei Teller. Dabei verfolgte er genau, was ich mir ansah. Als ich meine leere Kiste unschlüssig wendete, sagte er vorwurfsvoll: »Seit dreizehn Jahren warte ich auf deinen Erfolg.«

Ich stellte die Kiste zurück und suchte mir einen Platz weit weg von ihm, als gäbe es einen Ort, an dem ich vor seinen Worten sicher war. Aber es gab nicht mal eine freie Fläche. Überall stapelten sich die Zeitungen. Und auf dem Schaukelstuhl lag eine weitere Schachtel, an der mein Name haftete. Darin fand ich, was ich schon seit Jahren suchte: die Urkunden aller Wettbewerbe, die ich als Kind gewonnen hatte.

»Deine Erfolge sind nur noch Erinnerungen«, seufzte mein Vater.

Er schenkte uns Tee ein, dann nahm er mir die Schachtel weg und hielt sie wie eine Jagdtrophäe vor der Brust. »Was du erreicht hast, hast du nur mir zu verdanken. Kaum war ich weg, brach dein Erfolg in sich zusammen!«

Lange hatte ich meine Urkunden gesucht. Ihrem Verlust schrieb ich die Schuld an meinem Scheitern zu, denn auch für mich waren sie der einzige Beweis, dass ich ein Wunderkind gewesen war. Sie blieben Zeugnisse aus meiner alten Welt und hätten mein Talent zusammengehalten. Nun aber kauerte ich mich zusammen, als könnte ich mich vor meinem Scheitern verstecken.

Warum hatte er mich im Stich gelassen? Als er ging, spielte ich kein Konzert mehr fehlerfrei und versagte bei allen Wettbewerben. Und erst beim dritten Anlauf gelang mir die Aufnahmeprüfung an der Musikhochschule.

Aber ich machte mir schon lange nichts mehr vor: Ich war der Schatten meines Vaters. Löschte er das Licht, löschte er mich gleich mit.

Meinen Vater ließ das kalt. Unbekümmert wischte er die Zeitungen vom Stuhl, um sich zu setzen. Einige fielen mir in den Schoß. Ich schob sie weg. Wäre ich mutig gewesen, hätte ich meinen Vater gleich mit weggeschoben.

Stattdessen ließ ich zu, dass er sich mir weiter aufdrängte.

»Du warst siebzehn, als ich ging, und damit alt genug, um für dich selbst zu sorgen. Weißt du, wie alt ich war, als sich plötzlich kein Mensch mehr um mich kümmerte? Ich war gerade erst zehn! Und was habe ich getan? Ich habe mich allein durchgeschlagen. Heute bin ich ein berühmter Mann. Du aber lebst von meinem Ruhm!«

Ich rührte mich nicht. Er saß mir einfach zu nahe.

Mit siebzehn hätte ich seine Nähe gebraucht. Ohne ihn konnte ich nicht erwachsen werden. Ich brach die Schule ab, da fehlte von dem renommierten Komponisten längst jede Spur.

Anfangs übte ich noch für jeden Auftritt, denn ich genoss das Mitgefühl der Welt, weil er wie vom Erdboden verschluckt blieb und ich somit seine Musik repräsentieren durfte.

Dann ging alles kaputt. Das öffentliche Interesse an mir erlosch, und Crewell beendete unsere Beziehung, als wäre mein Erfolg die alleinige Grundlage für seine Liebe.

Da hörte ich auch auf zu üben. Doch mein Vater blieb der große Chavéz, denn seine Musik tönte auch ohne ihn weiter, gespielt auf den Bühnen der ganzen Welt. Wenn ich hingegen heute Konzerte gab, fanden sie nur noch im kleinen Rahmen statt.

Er hatte recht. Ich hatte ihn enttäuscht.

Dabei hatte ich meinem Spiegelbild so viel entgegengeschmettert. Es waren Klagelieder, gebetsmühlenartig aufgesagte Strophen an einen Vater, der einfach verschwand. Jetzt aber konnte ich mich an nichts mehr erinnern, so sehr ich mich auch anstrengte.

Der Tisch wackelte, weil ich dagegen gestoßen war. Tee schwappte über den Tassenrand und verteilte sich in Rinnsalen über der Holzplatte. Mein Vater schnaubte und warf mir sein Stofftaschentuch zu. Er saß viel näher dran, die Säuberung des Tisches wäre für ihn nur ein Handgriff gewesen. Er aber konnte es nicht lassen, mich zu erziehen. Unter seinem strengen Blick wischte ich die Lache weg. Dieses Mal jedoch würde ich mich rächen und ihn verraten. Morgen würde ich mit Crewell erscheinen und ihm meinen Vater ausliefern.

Er unterbrach meine Gedanken.

»Ich musste dich zu mir rufen, weil du ein letztes Mal unser Spiel spielen wirst.«

Er griff in eine Lade und reichte mir einen Umschlag.

»Die Mauer ist offen, sie schützt mich nicht mehr. Deshalb musst du sehr schnell handeln!«

Ich zog einen Plan aus dem Umschlag. Es war eine Wanderkarte der Mecklenburgischen Schweiz. Noch während ich sie studierte und dabei die Straßen fand, die ich mit Crewell gerade erst entlanggefahren war, legte mein Vater seinen Arm um meine Schultern. Endlich gab er mir einen Kuss auf die Stirn.

»Ich wollte dich nicht erschrecken, aber ich hatte Angst, dass der Plan in falsche Hände gerät. Deshalb wollte ich ihn dir persönlich geben. Es ist unser letztes Spiel, und du musst alles, was du findest, vernichten!«

Auf der Karte waren Orte eingekreist. Pfeile wiesen den Weg. Sie endeten auf einer grünen Ebene, am Fuß eines Berges.

Ich glitt mit dem Finger die Pfeile entlang und stoppte bei einem eingezeichneten Kreuz.

»Und wenn sie es längst gefunden haben? Wenn da gar nichts mehr liegt?«

»Dann rufst du mich sofort an!«

Mein Vater schrieb seine Telefonnummer auf einen Zettel und steckte ihn mir zu.

Ich entdeckte das Dorf von Karl Krause etwa zwanzig Kilometer von der eingezeichneten Stelle entfernt. Und ich wagte zu fragen: »Bist du gegangen, weil ich die Köpenickiade nicht mehr mitgespielt habe?«

Er schwieg. Anscheinend dachte er nicht im Traum daran, mir mein schlechtes Gewissen zu nehmen.

Da holte ich zum Angriff aus.

»Was ist mit Karl Krause? Könnte er sich nicht längst alles geholt haben? Er wohnt nicht weit entfernt!«

Meine Frage traf ihn wie eine Ohrfeige. Verstohlen rieb er über seine Wange, als hätte ich ihn mit der bloßen Hand erwischt. Und ich holte noch einmal aus: »Ich habe ihn erst vor zwei Tagen besucht!«

»Du bluffst!«

Er versuchte zu lächeln, aber es missglückte.

Ich schüttelte den Kopf. »Karl Krause, Dorfstraße 11, ein Dorf in der Mecklenburgischen Schweiz. Du solltest deine Briefe besser verstecken!«

Als hätte er mich überhört, breitete er die Arme aus. Und mit übertriebener Herzlichkeit drückte er mich.

»Ich bin so froh, dass du da bist.«

Obwohl ich ihn durchschaute, löste ich mich nicht aus seiner Umarmung. So sehr sehnte ich mich danach, sein kleines Mädchen zu sein. Und das fragte sich nicht, ob seine Zärtlichkeit echt war. Es genoss einfach nur die lange vermisste Nähe. Wann hatte er mich zuletzt umarmt? Ich war zehn gewesen, hatte gerade den Bundeswettbewerb ›Jugend musiziert‹ gewonnen. Damals hatte ich es kaum erwarten können, die Köpenickiade mit ihm zu spielen. Ich wollte sie spielen, nur mit ihm allein.

Da ließ mich mein Vater wieder los. Er zog Bettzeug aus einer Schublade und legte es für mich auf das Sofa.

»Du bleibst über Nacht. Es ist zu gefährlich, jetzt noch zu gehen.«

Dann öffnete er eine Flasche Whisky und schenkte uns ein. Er tat gelassen, als er mich endlich fragte: »Also gut, was hast du mit Karl Krause zu tun?«

Ich wollte sein Unwissen auskosten und nahm einen kräftigen Schluck vom Single Malt. Er schmeckte nach dem Rauch von Torffeuer, und seine Schärfe wandelte sich in Wärme. Dann fragte ich: »Wo hast du die Oper gelassen?«

Er blieb mir die Antwort schuldig. Stattdessen sagte er: »Karl Krause ist verrückt. Was auch immer er sagt, nimm ihn nicht ernst.«

Ich ließ offen, wie ich dazu stand, und trank das Glas in einem Zug leer. Ich mochte es, wenn der Whisky in meiner Kehle brannte, liebte es, wenn er meinen Körper wärmte.

Aber mein Vater ließ mich nicht aus den Augen. Vielleicht wollte er von meinem Gesicht ablesen, wie viel ich wirklich wusste, und fügte hinzu: »Räum auch den Dachboden leer und wirf alles weg, was du findest!«

Ich schenkte mir seelenruhig nach. Dabei bewunderte ich das Glas. Selbst am Ende der Welt servierte mein Vater seinen Whisky noch in einem Nosingglas, denn darin entfaltete sich das Aroma am besten.

Schon immer hatte mein Vater die besten Whiskysorten besessen und Wert darauf gelegt, dass sein Gast die Aromen mit Stil genoss. Also versuchte auch ich, das Glas möglichst still zu halten, weil sich die Bestandteile nicht verflüchtigen durften. Auf keinen Fall wollte ich mich mit einer überbordenden Alkoholnote begnügen. Und mit dem Whisky in der Hand fühlte ich mich gut.

Meine nächste Frage kam daher spontan: »Kennt Karl Krause unsere Köpenickiade?«

Nichts schien meinen Vater mehr zu erschüttern als diese Frage. Er stammelte: »Bevor du die Sachen für mich holst und vernichtest, wirst du noch einmal zu ihm gehen. Sag ihm, dass sie Sergej Napravnik noch immer suchen, jetzt aber wissen, wo er steckt!«

Und er stapfte aus dem Raum. Die Flasche Whisky ließ er zurück.

Ich bezog mein Bett und hüllte mich in die Decken.

Lange dachte ich nach. Den Namen Sergej Napravnik hatte ich noch nie gehört. Vielleicht würde Crewell vorab recherchieren können, was es damit auf sich hatte. Und wenn ich dann mit ihm wiederkäme, könnten wir meinen Vater gemeinsam damit konfrontieren.

Während ich die Flasche alleine austrank, vernahm ich noch lange das Schnarchen meines Vaters aus dem Nachbarraum.

Am nächsten Mittag erwachte ich mit Kopfschmerzen. Mein Vater saß auf der Bank vor dem Haus. Als ich hinaustrat, goss er mir schwarzen Kaffee in den Becher und fragte: »Bist du allein nach Chile gekommen?«

Ich nickte. »Kein Mensch weiß, wo ich bin!«

Er aber schüttelte den Kopf und sah mich misstrauisch an. Da entdeckte ich die drei Koffer, die neben ihm standen.

»Willst du etwa verreisen?«

Statt zu antworten, stand er auf, nahm die Koffer in beide Hände und trug sie zu einem alten VW-Bus.

»Geh ins Haus und lass die Rollläden herunter«, befahl er mir.

Ich aber stand wie angewurzelt. In meinem Kopf taumelten die Gedanken zwischen Schmerz und der plötzlichen Erkenntnis, dass mein Plan nicht aufgehen würde. Nein, ich konnte ihm nicht gehorchen. Wie lange hatte mein Vater mich mit seinem Schweigen gequält, mit meinem Schicksal allein gelassen. Und nun, da ich mich endlich rächen konnte, drohte er erneut zu verschwinden.

»Du kommst doch bald zurück, oder?«, fragte ich.

Wieder blieb er mir eine Antwort schuldig.

Ich ging in seine Hütte. Auf dem Fensterbrett lag seine Schiebermütze, die setzte ich mir einfach auf.

Kaum hatte ich die Jalousien geschlossen, stand mein Vater neben mir. Er reichte mir meinen Rucksack.

»Ich fahre zurück nach Feuerland. Dort wohne ich. Das hier nutze ich nur, wenn es in Magallanes wärmer geworden ist.«

Ich kramte in meinem Rucksack, fischte einen Zettel und einen Stift heraus.

»Wie lautet deine Adresse in Feuerland?«

Er schüttelte den Kopf, nahm aber Zettel und Stift zur Hand und schrieb seine Nummer erneut darauf.

»Jetzt hast du meine Telefonnummer zweimal. Die reicht völlig aus. Verlier sie nicht.«

Er steckte den Zettel in meinen Rucksack. Dann schob er mich aus der Hütte, verriegelte die Tür.

»Ich verlass mich auf dich«, sagte er, ging, ohne sich noch einmal nach mir umzuschauen, zum Auto, startete und fuhr davon.

Noch immer trug ich seine Schiebermütze auf dem Kopf, und während ich ihm nachsah, ahnte ich, dass sie das Letzte war, was mir von ihm blieb. Ich nahm sie ab und vergrub sie tief in meinem Rucksack, denn kein Sturm durfte sie mir jemals nehmen. Er aber hatte mich zum zweiten Mal verlassen.

An der nächsten Kreuzung wartete ein Bus. Ich stieg einfach ein, ohne zu wissen, wohin er fuhr.

Der Busfahrer beschrieb mir seine Route. Ich hatte Glück: Mein Ziel war sein übernächster Halt.

Kinder tobten durch die Reihen, Frauen und Männer saßen gedrängt. Ich fand einen freien Platz. Neben mir hockte ein Mann mit einem Käfig auf dem Schoß, darin gackerten zwei Hühner.

Obwohl es erst früher Nachmittag war, wurde es immer dunkler, ballten sich die Wolken zu einer schwarzen Front, die die Berge und Klippen verdeckte.

Nun huschten die Häuser wie Schatten vorbei. Durch ihre Fenster flackerten Lampen auf. Sie begleiteten unsere Fahrt wie Lichterketten.

Schon bald prasselte der Regen auf das Dach und hüllte die Landschaft in einen dichten Schleier.

Da rief mir der Fahrer zu, dass wir angekommen seien.

Schon während ich ausstieg, sah ich Crewell.

6 Lina Chavéz, 2015

Lina hatte die ganze Nacht nicht geschlafen. Ständig setzte sich jemand in ihr Abteil, unterbrach ihr Ruhen oder störte sie beim Lesen.

Sie erreichte Berlin wie in Trance, verließ das Gleis und quälte sich durch einen Schwarm von Menschen. Schon im Zug hatte sie beschlossen, ihr Seminar zu schwänzen. Sie wollte nur noch schlafen. Ihre Wohnung lag nicht weit vom Hauptbahnhof entfernt, gleich hinter dem Spreebogenpark. Dennoch war ihr, als hätte sich der Weg über Nacht verdreifacht. Und als sie ihre Wohnung endlich erreichte, glaubte sie für einen Moment zu halluzinieren. Da ihre Mitbewohnerin im Urlaub weilte, erwartete sie verwaiste Räume. Doch als sie die Tür zu Kathleens Zimmer öffnete, saß ein fremdes Paar auf deren Bett und aß Parmaschinken mit Melone, Leckereien, die Lina für ein Picknick besorgt hatte.

Die Frau begrüßte Lina wie eine alte Bekannte.

»Hey, Kathleen meinte, du wärst die ganze Zeit da. Wir haben gestern auf dich gewartet. Es kamen Freunde vorbei. Hat dich Kathleen denn nicht informiert? Sie hat so von deiner Quiche geschwärmt. Wo warst du die ganze Zeit? Wir haben sogar die Zutaten besorgt. Kathleen hatte uns das Rezept gemailt.«

Es war immer das Gleiche: Nie informierte Kathleen sie darüber, dass sie Gäste erwartete. Sie waren einfach da und benahmen sich, als gehörte die Wohnung ihnen. Wie oft hatte Lina damit gedroht, das Apartment zu kündigen, wenn sie nicht mitzureden hatte, wer hier wann übernachtete. Aber Kathleen schaffte es jedes Mal, sie zu überzeugen, dass ab morgen alles besser würde.

Doch damit war jetzt Schluss. Diesmal würde sie hart bleiben. Sobald sie sich ausgeschlafen hatte, würde sie sich etwas Neues suchen. Ohne ein Wort zu sagen, drehte sie sich um und verschwand in ihrem Zimmer.

Sie legte sich ins Bett, ihre Augen fielen zu, aber sie konnte nicht einschlafen. Lina kannte diese Schlaflosigkeit. Dann wurden die Ohren zu Außenspiegeln der Seele. Freunde mit riesigen Ohren beschwerten sich nicht über fehlenden Schlaf. Es war, als könnten sie ihre Ohrenlappen über die Muscheln klappen, um sich vor allen Geräuschen abzuschirmen. Kein Wunder, dass sie so gut schlafen konnten. Die spitzohrigen Freunde schliefen nur sporadisch, aber fühlten sich erfrischt genug, um alles zu erklären. Ständig gaben sie ihr Ratschläge, wie sie besser schlafen könnte. Doch Lina hatte unvollkommene Ohren. Das vollkommene Ohr stand achtzehn Millimeter vom Kopf, war ebenmäßig geformt und besaß ein deutlich erkennbares Ohrläppchen. Ihr Ohr war zu klein und innen zu eng. Dadurch passte kein Ohrstöpsel, der die Geräusche der Welt hätte dämpfen können. Wie immer wälzte sie sich in den Kissen, während ihre Ohren durch Farben und Formen zu ihr sprachen. Sie lockten, drohten und verwirrten und brachten sie dadurch nur weiter um den Schlaf.

Nichts half. Um Ruhe zu finden, musste Lina die Wohnung sofort verlassen. Welcher Ort konnte ihr kurzfristig Obhut geben? Das geerbte Haus am Rande der Stadt oder die Wohnung der toten Mutter? Letztere könnte sie am schnellsten erreichen. Hauptsache, sie durfte endlich schlafen.

Wenige Minuten später stand sie auf der Straße, lief zur nächsten U-Bahnstation und tauchte acht Haltestellen weiter in einen Stadtteil ein, den sie noch nie zuvor betreten hatte.

Die Straßen waren eng. Graue Mietskasernen säumten den Weg, es gab mehr Spielhöllen als Bäume. An einer Ecke lungerten Jugendliche, die auf ihre Handys starrten.

Als Lina in eine Seitengasse abbog, wurde es auf einmal bunt. Gründerzeithäuser reihten sich aneinander, sie waren mit Säulen verziert, und die Balkone standen voller Blumen. Der ganze Straßenzug wirkte beinahe wie eine Filmkulisse. Kein Haus glich dem anderen, und gleich im ersten hatte ihre Mutter gewohnt.

Ein junger Mann mit Bullterrier trat aus dem Eingang. Er hielt ihr die Tür auf. Lina schlüpfte an ihm vorbei in ein Foyer. Mit seinen hohen Wänden, den Ornamenten und dem Stuck an der Decke, wirkte es herrschaftlich. Sie stieg die Treppe nach oben bis in den dritten Stock. An der Wohnungstür stand der Name ihrer Mutter: Maria Chavéz.

Lina läutete. Schließlich konnte sie nicht wissen, ob sie die Einzige war, die einen Schlüssel zur Wohnung ihrer Mutter besaß. Als sich nichts regte, schloss sie auf. Sie betrat eine kleine Diele, von der vier Räume abgingen. Die Einrichtung wirkte kühl und spartanisch, nichts offenbarte Geschmack. Auf dem

Herd stand eine Pfanne mit unidentifizierbaren Speiseresten, bedeckt mit einem braungrünen Pelz. Trotzdem stank es nicht, denn das Fenster war gekippt. Lina spürte den leichten Luftzug. Sanft strich er über Herd und Schimmel.

Draußen goss es in Strömen, doch sie riss das Fenster weit auf. Sofort breitete sich in der Küche ein erdiger Duft aus. Lina lehnte sich hinaus und ließ die Tropfen auf ihren Kopf prasseln, bis die Müdigkeit verging. Sie ließ den Blick schweifen. Dabei entdeckte sie in einer Ecke des Hofes ein Gärtchen, darin blühten Zinnien, Lavendel und Sonnenhut. In einer anderen Ecke standen die Mülltonnen.

Lina machte kurzen Prozess. Sie sammelte alles, was unrettbar verschmutzt und schimmelig war, Pfanne, Gläser, Geschirr und Besteck in einen Sack, ging hinunter in den Hof und warf ihn in eine Tonne. Anschließend putzte sie die Küche.

Im Wohnzimmer standen eine taubenblaue Couch und ein Tisch. Die Wände waren kahl, und in einem Regal lehnten nur drei Bücher: ein Leitfaden über das Fasten, eine Biografie über Marilyn Monroe und ein Bildband über Meissener Porzellan. Bücher, wie man sie in einem Wartezimmer hätte finden können. Daneben standen drei Truhen, so gleichmäßig voneinander entfernt, als hätte Maria die Abstände mit dem Zollstock ausgemessen. Lina öffnete die Deckel. Zersplittertes Holz kam zum Vorschein, Saiten und Zargen. Sie schienen auf samtenen Kissen zu ruhen, und obwohl sie sich nichts aus Instrumenten machte, rührte sie der Anblick dieser Bruchstücke, die wie in Särge gebettet vor ihr lagen.

Sie warf einen Blick ins Schlafzimmer, ging an einem Wandschrank, einem Doppelbett aus Holz und einer Vitrine vorbei zur Balkontür und öffnete sie. Dabei stolperte sie über einen

Aschenbecher, der von Kippen überquoll. An den Stummeln haftete roter Lippenstift.

Erst jetzt bemerkte Lina, dass sie beobachtet wurde. Auf dem Balkon gegenüber, etwa zwanzig Meter von ihr entfernt, lehnte ein junger Mann und schaute sie direkt an. Nun hob er die Hand und lächelte ihr zu.

Lina grüßte zurück. Ob der Mann ihre Mutter gekannt hatte? Ob er ahnte, wer sie war und was sie in dieser Wohnung machte? Schnell tauchte sie zurück in die kargen Räume, aber er konnte sie zweifellos überall sehen. Nirgends hingen Jalousien oder Gardinen vor den Fenstern, die sie vor seinen Blicken schützen könnten. Also blieb Lina nichts anderes übrig, als sich so selbstverständlich wie möglich zu bewegen, damit er ihre Anwesenheit einfach hinnahm.

Lina durchwühlte die Schubladen im Schlafzimmer und fand Bettwäsche, die nach Lavendel duftete. Sie bezog das Bett neu und entsorgte die alten Bezüge.

Da klopfte es an der Tür.

Lina hielt inne, stellte sich tot. Doch das Licht in der Diele verriet sie bestimmt. Der Besucher klopfte kein zweites Mal. Stattdessen schob er einen Zettel durch den Türschlitz.

Als sich seine Schritte entfernten, ging sie auf Zehenspitzen zur Tür, hob den Zettel auf und las.

Hallo,

ich hoffe, ich trete dir nicht zu nahe. Ich bin der Mann vom Balkon gegenüber. Anscheinend kümmerst du dich um die Wohnung meiner verstorbenen Nachbarin. Vielleicht hättest du Lust auf eine kleine Unterbrechung? Ich würde dich gerne zum Essen einladen. Wie wäre es heute Abend um acht?

Viele Grüße
Lars Klemmer

Lina zerknüllte das Papier. Sie legte sich ins Bett und schlief sofort ein.

Später klopfte es an der Tür. Lina schreckte aus dem Schlaf auf. Im ersten Moment konnte sie sich nicht orientieren. Es war dunkel geworden, nur schwach schimmerte das Licht, das aus den beleuchteten Wohnungen zu ihr hinüberdrang. Gleichzeitig meldete sich ihr Magen. Lina spürte einen unbändigen Hunger. Sie knipste die Nachttischlampe an, schlich zur Wohnungstür und schaute durch den Spion in den hell erleuchteten Flur.

Vor ihrer Tür stand der Mann vom Balkon gegenüber und lächelte sie direkt an. Dabei bildeten sich Grübchen auf seinen Wangen. In seinen Händen hielt er ein Tablett, darauf standen eine Suppenterrine, eine Flasche Wein und zwei Gläser

»Du hast die Zeit verschlafen, falls du meine Einladung annehmen wolltest. Nun kommt das Essen zu dir. Ich dachte, du wirst hungrig sein. Ablehnen kannst du immer noch!«

Auf seinem Gesicht zeigten sich rote Flecken. Vielleicht waren sie vor Anstrengung entstanden, denn das Tablett war bestimmt nicht leicht, oder vor Neugier, die er zu unterdrücken versuchte, zumindest erinnerten sie Lina an ein Widderchen, diesen anthrazitfarbenen, rot gepunkteten Falter, den man wegen seiner roten Flecken auch Blutströpfchen nannte. Schon allein das ließ ihn sympathisch erscheinen. Sie musst ihm einfach öffnen.

Er flatterte herein, schaltete eine Lampe an, deren grelles Leuchten Lina blendete, ging zielstrebig an ihr vorbei in die Küche und deckte den Tisch, als wäre er hier zu Hause.

Ein würziger Duft nach Muskatnuss und Estragon breitete sich aus. Lars füllte zwei Suppenteller bis zum Rand, dann lud er sie ein, sich zu ihm zu setzen. Er reichte ihr einen Löffel und wünschte guten Appetit. Anscheinend erwartete er kein Gespräch, denn er ließ sie einfach nur essen. Und die Kartoffelsuppe schmeckte köstlich, aus frischen Kartoffeln, cremig püriert, schmiegte sie sich wie Samt an Linas Zunge.

Als sie den ersten Hunger gestillt hatte, sagte sie endlich: »Ich glaube, ich habe noch nie zuvor etwas so Köstliches gegessen. Vielen, vielen Dank!«

Lars füllte sofort nach.

»Ach was, das ist nur ein einfaches Rezept meiner Großmutter, das Einzige, bei dem ich nichts falsch machen kann.«

Erst jetzt schenkte er ihr auch Wein ein und prostete ihr zu. Doch statt einen Schluck zu nehmen, fragte er unvermittelt: »Kanntest du die Frau, die hier vorher wohnte?«

Prüfend schaute er sie an, dann ergänzte er: »Du siehst ihr ein bisschen ähnlich!«

Lina griff zu den Gewürzen und streute viel zu viel Salz in die Suppe. Seine Art, sie anzuschauen, hatte sich verändert. In seinem Blick lag ein merkwürdiger Trost.

»Ich habe ihr hin und wieder geholfen, wenn sie betrunken war. Bis zu ihrer Tür habe ich sie gestützt. Manchmal habe ich ihr nur aufgeschlossen und sie dann allein gelassen.«

Anscheinend war ihre Mutter eine Frau ohne Würde gewesen. Lina spürte Schadenfreude. Gleichzeitig schämte sie sich. Diese Frau hatte sich schlecht benommen, weshalb Lina nun niedere Gefühle hegte, sich ihr sogar überlegen fühlte. Sie schaukelte den Wein in ihrem Glas, bis er über den Rand schwappte. Dabei fing sie ein paar Tropfen auf, als könnte sie ihre Gedanken abfangen, sie damit in Zaum halten. Es war schon zu spät. Die Häme ließ sich nicht mehr verbergen.

»Sie war am Ende wohl ganz schön heruntergekommen. Sicher war sie dir unangenehm.«

Seine Züge wurden hart.

»Vielleicht. Aber ich denke, keiner hat ein Leben ohne Würde verdient.«

Kaum hatte er das gesagt, glaubte Lina zu erkennen, dass er sie abschätzig betrachtete, als würde er ihre Begegnung neu bewerten. Auch seine Grübchen waren verschwunden. Lina hoffte inständig, er könnte sein Urteil überdenken. Auf keinen Fall durfte er sie für einen hochmütigen Menschen halten. Deshalb würde sie nun ihre Falter rufen, weil es jeden amüsierte, wenn Lina mit Unschuld verwirrte. Schon immer mussten sie dafür herhalten, dass sich Lina nicht blamierte. Und wieder schob sie die Insekten vor.

»Ich studiere Schmetterlinge, denn ich liebe Falter.«

Ihre Worte zeigten Wirkung. Erstaunt hob er die Augenbrauen. Schnell fügte sie hinzu: »Seit ich sechs bin, sammele ich ihre Raupen und Puppen. Im Prinzip habe ich bis heute nicht damit aufgehört. Ich studiere Zoologie. Einer muss sich ja um die Falter kümmern.«

Sein offener Blick kehrte zurück. Er lachte. Endlich erschienen auch die Grübchen wieder.

»Kann ich verstehen. Ich bin Mitglied der Viola-da-Gamba-Gesellschaft. Einer muss sich ja um alte Musik kümmern.«

Schmetterlinge tauchten mit den ersten blühenden Pflanzen auf und starben, wenn es im Herbst langsam kälter wurde. Nur manche überlebten den Winter, weil sie sich in hohlen Bäumen versteckten oder in Geräteschuppen. Lina verbarg sich hinter der Migräne, wenn Musik ihr Leben bedrohte. Klassische Musik machte sie krank.

Seit sie wusste, dass ihre Mutter Cellistin war, tarnte sie sich mit Phonophobie, einer Verachtung für jeden Klang. Das befreite sie von der Familie Chavéz, weil eine Phonophobikerin unmöglich mit einem Komponisten und einer Cellistin verwandt sein konnte.

Nun aber saß ein Mann vor ihr, der köstliche Suppen kochen konnte und sie ihr im richtigen Moment vorbeibrachte. Ausgerechnet er liebte die Musik, hatte womöglich ein Abonnement für die Oper und besuchte jedes klassische Konzert. Sie wollte lieber nicht nachfragen. Der Zeitpunkt war erreicht, an dem sie den Abend beenden musste.

Da hob er sein Glas und wechselte das Thema.

»So viele Insekten gibt es ja leider nicht mehr, und je mehr Schmetterlinge sterben, desto gefährlicher wird es für den natürlichen Kreislauf. Kümmerst du dich auch darum?«

Lina trank nur selten Wein und spürte bereits die Wirkung des ersten Glases. Es machte sie träge. Doch weil sie es nicht oft erlebte, dass jemand ihr Lieblingsthema anschob, obwohl er vielleicht gar nichts damit zu tun hatte, geriet sie in Fahrt. Jetzt würde es schwer werden, sie zu stoppen.

»Tatsächlich tappen wir bislang im Dunkeln, wie viele Arten wir wirklich brauchen, um ein Ökosystem in Gang zu halten. Je mehr sich das Klima erwärmt, desto mehr Arten sterben. Schon jetzt ist jede zehnte Schmetterlingsart vom Aussterben bedroht.

Ab wann dieser Zustand auch uns Menschen bedroht, können wir noch nicht sagen.«

Sie staunte, weil er interessiert blieb, ihr sogar weiter Fragen stellte. Und sie schlug vor, die Küche zu verlassen, weil die Hocker unbequem wurden. Wenn er sie schon aufforderte, Monologe zu halten, sollte er wenigstens gemütlich sitzen, damit er sich wohlfühlte und nicht vorzeitig aufbrach.

Lars folgte ihr ins Wohnzimmer. Sie bot ihm den Platz auf dem Sofa an und setzte sich ihm gegenüber auf den Boden. Dann erzählte sie von ihrem Lieblingsprofessor, der der Gesellschaft für Tagfalter angehörte und um die ganze Welt reiste. Dreimal hatte er sie mitgenommen, nach China, Ägypten und in den Sudan.

Lars hörte aufmerksam zu. Nicht ein einziges Mal schweifte sein Blick durch den Raum, scannte die Einrichtung oder zweifelte Linas Berechtigung an, in dieser Wohnung zu sein. Und Lina wiegte sich in Sicherheit. Sie berichtete von ihrer Reise nach China, dem Eldorado für Schmetterlinge, denn dort gab es genügend Platz für natürliche Wiesen. In China lebten fast zehnmal so viele Falter wie in Deutschland, da ein Großteil der Natur noch unberührt war. Und auch den größten Falter hatte sie in China gesehen, einen Atlasseidenspinner mit einer Flügelspannweite von dreißig Zentimetern.

Irgendwann unterbrach er sie: »Du hast vorhin den Müll entsorgt. Da hast du sicher meinen Garten gesehen. Seit letztem Sommer kommt der Kleine Fuchs nicht mehr. Ist er etwa ausgestorben?«

Etwas wärmte sich in ihr und tobte durch die Magengrube wie ein Lichtball. Warum rührte es sie, dass ihn bekümmerte, was sie schon lange sorgte? Denn auch sie vermisste den Kleinen Fuchs. Dieser Falter verschwand aus immer mehr Gärten.

Sein Verlust alarmierte und blieb für Forscher unerklärlich, weil er eigentlich so pflegeleicht war. Und was sein Verschwinden langfristig für die Natur bedeutete, wusste keiner.

Sie strich über die Truhen, die hinter ihr standen, und merkte zu spät, dass sie vergessen hatte, ihre Deckel zu schließen. Lars hatte sie bereits entdeckt und rief: »Was hast du gemacht? Hast du ein Cello zerschlagen?«

Dabei hatte sie gar nichts getan, sich ihm auch immer noch nicht vorgestellt oder erklärt, warum sie in dieser Wohnung war. Dabei wollte sie ihn unbedingt wissen lassen, dass sie ganz anders lebte, nicht in diesem Raum, der wie eine karge Wiese wirkte. Hierher würde sich kein Falter verirren. Es war eine Monokultur, geschaffen von Maria Chavéz, in der nichts existierte, was der Vielfalt Nahrung bot. Linas Räume hingegen waren bunt wie mit Blumen übersäte Felder, die sie sorgsam pflegte. Deshalb musste sie jetzt handeln.

»Das war nicht mein Instrument. Ich habe es kaputt vorgefunden. Und das ist auch nicht meine Wohnung. Ich muss sie auflösen, das ist alles.«

Lars nickte. »Ich weiß.«

Dann war es Mitternacht, und auf einmal ging das Licht aus.

»Moment!«, sagte Lars. Es raschelte, dann flammte plötzlich ein Streichholz auf und erleuchtete sein Gesicht. »Im Flur ist der Sicherungskasten. Ich schau mal nach.«

Er stand auf und ging, das Streichholz in der ausgestreckten rechten Hand, in den Flur, prüfte die Schalter im Sicherungskasten.

»Ein Kurzschluss ist es nicht, wohl eher die unbezahlte Stromrechnung.«

Dann war das Streichholz so weit heruntergebrannt, dass er ein neues anzünden musste. Er suchte nach Kerzen und fand vier Teelichter, die steckte er an und verteilte sie auf dem Tisch im Wohnzimmer.

Im schummrigen Licht sah Lars' Gesicht kantig aus, und seine Stimme klang streng.

»Das Haus gehört meinen Eltern, ich verwalte es für sie. Maria Chavéz war unsere Mieterin.«

Wieder schaute er sie prüfend an.

»Und wer war Maria Chavéz für dich?«

Es gab keinen Zweifel, er hatte sie bereits eingefangen. Schon rückte er näher. Vielleicht war ihr der Lichtfang entgangen, das unverzichtbare Utensil eines jeden Schmetterlingsfängers. Er hatte ihn aufgestellt, als er die Wohnung betrat, und womöglich stand dieser Lichtfang noch immer windgeschützt zwischen den kargen Wänden. Noch nie hatte jemand sie so leicht getäuscht. Aber sie wusste, warum sie in sein Licht geflogen war. Er hatte sie mit den Augen eingefangen, schon vorher, draußen auf dem Balkon.

Eine Sackträgermotte täuschte vor, das abgestorbene Material einer Pflanze zu sein. Für Lina war es zu spät. Sie konnte sich nicht mehr tarnen, sie trieb in sein Netz.

Er unterbrach ihre Gedanken, indem er aufstand und in die Küche ging. Dort nahm er das Tablett mit dem Geschirr vom Tisch, ging zur Wohnungstür und öffnete sie. Das Licht im Hausflur ging an. Da drehte er sich endlich noch einmal zu ihr um.

»Du musst ihre Schulden begleichen, dann ist der Strom schnell wieder da.« Er fügte hinzu: »Sie war übrigens auch mit ihrer Miete im Rückstand. Drei Monate. Hat sich denn keiner für sie interessiert? Warum gab es niemanden, der sich um sie gekümmert hat?«

In diesem Moment gab Lina ihre Tarnung auf.

»Maria Chavéz war meine Mutter. Aber nur biologisch. Ich habe sie ein einziges Mal getroffen, mit dreizehn. In meinem ganzen Leben habe ich sie nur für drei Minuten gesprochen. Ich weiß, dass sie Cello spielte. Und ich weiß, dass sie mich nicht wollte. Mehr weiß ich nicht.«

Er sah sie still an.

»Mach die Kerzen aus, bevor du schläfst«, sagte er und ging.

7

Ramon Chavéz, 1947–1948

Die Monate verstrichen, in denen Ramon Cello übte und Napravnik für Lebensmittelkarten mauerte und flieste. Auch in ihrer Wohnung hatte Sergej die Fassaden geschlossen und Wände für Zimmer gezogen. Das Leben normalisierte sich. In der Nähe gab es einen Hinterhof, in dem ein Wanderkino Filme zeigte. Zweimal mischten Ramon und Sergej sich unter die Leute und sahen *Große Freiheit Nr. 7* und *Der zerbrochene Krug*. Nur die Uniformen der Alliierten erinnerten sie immer wieder daran, dass sich die Stadt im Wandel befand.

Die ersten Wahlen standen an. Obwohl sie im Westteil lebten, stammten die meisten Plakate von Kommunisten, denn die hatten Geld für Klebstoff und Papier. Wenn Ramon am Abend das Wasser aus der Pumpe holte, war der Kleister noch feucht, und er beobachtete oft, wie die Männer der anderen Parteien sich das zunutze machten, indem sie ihre Plakate einfach auf die der Kommunisten pressten.

Ein neuer Winter brach an, frostiger und kälter als der vorherige. Wochenlang lagen die Temperaturen bei minus sechs Grad. Obwohl jedem Haushalt ein Zentner Kohle zugeteilt wurde, mussten sie Bäume fällen, weil die Wohnung einfach nicht warm wurde. Dann qualmte es durch die Zimmer, da das Baumholz harzig und nass war, und die Stumpen stanken. Dennoch blieb die Wohnung kalt. So hatten sie keine andere Wahl, als sich angezogen ins Bett zu legen und gegenseitig zu wärmen.

Napravnik erzählte von Prometheus: »Es ist wie bei den griechischen Göttern. Jetzt müssen wir frieren, weil Zeus uns das Feuer entzog. Aber weil Prometheus so mutig war und die Menschen liebte, gab er ihnen das Feuer zurück. Du musst dir einfach nur vorstellen, wie es gerade knistert und lodert, während wir uns hier aneinander wärmen. Spürst du die Flammen? Aber Prometheus zahlte einen hohen Preis dafür!«

Wie immer, wenn Sergej mit griechischen Sagen anfing, schlief Ramon behaglich ein, und so hörte er von Prometheus' Qualen erst am nächsten Tag.

Ende März brach endlich der Frühling an. Nun rückten andere Sorgen in den Vordergrund: Grenzlinien wurden gezogen und ein Keil in die Einheit der Stadt geschlagen. Der Hoffnung auf Neubeginn folgte die Angst auf dem Fuße, weil die politischen Fronten sich zusehends verhärteten. Als im Sommer die Zusammenarbeit der Alliierten endete und die sowjetische Delegation die Kommandantur in Dahlem verließ, vermied Sergej, so weit es möglich war, den Kontakt mit der Außenwelt, auch das Hamstern im Umland. So hatten sie wieder wenig zu essen. Doch obwohl der Hunger ihn quälte, genoss Ramon diesen Zustand beinahe, denn Sergej verbrachte viel Zeit mit ihm und unterrichtete ihn mehrmals am Tag. Er gab ihm Cellostunden, lehrte ihn Mathematik und Literatur. Und wenn er ihm eine neue griechische Sage erzählte, erklärte er: »Die griechische Mythologie kann grausam sein. Aber das gehört dazu, denn sie erzählt vom Leben. Wenn du in Not bist, hilft sie dir, das Grausame leichter zu ertragen. Es macht dich stark. Also merk dir die Geschichten genau und denk an sie, wenn ich nicht bei dir bin!«

Als die Zufahrtswege gesperrt und die Lebensmittel- und Energielieferungen für den Westteil der Stadt eingestellt wurden, stand Michelle Lacrons plötzlich vor der Tür. Sie war elegant gekleidet und mit ihren hellgrünen Augen und auffallend hohen Wangenknochen bezaubernd schön.

Während Napravnik seine Arme ausbreitete und Michelle sich hineinstürzte, verwandelte sich Ramons anfängliche Faszination in Abscheu. Über Minuten hielten sie sich fest umschlungen und flüsterten aufeinander ein. Es beschämte Ramon, Napravnik in einem solchen Rausch zu sehen. Er wirkte überdreht wie ein übermütiges Kind, während ihre Körper keinen Abstand hielten und sie sich immer wieder innig küssten, bis Sergej Michelle ins Schlafzimmer trug, sie in seine Kissen bettete und die Tür schloss. Ramon hörte ihr Wispern und Lachen und das Knarzen der Sprungfedern, während nichts darauf hindeutete, dass er überhaupt noch für sie existierte, denn Napravnik kam nicht zurück.

So drückte sich Ramon gegen das weiß lackierte Holz und verharrte an der Schwelle zum Treppenhaus. Die Haustür stand offen. Irgendwo stritten zwei Männer, und das Klappern von Tellern und Tassen mischte sich mit Seufzern aus dem Schlafzimmer. Erst als es dunkel wurde, tastete sich Ramon durch den Korridor in die Küche. Dort setzte er sich an den Tisch, aber obwohl er sich die Ohren zuhielt, hörte er noch immer das Gequietsche und Gestöhne aus dem Schlafzimmer. Die Töne schienen sich zu verselbstständigten und tobten durch die Schlüssellöcher, als wollten sie ihn in seiner Einsamkeit verhöhnen.

Irgendwann schlief er ein und träumte, wie der Sturm ihn in einen See voller Leichen warf. Sie waren aufgeschwemmt, bis zur Unkenntlichkeit verformt. Nur seine Mutter schwebte über dem Wasser, ihre Augen waren aufgerissen. Ihr Mund formte einen Schrei, als wollte sie nach ihm rufen, und er war sich sicher, dass sie mit ihm warten würde, auf die Seeungeheuer, die sie zu seinem Vater brachten. Vielleicht hatte der Vater die Mutter längst entdeckt, als er wie üblich im Sommer in ihr Dorf zurückkehrte. Ramon wollte gerade mit seiner Mutter zu den Sternen aufsteigen, da wachte er auf.

In der Küche war es hell. Ramon lag mit dem Kopf auf dem Tisch. Kaum hatte er sich aus der unangenehmen Schlafposition freigestreckt, knurrte sein Magen. Aber das Brot, das auf dem Tisch gestanden hatte, und der Krug mit dem Wasser waren verschwunden.

Ramon schlich zum Schlafzimmer, fand die Tür weit offen und sah Napravnik und Michelle im Bett frühstücken. Zwischen ihnen stand ein Teller mit Brot, daneben Wurst und zwei Äpfel und auf dem Boden der gefüllte Wasserkrug. Sergej war gerade dabei, Michelle mit einem Stück Wurst zu füttern, hatte es dafür zwischen die Lippen geklemmt und beugte sich zu ihr hinunter, bis sie zärtlich zuschnappte und ihre Münder sich kurz umschlossen.

Ramon spürte, wie eine klebrige Masse durch seinen Magen waberte und sich durch die Speiseröhre in seine Kehle kämpfte. Dabei fiel ihm die Göttin Flora ein, eine liebreizende Nymphe, stets mit Blumen geschmückt. Wie hatte Sergej von ihr geschwärmt! Nun betörte Michelle ihn, als hätte sie Blütendüfte gesammelt und die flüchtigen Essenzen in ihren Körperöffnungen konserviert. Zornig schlug Ramon gegen die Tür, dass sie ins Schloss fiel und durch die Wucht sofort wieder aufsprang.

Endlich schien Napravnik seine Not zu bemerken, denn er stieg aus dem Bett und kam geradewegs auf ihn zu.

»Ramon, lass uns bitte noch ein bisschen in Ruhe. Michelle und ich, wir haben uns einfach zu lange nicht gesehen, und es gibt noch viel zu erzählen!«

Da rief Ramon: »Auch ich habe Hunger und Durst!«

Napravniks erschrockener Blick ließ nicht erkennen, ob er nur auf die Heftigkeit seiner Wut nicht gefasst war oder ob er es sogar bedauerte, ihn nicht beachtet zu haben. Michelle jedoch reagierte schneller. Sie sagte: »Le petit déjeuner est dans la cuisine! Du kennst dich doch bestens aus in meiner Wohnung, n'est-ce pas?«

Dabei lächelte sie und hielt ihm ein Stück Apfel entgegen.

Ramon rührte sich nicht. Seufzend schob Sergej ihn an den Schultern in die Küche.

»Jetzt, wo Michelle wieder da ist, möchte ich, dass du das Schlafzimmer nicht einfach so betrittst, sondern anklopfst.«

Er füllte einen Teller mit Wurst und Brot, goss ihm Wasser in den Becher und sah ihn eindringlich an: »Du musst das verstehen, Michelle und ich können uns wirklich gut leiden. Und weil wir so wenig voneinander hatten, brauchen wir jetzt ein bisschen Zeit nur für uns. Iss dich satt, wir sehen uns später.«

Er küsste ihn flüchtig auf die Stirn und ließ ihn wieder allein. Dieses Mal verriegelte er die Schlafzimmertür.

Wütend biss Ramon in das Brot, und seine Zähne mahlten die Krumen wie ein Wiederkäuer, bis nur noch sämiger Brei übrig blieb, den er erst mit Wasser zu schlucken vermochte. Da hörte er Napravnik im Schlafzimmer lachen, und sein Zorn verwandelte sich in zerstörerische Lust. Er lief ins Wohnzimmer und warf Sergejs Partituren durcheinander. Die Notenblätter flatterten zu Boden, darunter auch die ersten Takte einer Cellosuite, die auf dem verbotenen Stapel lag. Das scherte ihn nicht. Er ergriff sein Cello und spielte die Noten trotzdem. Es dauerte nicht lange, bis er Napravnik brüllen hörte: »Hör sofort auf, Ramon. Du weißt genau, dass du dieses Stück nicht spielen darfst!«

Aber Ramon begrub Sergejs Protest zwischen den Triolen.

Da schoss Sergej ins Zimmer, riss Ramon das Cello aus der Hand und schlug ihm ins Gesicht.

Fassungslos hielt sich Ramon die Wange und sah Sergej an. Doch sein Blick prallte ab an der Kälte der stahlblauen Augen, die ihn vollends ins Wanken brachte. Jetzt blieb ihm nur noch die Flucht. Er rannte aus der Wohnung, die Treppen hinunter und hinaus auf die Straße.

Vor dem Haus spielten Kinder mit Kieselsteinen Fußball. Eine Straßenbahn bog um die Ecke. Noch bevor sie hielt, drängten sich die Wartenden schon in die Wagen.

Ein Panzer mit französischer Flagge bretterte über die Schienen, gefolgt von einer Horde johlender Jungen, und Ramon schloss sich ihnen einfach an.

Plötzlich ertönte ein Schrei hinter ihm. Ramon sah sich um und entdeckte Napravnik, der ihm dicht auf den Fersen war. Schnell tauchte er in der Menge von Menschen unter, die von der Tram abließen, weil sie endlich begriffen, dass sie nicht mehr hineinpassten. Er hetzte hinter den Gleisen weiter, überquerte eine Kreuzung und wäre fast von einem Autobus erfasst worden, wenn nicht der Fahrer noch rechtzeitig gebremst hätte. Ramon nutzte die Chance und stieg in den Bus, der nun wieder Fahrt aufnahm. Hinter ihm her jagte Sergej und berührte mehrmals das Trittbrett, rutschte aber jedes Mal ab.

Noch immer spürte Ramon die Ohrfeige auf seiner Wange. Doch in seine maßlose Wut mischte sich neben Enttäuschung auch eine immer stärker werdende Angst. Wohin sollte er jetzt gehen? In Gedanken erstellte er einen Plan, kartographierte die Straßen und versuchte, sich jedes Gebäude einzuprägen, damit er den Weg zurück finden konnte, bis ihn eine Stimme aus der Konzentration riss: »Steig aus, Ramon!«

Im nächsten Moment packte Sergej ihn an der Schulter und zog ihn von seinem Platz.

»Du hetzt mich durch die halbe Stadt! Damit ist jetzt Schluss!«

Ramon gelang es, sich loszureißen und aus dem Bus zu springen. Zu spät merkte er, dass er vor einer Barrikade gelandet war. Sowjetische Soldaten lehnten an ihren Panzern und beobachteten, wie Sergej Ramon einholte, sein Handgelenk packte und ihn zur Umkehr drängte. Kein Mensch spazierte über die Straße, und an den Fenstern zeigte sich kein einziger Bewohner. Es war bedrohlich still, als teilte sich die Welt in zwei Hälften, in der Ramon auf der einen Seite stand, Napravnik auf der anderen, und dazwischen tat sich ein Abgrund auf.

Drei der Soldaten lösten sich aus der Patrouille und näherten sich ihnen langsam. Napravnik zog Ramon fest an sich, und Ramon sah, wie dessen Stirn glänzte. Schweißperlen rannen ihm wie glitzernde Murmeln über die Wangen. Eine traf Ramon auf der Oberlippe. Sie schmeckte salzig und bitter, und sie ekelte ihn an, wie ihn überhaupt alles anwiderte, was Napravnik sagte oder tat. Ohne zu überlegen, ließ Ramon allen Speichel in seinem Mund zusammenlaufen und spuckte ihn Sergej mitten ins Gesicht.

Der wich irritiert zurück, doch Ramon war noch nicht fertig mit ihm.

»Ich hasse dich, Sergej Napravnik!«, schrie er.

Und dann ging alles ganz schnell. Die Soldaten drückten Sergej zu Boden, und einer von ihnen rief: »Vashi dokumenty, Sergej Napravnik! Ihre Papiere!«

Zu spät begriff Ramon die Gefahr, in die er sie gebracht hatte. Aber die Situation ließ sich nicht zurückspulen wie die Rolle eines Films. Dabei hätte er alles dafür gegeben, das Bild zu löschen, das Napravnik am Boden zeigte, mit dem Gesicht auf dem Pflaster.

Ein Soldat hielt Ramon fest, die anderen durchsuchten Sergej und schleiften ihn dann über die Straße, hinüber in den sowjetischen Sektor.

Ein Wachposten sagte etwas in der Sprache, die Sergej mit Poesie und Humor zu füllen wusste, wenn er das Lied vom russischen Floh sang. Noch vor Kurzem war das Insekt durch ihre Wohnung gesprungen. Nun aber klang die Sprache bedrohlich.

Wieder und wieder schüttelte Sergej den Kopf.

»Ich verstehe Sie nicht. Ich heiße Karl Krause. Ich bin Deutscher! Wir kommen aus Travemünde, wir sind zu Besuch, drüben im französischen Sektor. Mein Junge heißt Hans, er ist mein Sohn.«

Auch wenn dies nicht der Film war, den Ramon sehen wollte, ergriffen Sergejs Worte ihn wie einen Zuschauer im Kino, weit weg und doch so nah. Und er wollte den Projektor anhalten, damit der Film mitten in der Bewegung stoppte, in einem schönen Motiv erstarrte. Das hätte auf jede Postkarte gepasst, mit einem Gruß von dem Ort, an dem sie glücklich waren.

Ramon griff nach Sergejs Hand und ließ sie nicht mehr los. Wie gern wollte er nun glauben, dass Sergej sein Vater war und magische Kräfte besaß. Doch er spürte, wie dessen Hand zitterte und dass sie schweißnass war. Bestimmt konnte Sergejs Kraft noch nicht wirken, weil der Angriff ihn schwächte. Doch ab jetzt wollte Ramon immer zu ihm halten, damit sie gemeinsam forttrieben, ein Sohn mit seinem Vater, sonst niemand.

Ein Mann, an dessen Uniform drei Sterne prangten, ging Sergej scharf an.

»Der Junge hat Sergej Napravnik zu Ihnen gesagt! Warum tragen Sie keine Papiere bei sich?«

Tröstend strich Napravnik über Ramons Finger, als hätte der Mann nicht ihn, sondern Ramon angefahren. Dabei entgegnete er fast flehend: »Herr Sergeant, ›Sergej Napravnik‹ ist nur ein Spiel, ein geflügeltes Wort, wenn wir wütend aufeinander sind. Wir haben Verwandte im französischen Sektor besucht, und unsere Papiere sind noch dort!«

Ein Befehl zerriss seinen letzten Satz, und im nächsten Moment richtete ein Soldat den Lauf seiner Waffe zwischen Napravniks Schulterblätter. Er scheuchte ihn vor sich her bis zu einem Laster. An seiner Pritsche lehnten fünf Soldaten und rauchten. Sie warfen die Zigaretten weg, packten Sergej und Ramon und zerrten sie auf die Ladefläche. Der Offizier setzte sich neben den Fahrer. Nur kurz drehte er sich um und rief ihnen etwas zu, aber seine Worte gingen im Motorgeräusch des anfahrenden Wagens unter.

Nun gab es keine Chance mehr zu fliehen oder die Männer davon zu überzeugen, dass alles ein Irrtum war. Sie blieben ihre Gefangenen, und der Weg, wohin auch immer er führte, zog sich.

Endlich hielt der Wagen vor einer Schranke, die von zwei Soldaten bewacht wurde. Sie salutierten, öffneten die Sperre, und der Wagen fuhr auf einen gepflasterten Hof. Sie kamen an mehreren Baracken vorbei und stoppten schließlich vor einem roten Backsteingebäude. Dort führte man sie die Treppen in einen Keller hinunter.

Am Ende eines schummrigen Ganges stand ein Mann Wache, der öffnete mehrere Schlösser einer Tür, aber löschte das Licht, bevor er sie aufstemmte, als sollten sie nicht erkennen, was sich dahinter verbarg. Dann stieß man sie hinein in das finstere Loch, und noch ehe sich Ramons Augen an die Dunkelheit gewöhnen konnten, verriegelte der Wärter die Tür hinter ihnen.

Zunächst war es still im Raum, und nur ein beißender Geruch von Urin, Schweiß und Kot kroch in Ramons Nase. Schon bald aber ertönte ein Heulen wie von einem Hund. Irgendwas befand sich in der Zelle, das winselte, dessen Winseln in Klagen überging und schließlich von bellendem Husten überlagert wurde. Dann teilten sich die Geräusche, als flüsterten sie in mehreren Stimmen, die plötzlich aus allen Ecken drangen.

Napravnik flüsterte ihm zu: »Merk dir, was ich gleich sage!«

Dann stellte er sich mit lauter Stimme vor.

»Ich heiße Karl Krause. Ich komme aus Travemünde und bin dort am 2. August 1918 geboren. Ich bin Volksschullehrer. Neben mir steht mein Sohn. Er heißt Hans Krause, geboren am 3. Mai 1935, ebenfalls in Travemünde.«

Er legte eine kurze Pause ein. Als keiner reagierte, sprach er weiter: »Warum sie uns hier festhalten? Wir wissen es nicht. Wir waren zu Besuch bei meiner Tante, Erika Paus, Tegeler Hafen 10, im französischen Sektor.«

Endlich räusperte sich jemand, und eine junge Stimme sagte: »Sie und ich sind die einzigen Deutschen hier. Die anderen sprechen nur Russisch. Sie verstehen uns nicht!«

Da wurde der Raum mit einem Mal grell erleuchtet. Eine Glühbirne baumelte von der Decke, und ihr gleißendes Licht flutete über die ausgemergelten Gesichter von sechs Männern, die vor ihnen auf dem Boden saßen. Fünf davon waren ihnen zugewandt und schauten Ramon neugierig an. Nur ein alter Mann kauerte lethargisch in einer Ecke.

Der junge Deutsche stellte sich vor. Er hatte hellblondes Haar, und sein Hemd hing ihm aus der Hose. Unter seinen Achseln prangten große Schweißflecken.

»Wir sind hier in Hohenschönhausen. Ich bin schon seit zwei Tagen in dieser Zelle. An Schlaf ist nicht zu denken, weil sich die Gegensätze brutal abwechseln. Mal ist es dunkel, dann wieder hell, und nachts reißen sie dich immer wieder mit lautstarkem Trommeln aus dem Schlaf. Sie haben mich erwischt, als ich auf einem Plakat Stalins Lippen mit einem Lippenstift rot angemalt habe«, schloss er seinen Bericht mit einer Beichte.

Ramon verstand nicht, warum rote Lippen einen ins Gefängnis führten. Aber er wollte Napravnik gefallen und seinen Fehler wiedergutmachen. Also gab er dem Deutschen die Hand und wiederholte Napravniks Lüge: »Ich heiße Hans, ich komme aus Travemünde, so wie mein Vater. Er heißt Karl Krause. Ich bin am 3. Mai 1935 geboren worden. Hans Krause.«

Der Wärter unterbrach sie. Er öffnete die Tür und befahl etwas auf Russisch. Seine Worte lärmten wie Geröll durch die Zelle. Ein Teil der Männer duckte sich, als müssten sie sich vor Steinschlag schützen, die anderen erhoben sich sofort. Bald standen alle stramm, nur der Greis blieb regungslos sitzen.

Schritte hallten durch den Gang, und ein Soldat betrat die Zelle. Als er den Alten auf dem Boden sah, schlug er ihm mit dem Gewehrlauf in den Nacken. Dabei entstand ein blutiger

Striemen, aber der Greis zuckte nur kurz zusammen und blieb sitzen. Der Soldat kümmerte sich nicht länger um ihn. Er befahl Napravnik mitzukommen. Schnell griff Ramon nach Sergejs Hand, dass er ihn bloß nicht allein zurückließe, und stolperte mit ihm aus der Zelle.

Schweigend marschierten sie durch den langen Gang zurück und dann die Treppe hinauf, der Soldat vorneweg, Ramon und Sergej hinterher. Sergej zitterte noch immer, doch als sie den Hof erreichten, hatte er sich gefasst.

»Sie werden dich in ein Heim bringen«, raunte er Ramon zu. »Mach alles, was sie dir sagen, Hans Krause! Und denk immer an die Friedensgöttin Eirene. Mit der entsprechenden Macht und gerechten Gesetzen wird für uns alles wieder gut, hörst du!«

Aber Ramon spürte, wie die Angst sich um seine Kehle legte. Und sie drückte noch fester zu, als er den Mann bemerkte, der da stand wie der Kriegsgott Mars, eine antike Gestalt in falscher Uniform. Die roten Streifen an seinen Schultern empfand er als deutliche Warnung, doch Napravnik lief geradewegs auf ihn zu: »Herr Sergeant! Das ist ein Missverständnis. Ich heiße Karl Krause. Ich habe meinen Sohn dabei. Er ist noch ein Kind. Sie können hier doch kein Kind festhalten!«

Nur kurz musterte der Kriegsgott Ramon. Dann rief er den Soldaten zu sich. Wieder fiel der Name Sergej Napravnik in einer Schärfe, die Ramons Hoffnung wie mit einem Schwert zerschnitt. Sie würden Napravnik so schnell nicht entlassen. Und er umklammerte Sergejs Hand noch fester, als könnten sie dadurch zusammenwachsen und nie mehr getrennt werden.

Doch der Kriegsgott packte Ramon unter der Achsel und zerrte ihn fort. Ramon aber zappelte so sehr, dass er sich befreien und noch einmal zu Sergej zurücklaufen konnte. Er umarmte ihn und drückte ihm sein Astrolabium in die Hand, und Sergej ließ es in seine Hose gleiten.

»Du warst und du bist mir das Wichtigste, das ich habe«, flüsterte er ihm ins Ohr und küsste ihn auf die Stirn. »Wir sehen uns wieder. Dann gebe ich dir dein Astrolabium zurück. Aber jetzt geh und mach alles, was dir der Herr Sergeant sagt!«

So blieb Ramon keine andere Wahl, als dem Kriegsgott zu folgen, durch eine graue Baracke bis in sein Dienstzimmer. Der befahl ihm dort, sich vor seinem Schreibtisch auf einen Stuhl zu setzen. Ramon nahm Platz, aber zugleich floh er in seine geistige Bibliothek, die Napravnik für ihn angelegt hatte. Er rief sein inneres Ensemble zusammen und wollte gerade den Taktstock erheben, da zog ihn der Sergeant am Kragen zu sich hoch und schob sein Gesicht so dicht vor Ramons Augen, dass er meinte, die Schläge seiner Wimpern zu spüren, die ihn wie die Tentakel einer Feuerqualle streiften und bei jeder Berührung Nesselgift freisetzten.

»Ich habe dich etwas gefragt!«

Der Atem des Mannes roch nach kaltem Zigarrenrauch.

»Was wir mit deinem Vater machen oder nicht, hängt nun ganz allein von dir ab!«

Der Sergeant wanderte durch den Raum. Als er stehen blieb, wirkte er plötzlich wie ausgewechselt, denn er fragte nun freundlich nach seiner Mutter. Und Ramons Selbstbeherrschung brach. Zum ersten Mal seit seiner Flucht vom See fühlte er sich mutterseelenallein, hätte ihren Tod gern verschwiegen und sie ganz neu erfunden, aber ihm fiel nichts mehr ein. Also gab er zu: »Sie ist im See ertrunken.«

Der Sergeant trat an das Fenster und schaute hinaus. Lange sagte er nichts. Ein letztes Mal schöpfte Ramon Hoffnung, dass sich das Blatt doch noch wendete und der Sergeant sie aus Mitleid ziehen ließe, aber der Mann blieb gnadenlos.

»Du rettest deinen Vater nur, wenn du endlich zugibst, dass er Sergej Napravnik ist!«

Noch immer verharrte er am Fenster. Die Sonne stand niedrig, und im Licht sah sein Schatten aus wie ein stymphalischer Vogel, ein menschenfressendes Ungeheuer mit Flügeln aus Eisen. Er würde Ramon zertrümmern, wenn der sich nicht sofort in Herakles verwandelte und ihn tötete. Vorher aber musste er noch herausfinden, ob der Kriegsgott log. Deshalb suchte er nach Spuren von Schweiß, zählte das rhythmische Pochen seiner Halsschlagader. Denn Napravnik hatte ihm verraten, dass die Lüge einen Puls besaß und der Polygraf sie überführte.

Doch auch ohne den Lügendetektor konnte Ramon erkennen, dass der Kriegsgott log. Denn seine Adern quollen kantig hervor und vibrierten in schnellen Schlägen, ganz so wie bei Lügnern.

Gern hätte Ramon jetzt das Gas inhaliert, das ihn vergnügt machte, wie damals, bevor sie ihm die Mandeln herausoperiert hatten. Dieses Gas hatte ihn schwerelos und furchtlos gemacht, und mit seiner Hilfe hätte Ramon diesen Sergeanten bestimmt zur Rede stellen können. Unter dessen Blick aber spürte er eine tödliche Angst, und so wirkte er kaum überzeugend, als er stammelnd wiederholte: »Mein Vater heißt Karl Krause. Er ist Volksschullehrer. Wir kommen aus Travemünde, das müssen Sie uns endlich glauben!«

Der Kriegsgott glaubte ihm nicht. Er zerrte ihn aus der Baracke, und über den gepflasterten Hof zu einem grauen Jeep. Dort zwang er Ramon auf den Beifahrersitz, verriegelte die Tür, ging um das Auto herum und setzte sich hinter das Steuer.

»Im Erziehungsheim wird man dir schon beibringen, dass ein Sozialist nicht lügt!«, drohte er ihm und startete den Motor.

Als sie vom Hof fuhren, hoffte Ramon, Napravnik noch einmal zu sehen, um an seiner Haltung und Mimik abzulesen, ob er wirklich daran glaubte, dass sie sich bald wiedersähen. Doch von Napravnik fehlte jede Spur.

8
Lina Chavéz, 2015

Als Lina erwachte, wusste sie nicht, wo sie war. Sie sah nur Umrisse, die den Raum nicht verrieten. Und je mehr sie sich anstrengte, desto unschärfer wurden die Konturen. Zickzackmuster flimmerten vor ihren Augen, erhoben sich zu kaleidoskopartigen Dreiecken und stachen zu. Genauso begann die Migräne, wenn sie zu viel Wein getrunken hatte.

Lina massierte ihre Schläfen und setzte sich auf. Während ihr wieder einfiel, dass sie sich in der Wohnung ihrer Mutter befand, entdeckte sie die Quelle des Lichts in der hell erleuchteten Wohnung gegenüber.

Lars saß am Fenster und hämmerte in die Tasten seines Laptops. Er schien ihren Blick zu spüren, denn er unterbrach seine Arbeit und schaute herüber. Dabei kniff er die Augen zusammen, als wären sie Blenden, um die Tiefenschärfe zu vergrößern.

Lina stellte sich vor, dass er gleich die Hand heben würde, um sie zu grüßen. Er könnte aufstehen und pantomimisch demonstrieren, frischen Kaffee zuzubereiten, dabei imaginäre

Bohnen mahlen, sich den Duft zufächeln und schließlich sie, Lina, mit angedeuteter Verbeugung einladen, sich an seinen Tisch zu setzen.

In Wirklichkeit aber sah er wieder auf seinen Bildschirm, dessen Licht in seinem Gesicht flackerte und es kalt wirken ließ. Dabei wünschte sich Lina nichts sehnlicher, als dass er sie warmherzig im Schlaf beobachtet hätte, ganz so, wie sie das Ruhen von Faltern verfolgte. Der Gedanke, dass dieser Mann die ganze Nacht über sie wachen könnte, kitzelte in ihrer Magengrube.

Eigentlich aber sollte sie sich lieber vor ihm in Acht nehmen. Bei Schmetterlingen täuschte das liebliche Image, sie besaßen geheime Waffen. Lars hatte mit seinen geheimen Waffen bereits gespielt, als er sie mit seiner Kartoffelcremesuppe in die Falle gelockt hatte, um ihr Verhältnis zu seiner verstorbenen Mieterin zu klären. Jetzt saß er an seinem Schreibtisch und schrieb – und sah kein einziges Mal mehr zu ihr herüber.

Raffiniert sind die Bärenspinner, wenn sie etwas bezwecken. Sie geben sich als Fledermaus aus und rufen per Ultraschall. Noch durchtriebener ist die Gelbe Pfirsichmotte. Sie imitiert den Ruf des flatternden Säugers und vertreibt die Rivalen. Mit einem anderen Ton lockt sie das Weibchen an.

Aber Lina konnte Lars' Frequenzen nicht hören. In ihrer Erinnerung lockten nur seine Grübchen. Sie umschmeichelten sein markantes Kinn. Gerade deshalb würde sie weiter auf der Hut bleiben – und sprang trotzdem unter die Dusche, zog sich schnell an. Ihr war nämlich in den Sinn gekommen, sich für die Suppe zu revanchieren und für die Nacht in der mietverschuldeten Wohnung. Sicher würde es in der Nähe einen Bäcker geben, bei dem sie Kaffee und frische Brötchen erstehen konnte.

Eine halbe Stunde später betrat Lina sein Treppenhaus, in der einen Hand Tüten, aus denen es nach warmen Brötchen duftete, in der anderen Hand ein Papphalter mit zwei großen Bechern frisch gebrühtem Kaffee. Vor seiner Tür verharrte sie einen Moment, malte sich aus, dass er hinter der Tür auf sie wartete, ihr lächelnd öffnete, wodurch seine Grübchen sich tief einprägten wie die Tympanalorgane eines Falters. Falter hörten mit den Grübchen, Lars' Grübchen köderten. Sie lächelte und drückte den Klingelknopf.

Lars öffnete die Tür, doch seine Grübchen waren nicht zu sehen. Stattdessen sah er sie an, als wäre es ein Verbrechen, ihn zu stören.

»Es ist kurz nach sechs. Was willst du hier?«

Lina hielt ihm die Tüten entgegen.

»Frühstück!«, sagte sie und versuchte, ihre Enttäuschung mit fröhlicher Miene zu überspielen.

Auf dem Weg zum Bäcker hatte sie sich vorgestellt, wie er sie mit einfühlsamen Worten begrüßte, als verfügte er über die Antennen einer Langhornmotte, mit denen er spüren konnte, was sie empfand. So sehr hatte sie sich auf diesen Moment gefreut, dass ihr fast schwindelig dabei wurde. Nun aber machte sie sich nichts mehr vor. Sie kannte die Fühler, die im und am Körper saßen und maßen, ob man sich drehte oder kippte. Es waren Rezeptoren, die durcheinanderkamen, wenn die Bewegung außer Kontrolle geriet. Jetzt stand Lina mit beiden Beinen im Raum, und da drehte sich nichts. Lars hatte sie weder erwartet, noch freute er sich. Zwar nahm er ihr die Tüten ab und stellte sie auf den Boden, aber er musste sich sichtlich überwinden, Lina hineinzulassen.

Im Flur hingen die Wände voller Gamben und Geigen, Harfen und Mandolinen. Dieser Mann, kam es Lina unwillkürlich in den Sinn, konnte unmöglich Gefallen an ihr finden. Er lebte für die Musik, von der sie sich nur gequält fühlte. Im Wohnzimmer reihten sich Bücherregale bis zur Decke, stand ein geblümtes Sofa zwischen gestreiften Ohrensesseln und ein schön geschwungener Sekretär vor dem Fenster. Für einen Musiker war seine Wohnung erstaunlich gemütlich und genauso, wie sie Lina gefiel.

Während Lars seinen Laptop ausschaltete, markierte er sein Revier: »Ich schreibe an meiner Doktorarbeit. Darin vergleiche ich den Klang von Telemann-Sonaten. Ich überprüfe, was sich verändert, wenn man sie auf alten oder neuen Instrumenten spielt.«

Lina fühlte geradezu, wie ihre Phonophobie einen Keil zwischen sie trieb. Klassische Musik löste in ihr einfach ein Gefühl von Verlassenheit aus.

»Du bist Musiker?«, fragte sie zaghaft.

»Ich bin Musikhistoriker«, entgegnete Lars und klappte den Deckel seines Laptops so heftig zu, als wollte er deutlich machen, dass sie ihn störte.

Lina entschuldigte sich. »Mir war nicht klar, wie früh es ist. Ich habe nicht gut geschlafen und dachte, ich könnte mich mit Brötchen und Kaffee für die Suppe bedanken.«

Und obwohl es nicht der Wahrheit entsprach, wollte sie jetzt alles dafür tun, den Keil zwischen ihnen zu entfernen.

»Im Prinzip mache ich ja nichts anderes als du. Ich beobachte die Natur, du beobachtest die Kunst.«

Er starrte sie an, als wäre sie nicht ganz bei Trost. Dann hob er die Tüten vom Boden auf und verschwand damit in der Küche.

Lina folgte ihm und blieb an der Schwelle stehen. Die Wände waren mit portugiesischen Kacheln verziert. Wieder bewunderte sie ihn für seinen guten Geschmack. Dann fiel ihr Blick auf eine Pinnwand hinter dem Tisch. Dort hingen Fotos von Lars und einer Frau. Auf jedem davon standen sie dicht beieinander und lächelten in die Kamera. Nur auf einem musizierten sie zusammen, er an einem Flügel sitzend, sie auf der Geige spielend. Je länger sich Lina die andere Frau anschaute, desto talentierter erschien sie ihr. Sie aber fühlte sich plötzlich spröde.

Während Lars den Tisch deckte, Käse und Wurst auf einem Teller drapierte, setzte sie sich unaufgefordert, schob ihm einen Becher Kaffee zu und wartete, dass er etwas Nettes sagte. Weil er schwieg, stellte sie sich vor, er fände die richtigen Worte: »Wenn ich deine Geschichte hätte, würde ich die Musik auch hassen. Es ist ja sonst niemand da, dem ich die Schuld für alles geben könnte!«

Doch kaum hatte sie es gedacht, wurde ihr klar, dass er diese Worte nie äußern würde. Sie seufzte innerlich. Gleich nach dem Frühstück wollte sie gehen. Sie würde die Wohnung der Mutter auflösen, die Mietschulden begleichen und ihn und seine Freundin nie mehr wiedersehen.

Lars stand am Herd und schlug Eier in die Pfanne, quirlte sie mit der Gabel, gab Salz und Pfeffer hinzu. Schließlich verteilte er das Rührei auf zwei Tellern, streute frischen Schnittlauch darüber und reichte ihr einen davon. Lina schichtete sich das Rührei auf zwei Brötchenhälften und biss beherzt hinein. Je schneller sie aß, desto früher kam sie von ihm los.

Er nahm ihr gegenüber Platz und begann ebenfalls zu essen. Und weil er immer noch nicht sprach, gab sie ihm einen Grund: »Du könntest mir ein bisschen von meiner Mutter erzählen, was du so weißt. Schließlich bist du der einzige, von dem ich weiß, dass er sie persönlich gekannt hat.«

Endlich sah er sie an, und in seinem Blick lag wie gestern ein Anflug von Anteilnahme.

»Sie hat nie Besuch bekommen«, begann er langsam. »Oft hat sie stundenlang die Wände angestarrt, und abends hat sie getrunken. Das war das, was ich von hier aus sehen konnte. Ein trostloses Leben. Ich habe mich oft gefragt, warum sie so allein war. Warum ihre Familie nicht einmal nach ihr gesehen hat, ein Onkel, eine Cousine, irgendjemanden gibt es doch immer. Sie war so begabt, aber sie hat ihr Talent im Alkohol erstickt, und keiner hat sie davor bewahrt. Ist dir klar, wie krank sie war?«

Lina ärgerte sich. Er interessierte sich nur für die große, tragische Musikerin Maria Chavéz. Mit der entsorgten Tochter hatte er kein Mitleid.

»Ich habe sie nie mit einem Cello gesehen. Und wenn ich sie darauf ansprach, wollte sie nicht darüber reden. Fast konnte man denken, dass sie ihr Cello hasste. Bestimmt hat sie auch unter ihrem Namen gelitten. Erwartungen können erdrücken. Wie lebt es sich wohl mit einem Vater im Nacken, der überall gefeiert wird, sie aber früh verlassen hat? Hat man sie je gefragt, ob sie wirklich etwas mit Musik zu tun haben wollte? Ich konnte mein Leben frei wählen. Du sicher auch?«

Lina nickte. Sie erinnerte sich noch gut an den Moment, in dem sie entschieden hatte, ihr Leben den Schmetterlingen zu widmen. Und wenn er schon kein Mitgefühl für sie hatte, wollte sie wenigstens die Chance nutzen, ihn zu ihrem Lieblingsthema hinzubewegen.

»Ich war gerade zehn geworden und bin mit meinen Pflegeeltern durch die Alpenpässe gewandert. Plötzlich flatterte ein Schwarm wandernder Tagfalter auf mich zu. Und ab da wollte ich unbedingt Schmetterlingsforscherin werden. Ich wollte herausfinden, woher der Schwarm kam. Und ich wollte wissen, welches Ziel er verfolgte. Dabei wusste ich noch gar nichts über sie, hatte nur so eine Ahnung, dass sie von weit herkamen und ein Ziel vor Augen hatten.«

Lars jedoch hatte ein anderes Ziel vor Augen, als er sie unterbrach: »Mein Kollege Paul promoviert gerade über deinen Großvater. Er hat herausgefunden, dass Ramon Chavéz in der DDR seit 1978 nicht mehr gespielt werden durfte. Er hat recherchiert, dass eines der größten westdeutschen Nachrichtenmagazine ein Außenbüro in der DDR hatte, in Ostberlin. Und ausgerechnet dort lieferte 1978 eine Gruppe demokratischer Kommunisten ein Manifest ab, und der Autor, ein DDR-Bürger, wurde festgenommen. Zeitgleich wurde das Außenbüro für immer geschlossen. Was die Öffentlichkeit nicht mitbekommen hat: Noch am selben Tag steckte eine Oper im Briefkasten dieses Außenbüros. Und stell dir vor, jene Oper stammte von deinem Großvater, von Ramon Chavéz. Sie handelte von einem Schauprozess in der DDR. Paul konnte die Akten dazu einsehen. Das meiste war zwar geschwärzt, aber das, was er lesen konnte, gibt viele Rätsel auf. Zum Beispiel, wie diese Oper in die DDR gelangen konnte und wer sie zum Außenbüro gebracht hat. Es ist überhaupt eine Sensation, dass Ramon Chavéz auch Opern geschrieben hat. Das wusste bisher nämlich keiner.«

Lina hätte ihm gern noch mehr von sich erzählt, ihm verraten, was für ein Mensch sie war, wer sie am liebsten sein wollte und warum sie Schmetterlinge liebte. Aber er hörte nun nicht mehr auf zu reden.

»Ich habe deine Mutter mehrmals darauf angesprochen, aber sie wusste gar nichts, nicht mal, dass ihr Vater eine Oper geschrieben hatte. Nur ein einziges Mal erwähnte sie, er halte so einiges auf dem Dachboden versteckt. Warum sie nicht in ihr Elternhaus zurückzog, stattdessen zur Miete wohnte, wollte sie mir nicht sagen. Dabei bemerkte sie mehrmals, dass dieses Haus noch existiert. Bestimmt weißt du, wo es ist? Vielleicht warst du sogar schon auf dem Dachboden, und er ist voller interessanter Details? Wir könnten uns dort doch mal zusammen umsehen. Vielleicht könnten wir Paul sogar mitnehmen?«

Die Weibchen der Seidenspinner produzierten ein Pheromon in den Drüsen ihres Hinterteils, um ein Männchen anzulocken. Sie flogen nicht, sondern saßen einfach nur da und warteten darauf, dass das Männchen sie umflatterte.

Auch Lina wartete. Gestern, als er nicht wusste, wie er sich von ihr verabschieden sollte, da hatte er sie ein bisschen umflattert. Oder bildete sie sich das nur ein? Auch fand sie, dass sie heute besonders gut roch. Es war ein frischer Duft, den sie zum ersten Mal aufgelegt hatte, ein Aroma von Zitrusfrüchten, Wasser und grünen Noten. Und wenn die Frau an der Wand auch alles besitzen mochte und Lars ganz sicher ihr Talent vergötterte, wuchs Linas Macht, weil sie über Informationen verfügte, nach denen er suchte. Also machte sie sich interessant.

»Natürlich kenne ich das Haus. Ich habe es erst kürzlich betreten, weil ich es geerbt habe. Klar kann ich dich mal mitnehmen. Deinen Freund auch. Dann zeige ich euch zuerst den Garten. Er ist der schönste, den du jemals gesehen hast. Wie oft habe ich anderswo die Larven von Schmetterlingen gesammelt und sie bis zum Schlüpfen aufgepäppelt, aber in dem Garten pulsiert die Natur. Dort brauchen die Schmetterlinge niemanden, um zu überleben. Denn sie haben alles, was sie benötigen, um zu schlüpfen und ihre prächtigen Flügel zu entfalten.«

Wie oft hatte Lina beobachtet, dass körperliche Attraktivität ein Köder war. Er lockte in die Falle des Begehrens. Dass sie selbst mal in den Fokus der Begierde gerückt war, konnte sie an einer Hand abzählen. Umso erstaunter war sie, dass Lars nun alles an ihr zu betrachten schien: ihre Augen, ihre Lippen, ihre Nase, dann wieder ihre Augen, und ganz kurz wanderte sein Blick auch über ihre Brüste. Er sagte: »Da hast du wohl eine kleine Blumeninsel geerbt. Da wäre ich gerne mal dein Gast!«

Sogleich wirkte die Frau auf den Fotos weniger strahlend, und Lars neben der Frau auch weniger glücklich.

»In meinem frisch geerbten, fünfhundert Quadratmeter großen Garten blüht alles, damit die Schmetterlinge sämtliche Lebensstufen durchlaufen können, ganz ohne meine Unterstützung. Und obwohl ich erst einmal da war, habe ich bestimmt fünfzehn verschiedene Falterarten schwirren sehen. Lange leben sie nicht. Im Schnitt werden sie nur drei bis vier Wochen alt. Nur die kleineren sterben erst nach acht Wochen. Jedenfalls Zeit genug, dass du sie alle bewundern kannst.«

Aber Linas Zeit war abgelaufen. Lars hörte ihr nicht mehr zu. Er saß an seinem Handy und tippte darauf herum, vermutlich schrieb er eine Nachricht, und Lina fühlte sich wie zwischen Gänseblümchen vergessen. Weil sie immer zu spät bemerkte, wie naiv sie plauderte. Kathleen hatte ihr schon so oft vorgeworfen, die Signale zu verkennen, wann sie Männer mit ihren Schmetterlingen langweilte. Sie ging sogar so weit, zu behaupten, dass sich Lina während ihrer endlosen Vorträge selbst in einen Falter verwandelte und nicht einsehen wollte, dass kein Mann auf geflügelte Würmer stand.

Aber so einfach wollte sich Lina nicht in die Stille verabschieden. Noch einmal versuchte sie, seine Aufmerksamkeit mit ihrem Thema zu wecken.

»Wusstest du, dass die vierzehn Tage im Leben einer Puppe am heikelsten sind? In diesem Stadium ist die Larve allen Unwettern und Feinden einfach ausgeliefert. Deshalb ist eine gute Tarnung wichtig. Auf der Rinde sind manche Puppen braun, auf den Blättern der Pflanzen sind sie grün. Wieder andere leuchten golden, damit sie bloß nicht wie Nahrung aussehen.«

Und tatsächlich schien es zu wirken. Lars legte sein Handy beiseite. Aber er starrte sie an, als wäre sie der Bunteste aller Schmetterlinge, ein Regenbogenfalter aus Madagaskar, der in seiner Küche so gar nichts zu suchen hatte.

»Was ich dir eigentlich mit all dem sagen wollte«, kam Lina endlich zur Sache. »Sie betreiben die perfekte Mimikry. So wie mein Großvater. Auch er ist ein Meister der Mimikry. Nicht, dass ich wüsste, wer sein Feind ist. Aber sicher hat er einen, sonst müsste er sich ja nicht verstecken. Vielleicht hat er auch etwas zu verbergen und tarnt sich deshalb perfekt.«

Und jetzt zeigten ihre Worte eine Wirkung. Lars reagierte mit einem Blick. Und dieser Blick sah nur sie.

»Du siehst deiner Mutter ein bisschen ähnlich«, sagte er. »Aber sie war nicht so schön.«

Schön musste es sein, wenn man sich gemeinsam daran erinnerte, wie alles mit einem Blick begonnen hatte. Lina fühlte sich wie im Schwirrflug, dabei hatte sie sich diesen Zustand ganz anders vorgestellt. Sie hatte geglaubt, dass er einem Vogelflug gliche und die Federn seine Schwingungen steuerten. Stattdessen verwirrten sich nun ihre Sinne, sodass sie befürchten musste, den Kurs zu verlieren. Aber sie tat, als hätte sie sein Kompliment nicht gehört. Denn schön war seine Freundin auf den Fotos, und schön war ein Trauermantel, prachtvoll mit seinen samtig braunen Flügeln, dem hellen Rand und seinen strahlend blauen Augenflecken.

»Übrigens gibt es so einiges in dem Haus zu entdecken«, versuchte sie von ihrer Verlegenheit abzulenken. »Sie haben nämlich alles dagelassen. Selbst die Betten sind noch so bezogen, wie sie sie verlassen haben.«

In diesem Moment klingelte sein Handy, und Lars verließ die Küche, ohne sich zu entschuldigen. Lina konnte ihn sprechen hören, er redete ganz sanft, doch sie verstand kein Wort. Dafür nutzte sie die Gelgenheit, nahm eines der Fotos von der Pinnwand und drehte es um. Auf der Rückseite war ein Datum vermerkt. Das Bild war erst vor wenigen Monaten aufgenommen worden.

Weil Lars schneller als erwartet zurückkam, schaffte sie es nicht mehr, das Foto zurückzuhängen, und hielt es unter dem Tisch versteckt in der Hand.

Lars setzte sich, nahm seinen immer noch halbvollen Becher Kaffee und hielt ihn mit beiden Händen fest. Dabei schweifte sein Blick durch den Raum und blieb prompt an der Pinnwand haften. Fragend taxierte er die leere Stelle.

Hastig zog Lina das Foto hervor und hängte es zurück an die Wand.

»Es ist abgefallen. Wahrscheinlich war es der Wind. Hier zieht es ein bisschen.«

Lars runzelte die Stirn: »Du tust deiner Mutter unrecht, wenn du ihr die Schuld für dein Leben gibst. Ich empfand sie immer so, als wäre sie in ihrer Opferrolle gefangen.«

Aber Lina konnte ihren Blick nicht von dem Foto abwenden. Die Frau neben Lars schien ihre Geige nun noch stolzer in die Höhe zu halten. Der Geigenbogen unterstrich ihre Eleganz. Wieder dachte Lina an Kathleen, die fand, dass jeder Mensch Ballett tanzen sollte, weil es Haltung und Würde verlieh. Die schöne Frau neben Lars hingegen brauchte keine Ballettstange. Allein die Geige verlieh ihr Pose und Stil. Und selbst Linas alte, trunksüchtige Mutter konnte mit ihr mithalten, weil Lars musikalische Talente vergötterte, egal, was sie Lina angetan hatten.

Lars war ihrem Blick zu den Fotos gefolgt. Auch er betrachtete die schöne Frau, aber schwieg. Und obwohl weder ihre Mutter noch ihre Familie etwas dafür konnten, dass Lina keine verehrenswerte Musikerin geworden war, übte sie Verrat: »Es gibt einen Karl Krause. Er hat meinem Großvater einen Brief geschrieben, der anscheinend auch der Grund dafür war, warum mein Großvater verschwand. Karl Krause schreibt, er vermisse die Chronologie. Und er fragt ihn auch nach einer Oper.«

Dabei wusste Lina doch ganz genau: Rache geschah meist im Affekt, und die Genugtuung darüber war nur von kurzer Dauer. Aber sie wollte nunmal daran glauben, dass ein Flügelschlag das Größte bewirken konnte. Also erzählte sie noch mehr.

»Karl Krause wohnte in der DDR, in einem Dorf in Mecklenburg. Offenbar kannte er meinen Großvater gut. Und es gibt ganz bestimmt eine Verbindung zu dieser Oper, von der du erzählt hast. Ich habe Karl Krause getroffen. Er lebt jetzt bei Paris, in der Psychiatrie. In Wirklichkeit ist er aber gar nicht Karl Krause, er nennt sich nur so. Eigentlich heißt er Sergej Napravnik. Er musste sich eine neue Identität zulegen, denn vermutlich war er ein Deserteur der Roten Armee. Um seine Haut zu retten, hat er sich gegenüber den Sowjets als Deutscher ausgegeben und ist dann wohl irgendwann in Mecklenburg untergetaucht.«

Doch der Schmetterlingseffekt trat nicht ein. Lars hatte sein Notizbuch gezückt und schrieb alles mit. Dabei sah er nur noch auf, wenn sie ins Stocken geriet, und betrachtete sie nicht wie ein Mann, dem sie gefiel, sondern wie ein Forscher, der seinem Studienobjekt gleich Zuckerwasser zur Belohnung hinstellen würde, damit sie ihm noch lange erhalten bliebe. Und seine Strategie ging auf, denn Lina konnte ihren Redefluss nicht mehr stoppen.

»Und nun kommt das Erstaunlichste: Seit Ende des Krieges hatte er auch meinen Großvater bei sich. Er hat ihn als Waisenkind aufgelesen und sich dann wie ein Vater um ihn gekümmert. Beide wurden von den Sowjets aufgegriffen. Und von da an behauptete Napravnik, er sei Karl Krause und mein Großvater sei Hans Krause, sein Sohn!«

Dass Ramon Chavéz ihre Mutter mit einer Köpenickiade missbraucht hatte, erzählte sie nicht, auch wenn es ihr auf der Zunge lag, während sie kurz innehielt und sich fragte, was das bedeutete. Stammten seine Kompositionen vielleicht gar nicht von ihm? Aber Lars trommelte mit seinen Fingern auf die Tischplatte.

»Was weißt du noch über Sergej Napravnik?«

Lina musste erkennen, dass es keinen Zweck hatte. Zweifellos bereicherte sie zwar seine Studien, aber nicht sein Leben. Ihre folgende Antwort sollte deshalb auch ihre letzte sein.

»Er war Musiker. Und er hat meinen Großvater an die Musik herangeführt. Anscheinend hat er selbst komponiert. Und er soll fantastisch Cello gespielt haben. Deshalb war er auch Ramons Cellolehrer.«

Lautlos schloss Lars sein Notizbuch und sah sie an. Sein Blick war mit einem Mal sehr warm. Er sagte: »Schmetterlinge sind schön. Schade, dass sie so geräuschlos sind. Aber in dir schlummert womöglich ein großes Talent. Ich könnte dir dabei helfen, es zu wecken. Denn ich bin mir sicher, dass das Cello auch zu dir gehört! Du wirst ihr Talent bestimmt geerbt haben.«

So zauberhaft seine Worte auch waren: Ein Regenbogenfalter glänzte nicht aus sich selbst heraus. Es waren die Pigmente, die ihn zum Leuchten brachten. Und mehr als die Struktur von Flügelschuppen hatte Lina nicht zu bieten. Deshalb würde sie mit dem Talent der Chavéz niemals mithalten können. Sie stand auf. Dabei hätte sie ihm gern gesagt, dass es viel mehr an ihr zu entdecken gab. Doch wenn er darauf nicht selbst kam, würde er sie nie erkennen.

Beim Hinausgehen aber sagte Lina etwas anderes: »Eigentlich hatte ich gehofft, mir meine Familie wie einen Mantel kurz überzuziehen und nur so lange zu tragen, bis ich alles abgewickelt habe. Nun aber überrollt mich dieses fremde Leben, das meine Mutter nicht mit mir teilen wollte. Und es wirft immer mehr Fragen auf.«

Sie bedankte sich für das Frühstück. Dann fügte sie entschlossen hinzu: »Ich werde die Wohnung meiner Mutter so schnell wie möglich räumen. Schreib mir einfach eine Rechnung, dann kann ich auch gleich ihre Mietschulden begleichen.«

Lars erhob sich so abrupt, dass er gegen den Tisch stieß. Das Geschirr wackelte. Er sah erschrocken aus.

»Warte!«

Schon wieder leuchtete das Display seines Handys auf, als wollte es ihn daran erinnern, dass er eine Freundin hatte. Diesmal ging er aber nicht ran, sondern schaltete es auf lautlos und ließ es in seine Hosentasche gleiten. Dabei ging er schnellen Schrittes an Lina vorbei und postierte sich zwischen ihr und der Wohnungstür.

»Ich will die letzten Mieten gar nicht haben. Du kannst dir auch ruhig Zeit lassen, um ihre Wohnung aufzulösen.«

Kurz berührte er ihren Arm.

»Und ich würde wirklich gerne weiter mit dir frühstücken.«

Seine Grübchen lockten wieder, und Lina zögerte prompt. Lars erkannte seine Chance und setzte nach: »Außerdem habe ich noch etwas, das ich dir geben soll. Es ist von deiner Mutter!«

Mit diesen Worten verschwand er im Wohnzimmer.

Lina trat unschlüssig von einem Bein aufs andere, dann ging sie zurück in die Küche und setzte sich an den Tisch.

Als Lars sich kurz danach zu ihr gesellte, hielt er ein Päckchen in den Händen. Es war in graues Packpapier gewickelt und trug weder einen Absender noch einen Adressaten.

»Als hätte deine Mutter ihren Unfall vorausgesehen, stand sie nur wenige Tage zuvor bei mir vor der Tür und überreichte mir das hier. Für den Fall, dass ihr mal was passieren sollte, meinte sie. Falls niemand käme, um ihre Wohnung aufzulösen, sollte ich sie räumen lassen und alles wegwerfen. Aber dieses Paket wollte sie retten. Es sei für ihren nächsten Verwandten, falls er sich hier blicken ließe. Sie war ziemlich betrunken, als sie mir das Päckchen gab. Mir war das äußerst unangenehm. Ich wusste doch nicht, wem ich es geben sollte! Und ich wollte in nichts hineingezogen werden. Deshalb habe ich es gleich in den Keller gebracht. Als ich gestern Abend von dir weggegangen bin, habe ich es wieder hochgeholt, denn ich wollte es dir natürlich übergeben.«

Damit stellte er das Päckchen vor sie auf den Tisch. Lina zählte die Fettflecken auf dem grauen Papier. Es waren zwölf. Sie roch den kalten Zigarettenrauch. Am liebsten hätte sie das Päckchen aus dem Fenster geworfen. Sollte es doch verrotten! Aber weil sie

Lars ansehen konnte, wie viel es ihm bedeutete, Zeuge dieses Augenblicks zu werden, riss sie das stinkende Papier auf und legte eine Kiste aus Holz frei. Es waren Fotos darin, und jedes war mit Namen und Daten versehen. Die Fotos zeigten Ramon Chavéz als jungen Mann und zusammen mit seiner Frau, Linas Großmutter. Es gab Aufnahmen von Linas Mutter als Baby, als Kleinkind, Schulkind und als junge Erwachsene. Manche Fotos waren bei einem Konzert aufgenommen worden, von ihr allein oder zusammen mit ihren Eltern. Aber es gab keinen Brief, keine Erklärung und keine weiteren Gegenstände, nur diese Aufnahmen, die zwischen 1955 und 1980 entstanden waren.

Lina starrte auf ihre Familie und wartete auf ein Zeichen, ein warmes Gefühl der Zugehörigkeit, Heimat. Immerhin waren sie blutsverwandt. Aber alles in ihr blieb kühl, und Lina ärgerte sich, weil sie sich nicht einmal darauf verlassen konnte. Ihre Familie blieb nur irgendeine Sippe. Unbedeutend. Niemals könnte sie Linas Lebenszeit füllen. Wie gut, dass sie sich darum längst selbst gekümmert hatte. Ihre Familie waren die Schmetterlinge.

Lina klappte die Kiste zu und schob sie zu Lars hinüber, der sogleich errötete. Feierlich hob er jedes einzelne Foto heraus und hielt es vorsichtig in beiden Händen. Dabei lächelte er Lina dankbar an.

»Ich bin so aufgeregt, dass mir ganz heiß geworden ist. Das ist ein historischer Moment. Diese Fotos sind von großer Bedeutung. Deine Großmutter war eine begnadete Cellistin. Und dein Großvater hat so tolle Musik geschrieben!«

Plötzlich stutzte er.

»Wer ist das?«

Er hielt ein Foto in die Höhe. Darauf war Maria Chavéz mit einem jungen Mann zu sehen. In welchem Verhältnis sie zueinander standen, war nicht zu erkennen, denn sie beschäftigten sich nicht miteinander. Er lehnte an einem Zaun und schaute auf seine Armbanduhr, sie hockte in einiger Entfernung auf dem Boden und streichelte eine Katze. Es handelte sich um eine Aufnahme aus dem Jahr 1976, und es war das einzige Foto, auf dem kein Name stand.

»Woher soll ich das wissen?«, entgegnete Lina. Aber noch während sie das sagte, dachte sie an Robert Crewell. 1976 war ihr Großvater noch nicht verschwunden, womöglich war er sogar der Fotograf gewesen.

»Darf ich es behalten? Für meine Pinnwand?«

Ohne die Antwort abzuwarten, suchte Lars bereits nach einer Reißzwecke.

Und Lina gab sich betont gelassen: »Warum nicht! Vielleicht findest du sogar heraus, wer der Mann ist. Womöglich lebt er ja noch und kann dir und deinem Kollegen so einiges über Ramon Chavéz erzählen!«

Insgeheim aber dachte sie, dass das Foto gut an diese Wand der glücklichen Paare passte. Denn wenn der Mann tatsächlich Robert Crewell war, hatten Maria und er zum Zeitpunkt der Aufnahme ihre glückliche Zeit noch vor sich.

»Das ist bestimmt dein Schmetterlingsgarten und im Hintergrund das Haus?«

Lars hatte das Bild bereits an die Wand gepinnt und deutete darauf. Erstaunt stellte Lina fest, dass der Garten schon damals verwildert gewesen war.

»Offensichtlich hat sich mein Großvater bewusst dafür entschieden, weil er ein Insektenparadies wollte. Ich habe im Haus sogar ein paar Schmetterlingsbücher gefunden. Wie es scheint, hat er sich für Schmetterlinge interessiert.«

Wie gern wäre Lina stolz darauf gewesen, einen Großvater zu haben, der Schmetterlinge liebte. Aber ihr Großvater war ein Langstreckenfalter, der zwischen Feuerland und Magallanes pendelte. Und er war ein Besucher im falschen Leben.

Wenn die echten Langstreckenfalter in die Gärten flatterten, hatten sie riesige Entfernungen zurückgelegt. Und immer glaubten die Gartenbesitzer, es wären ihre Schmetterlinge, die als Admiral, Postillon, Windenschwärmer und Gammaeule ihre Grundstücke bevölkerten. Dass die Insekten nur Besucher waren, wussten sie nicht.

Lina wollte mehr sein als nur eine Besucherin in seiner Küche. Als Langstreckenfalter könnte sie mit Lars eine große Strecke zurücklegen, sie verbrächten viel Zeit zusammen, und Lars würde endlich erkennen, dass sie mehr war als nur die Enkelin von Ramon Chavéz. Sie hatte eine Idee.

»Als ich Krause-Napravnik in Paris besucht habe, gab er mir eine Schatzkarte. Ich soll etwas für ihn ausgraben, in der Nähe eines Berges in Mecklenburg. Danach soll ich den Schatz nach Bir Tawil bringen.«

Und weil Lina ihn nach Mecklenburg locken wollte, fügte sie listig hinzu: »Angeblich soll nämlich das, was ich dort ausgrabe, einige Antworten enthalten!«

Dann aber räumte sie ein: »Ramon Chavéz lockte meine Mutter übrigens nach Magallanes, um ihr eine ähnliche Schatzkarte zu geben. Auch er wollte, dass sie alles ausgräbt, aber sie sollte es vernichten.«

Lina fragte sich, wie lang die Fahrt nach Mecklenburg dauerte.

Als hätte Lars ihre Frage erraten, antwortete er: »Kommt drauf an, wo es ist, aber nach Demmin zum Beispiel braucht man mit dem Auto etwa zwei Stunden.«

Die schnellsten Schwärmer flogen in der Dämmerung. Mit einer Frequenz von 70 Schlägen pro Sekunde kamen sie auf ein Flugtempo von 50 Stundenkilometern. Besonders flink war das Taubenschwänzchen. Ihm gelang der Weg von Afrika nach Europa in nur zwei Wochen. Ein spontaner Tagesausflug nach Mecklenburg war also nichts dagegen.

Lars schien zu ahnen, dass sie sich durchaus vorstellen konnte, sofort aufzubrechen.

»Wenn es dir nichts ausmacht, könnte ich dich fahren! Ich hätte Zeit. Und Proviant hätten wir hier noch genug!«

Lina tat, als müsste sie erst darüber nachdenken.

»Vielleicht liegt da gar nichts mehr vergraben, weil meine Mutter schon alles gefunden hat!«

»Finden wir es doch heraus!«, erwiderte Lars und suchte bereits nach seinem Autoschlüssel.

Sie verabredeten sich für die nächste Stunde. Dann würden sie sich an seinem Auto treffen, um zusammen in die Mecklenburgische Schweiz zu fahren.

9 Ramon Chavéz, 1948

Die Fahrt mit dem Sergeant wollte kein Ende nehmen. Immer mehr Häuser rauschten vorbei, und Ramon hörte auf, sie zu zählen. Seine Hoffnung, den Weg zurück zum Gefängnis zu finden, wurde immer geringer.

Wenn er sich doch endlich in Herakles verwandelte! Dann könnte er Sergej befreien und Rache üben an dem menschenfressenden Ungeheuer mit Flügeln aus Erz. Aber als sein Feind hielt, war Ramon noch immer nicht zu Herakles geworden und blieb dem stymphalischen Vogel ausgeliefert. Der parkte vor einem mehrstöckigen Haus. Über dem Eingang blätterte die Farbe ab, Ramon konnte nicht mehr lesen, was dort einmal gestanden hatte.

Da zog ihn der stymphalische Vogel bereits hinter sich her, durch ein Portal und in ein dunkles Foyer. Hier standen Tafeln voller Worte in kyrillischer Schrift. Der Sergeant blieb stehen und herrschte ihn an: »Los, lies vor!«

Aber Ramon schüttelte den Kopf. »Ich kenne diese Zeichen nicht.«

Schon hieb der stymphalische Vogel seinen Schnabel in Ramons Wange und fauchte: »Hat dir dein Vater etwa nicht das Lesen und Schreiben beigebracht?«

Ramons Wange schmerzte, er kämpfte gegen den Drang zu weinen an. Aber das kostete Kraft, und er versuchte, sich seine Schwäche nicht anmerken zu lassen.

»Wir kommen aus Deutschland, da schreibt man nicht so!«

Vor ihnen führte eine breite Treppe nach oben. Der Sergeant umklammerte Ramons Handgelenk und zerrte ihn mit sich hoch.

»Dann ist es umso besser, dass du hier endlich lernst, was wichtig ist. Und ich rate dir, keine Dummheiten zu machen. Ein Fehler, und das war's mit deinem Vater!«

Der Sergeant richtete seinen Zeigefinger gegen Ramons Schläfe und drückte ab.

Da hatten sie den ersten Stock bereits erreicht. Sie betraten einen Saal, darin saßen gut zwei Dutzend Kinder, alles Jungen, an drei langen Tafeln und aßen. Eine Aufseherin stolzierte durch die Reihen. Sie hielt einen Rohrstock in der Hand und nickte ihnen zu, doch ihr Gesicht zeigte keinerlei Emotion. Sie befahl etwas auf Russisch. Ramon verstand es nicht, deshalb blieb er einfach stehen. Der stymphalische Vogel aber schubste ihn zu einem der Tische.

»Stell dich nicht so an! Du hast genau verstanden, was Genossin Smirnowa gesagt hat!«

Er drückte Ramon auf einen freien Stuhl.

»Denk daran: Wenn du nicht machst, was man dir sagt, wird dein Vater dafür büßen!«

Damit ging der Sergeant hinaus.

Die anderen Jungen betrachteten Ramon verstohlen, aber keiner sah ihn direkt an. Alle aßen in aufrechter Haltung, und es wurde nicht gesprochen.

Ramon war das egal. Er war hungrig und wollte nach dem nächsten Suppentopf greifen. Schon der würzige Geruch ließ ihm den Speichel im Mund zusammenlaufen, fast glaubte er, die Suppe schmecken zu können. Doch die Aufseherin zog die Schüssel weg, bevor er sie ergreifen konnte. Nur dem tänzelnden Dampf konnte er noch nachschauen.

Als sich die anderen Kinder sattgegessen hatten, räumten sie die Teller zusammen und trugen sie hinaus. Lediglich Ramon blieb sitzen, weil er nicht wusste, was von ihm erwartet wurde.

Plötzlich spürte er einen stechenden Schmerz. Die Aufseherin Smirnowa bohrte ihm den Rohrstock zwischen die Schulterblätter.

»Aufstehen! Sofort!«

Und weil Ramon nun gehorsam sein, sich nie mehr schuldig machen und Sergej gefährden wollte, stand er stramm. Aber er wurde ihrem Befehl offenbar nicht gerecht, denn wieder schlug sie mit dem Rohrstock nach ihm.

»Schultern nach hinten, Rücken gerade, Kopf geradeaus! In welche Klasse gehst du?«

Gern hätte er auf Kommando geantwortet, wenn er sich für seine Antwort nicht so geschämt hätte. Denn zur Schule war er nur etwas mehr als drei Jahre gegangen, damals im Dorf. Dann war sein Lehrer in den Krieg gezogen und die Schule geschlossen worden. Seitdem hatte Ramon keinen Klassenraum mehr betreten.

Genossin Smirnowa wertete sein Schweigen als freches Verhalten.

»Soll der Direktor sich mit dir herumschlagen!«

Sie packte ihn am Handgelenk und zerrte ihn hinaus aus dem Saal, durch den Gang und direkt ins Zimmer des Direktors.

Dort saß hinter einem Schreibtisch aus Eichenholz ein Mann. Er war alt und sah genauso finster aus wie der, der hinter ihm auf dem Bild an der Wand hing. Mit Ganovenblicken schauten beide Ramon an, als wollten sie ihn durchbohren.

»Sieh an, sieh an! Das ist also der Sohn des Verräters Napravnik! Komm näher, damit ich dir in die Augen sehen kann, Kulakensohn!«

Ramon wollte widersprechen, dass er nicht Napravnik hieß und alles ein Irrtum war, da zog ihn der Direktor bereits am Kragen so dicht zu sich heran, dass er seinen Atem riechen konnte, eine Mischung aus fauligen Eiern und Kohl. Ihm wurde schlecht, weshalb er seinen Kopf wegdrehte und zum Fenster sah. Doch es war blind vor Dreck, er konnte nicht hinausschauen. Auch schien es schon lange nicht mehr geöffnet worden zu sein, denn die Luft stand im Raum, und die Wände und Vorhänge waren grau meliert, gezeichnet von kaltem Rauch.

Ramon hätte sich nicht abwenden dürfen, denn schon donnerte die Stimme des Direktors direkt in sein Ohr.

»Sieh mich gefälligst an! Wir geben dir hier eine zweite Chance! Dafür solltest du dankbar sein!«

Ramon schüttelte den Kopf.

»Aber mein Vater ist kein Verräter. Er ist Volksschullehrer. Wir heißen Krause, Hans und Karl Krause. Wir sprechen auch kein Russisch, wir sprechen nur Deutsch! Mein Vater ist unschuldig!«

Nun stampfte der Direktor mit den Füßen auf. In seiner Wut erschien er Ramon wie ein Stier, der mit den Hufen scharrte, bereit, sich auf den Torero zu stürzen.

»Sieh mich an, wenn ich mit dir rede!«, schnaubte er.

Ramon blickte in seine rot unterlaufenen Augen.

»Was bildest du dir ein! Wenn du nicht auf der Stelle aufhörst, diese Lügen zu verbreiten, werden hier ganz andere Saiten aufgezogen! Wir werden dich vor ein Tribunal stellen, und da wirst du uns und allen Kindern hier sagen, dass du keinen Vater mehr hast. Denn einen Verräter beschützt man nicht!«

Ramon spürte den Atem des Stiers in seinem Gesicht. Gleich würde er hier alles verwüsten. Er musste versuchen, ihn zu bändigen – nur wie? Schon beim stymphalischen Vogel war er nicht zu Herakles geworden. Wie konnte er da einen Stier zähmen, um auf ihm durchs Mittelmeer zu reiten?

»Sie verurteilen einen Unschuldigen. Ich werde meinen Vater niemals verleugnen!«

Genossin Smirnowa warf dem Direktor den Rohrstock zu. Der zögerte keinen Moment und schlug damit auf Ramon ein wie mit einer Peitsche. Ramon bäumte sich auf – und wurde selbst zum Stier. Er versuchte dem Direktor die Peitsche aus der Hand zu reißen, damit er ihn endlich in Ruhe ließ. Stattdessen aber hatte sich der Direktor in Herakles verwandelt und besiegte ihn, den kretischen Stier, mit nur einem Schlag. Ramon kauerte sich vor Schmerz zusammen, aber der griechische Mythos war noch nicht beendet. Denn Herakles ärgerte sich jetzt über die Kerkopen, die in seinen Augen Ramon und Sergej waren.

»Du und dein Vater, ihr seid boshaft und durchtrieben. Aber ihr bringt mich nicht um den Schlaf. Wir werden euch eure Frechheiten schon austreiben. Der Sergeant hat dafür seine eigenen Mittel, aber dich kann ich nur warnen. Du wirst deinem Vater großen Schaden zufügen, wenn du hier nicht spurst.«

Und er wies auf die Tür.

»Aus meinen Augen, sofort!«

Ramon stürzte aus dem Zimmer, bevor Herakles ihn kopfüber an einem Tragbalken aufhängen konnte. Die griechischen Sagen hatten nicht gehalten, was Sergej ihm versprochen hatte. Die Mythologie rettete Ramon weder aus dieser Hölle, noch konnte sie Sergej befreien. Ramon rieb sich die Wunden und wusste nicht, was schmerzhafter war: die Striemen an seinem Körper oder das Gefühl, von allen verlassen zu sein. Er beschloss, das, was er hier erlebte, aufzuschreiben, damit er analysieren konnte, was er falsch machte. Denn Sergej hatte immer gepredigt: Das geschriebene Wort schafft Klarheit und Abstand.

Die Eingangshalle war leer. Nur draußen, zwischen Unkraut und Gräsern, drängten sich einige Jungen auf dem Dach eines Panzerwracks. Sie bekämpften sich mit Holzlatten, die sie wie Schwerter nutzten.

Wie sehr hatte sich Ramon nach einem Freund gesehnt. Es war jetzt vier Jahre her, seit er zum letzten Mal mit Gleichaltrigen gesprochen hatte.

Auf dem Boden vor dem Panzerwrack standen zwei Mädchen und hielten Blechstücke wie Schilde vor die Brust. Mit Geheul rannten sie auf den Panzer los. Die Jungen sprangen vom Dach und traten mit Wucht gegen ihre Schilde. Dann fielen sie übereinander her und lieferten sich eine Rauferei.

Ramon versteckte sich hinter Brennhaaren meterhoher Scharfnesseln, aber da hatte ihn ihr Anführer schon bemerkt.

»Hey, da ist das Kulakenschwein!«, rief er.

Doch weil die Brennnesseln zwischen ihnen lagen, schaffte es Ramon gerade noch rechtzeitig, ihnen zu entkommen. Er flüchtete ins Haus, hastete die Treppen hinab und verbarg sich unter dem Treppenabsatz.

Lange hörte er die Kinder durch das Treppenhaus rennen. Sie suchten nach ihm, aber nicht im Keller. Ihre Stimmen klangen gehässig und fordernd, bis die schneidende Stimme der Genossin Smirnowa für Ruhe sorgte.

Als es still blieb, tastete sich Ramon an den Wänden entlang durch ein Gewölbe. Hier war der Gang so niedrig, dass er seinen Kopf einziehen musste. Immer wenn er an einer Tür vorbeikam, drückte er die Klinke, um zu prüfen, ob er hindurchschlüpfen konnte, aber erst die letzte öffnete sich. Er fand einen Schalter und machte Licht. Hier standen Stühle in Reihen, stapelten sich Kisten, und ganz hinten, in einer Ecke, lagerten Musikinstrumente.

Ramon bahnte sich den Weg an Boxen mit Büchern vorbei. Schon von Weitem erkannte er die Geigen, auch eine Trompete, und schließlich sah er das Cello. Zärtlich hob er es auf und blies den Staub vom Holz. Dann strich er über seine Fläche. Sie war rau und wirkte verbraucht. Außerdem fehlte dem Instrument die vierte Saite. Auf dem Boden lag noch der Bogen, von Rosshaaren umrahmt, die sich in Büscheln gelöst hatten.

Und obwohl Ramon Angst hatte, dass ihn jemand hören könnte, war sein Verlangen nach dem Cello größer. Er begann zu spielen, auf nur drei Saiten und mit dünnem Bogen, sodass der Klang stolperte und sich nur stockend ausbreitete, als müsste auch das Cello sich erst daran gewöhnen, wieder in Gebrauch zu sein. Trotzdem erfüllte es seinen Zweck, denn Ramon fühlte sich Sergej plötzlich sehr nah. Mit dem Cello wurde er stark, als hätte es ihn nun doch in Herakles verwandelt, der wild gewordene Stiere zähmen konnte. Berauscht von seiner Kraft glaubte er sogar, dass sich jetzt alles ändern würde, nur weil er Cello spielte.

Er hörte nicht, dass jemand den Raum betrat. Kaum setzte er den Bogen ab, sprangen zwei Jungen herbei und rissen ihm das Cello und den Bogen aus den Händen. Dann tobten sie damit durch den Raum.

Ramon musste mit ansehen, wie das Cello über Kanten kratzte und gegen Stuhllehnen schrammte. Holzspan splitterte zu Boden. Erst ein vierfaches Klatschen beendete den Terror am Instrument. Die Jungen legten Cello und Bogen zu Boden und rannten hinaus. Die Genossin Smirnowa aber stellte das Cello wieder in die Ecke und sagte: »Irgendwann wird hier ein Schulorchester spielen. Du übernimmst das Cello. Deshalb wirst du ab jetzt hier üben. Aber nur, wenn du vorher deine Pflichten erfüllst!«

Die nächsten Wochen wurden hart. Im Heim herrschte strenge Disziplin. Ramon musste von früh bis spät lernen, um den Stoff der letzten Jahre nachzuholen. Alles wurde kontrolliert, sogar die Rationen seiner Mahlzeiten wurden überwacht. Die anderen Kinder gingen ihm aus dem Weg, keines von ihnen sprach mit ihm. Doch das hatte der Direktor Ramon schon am zweiten Tag prophezeit: »Die Kinder von Kulakenvätern tragen Schädlingsarbeit an ihren Händen. Sie sind genauso an Spionage, Verschwörung und Verrat beteiligt wie ihre Väter. Du wirst hier so lange ignoriert, bis du öffentlich zugibst, dass du keinen Vater mehr hast!«

An den Abenden fiel Ramon erschöpft ins Bett. Morgens aber erwachte er wie erschlagen, den Tag über funktionierte er. Das Cello blieb unberührt, denn die Liste seiner Pflichten war umfangreich, und so kam er für eine lange Zeit nicht zum Üben.

Fünf Monate nach seiner Ankunft war es endlich so weit: Ramon hatte einen ganzen Tag frei. Er schlich in den Keller und sah das Cello wieder. Es stand noch immer an seinem Platz, nichts hatte sich verändert. Nur Ramon war nicht mehr derselbe. Plötzlich fühlte er sich außerstande, das Instrument zu ergreifen. Ihm war, als wäre etwas in ihn gefahren, ein Dämon, der seinen Körper beherrschte. Er spürte einen heftigen Schmerz hinter dem Brustbein, als würde ihn etwas in Stücke reißen wollen. Alles krampfte sich in ihm zusammen, und er gab diesem schier übermächtigen Schmerz nach, fiel zu Boden und verrenkte sich wie ein Besessener. Dann löste sich etwas, und Ramon begann zu schluchzen. Er zitterte und schwitzte, und noch einmal erlitt er heftige Krämpfe. Schließlich erbrach er sich in einen Eimer und war danach so erleichtert, als hätte er den Dämon gleich mit ausgespuckt. Erschöpft legte er sich auf den kalten Boden und schlief sofort ein.

Er träumte von Sergej, der ihm kalte Wickel auf die Stirn legte und dabei sagte: »Es ist bald vorbei. Bald haben wir es geschafft.« Sie kauerten in einem Verlies. Sergej rüttelte an der Tür, doch sie blieb verschlossen. Da rief er seine Harfe mit einem Reim: »Von Feinden gestohlen, wird dir befohlen, kommst du zurück.« Und seine Harfe flog durch Mauern und tötete alle Soldaten, die sich ihr in den Weg stellten. Dann landete sie in seinen Armen. Sergej spielte die Harfe, aber ließ zwei ihrer Saiten aus. Er erklärte: »Zwei dieser Saiten sind magisch: Spiele ich die erste, bleibst du für immer da, wo du bist. Zupfe ich die zweite, wachen wir in der Wüste der tausend Farben auf.« Und er reichte Ramon die Harfe, damit er die magische Saite wählte. Doch Ramon hatte sich die richtige nicht gemerkt. »Ich möchte mit dir in die Wüste der tausend Farben. War es diese Saite?« Da sah Sergej ihn traurig an. »Man spricht nur einmal darüber, beim zweiten Mal verliert das Instrument die Magie! Du musst es allein herausfinden, aber mach schnell, sonst sind wir verloren!« Ramon zupfte irgendeine Saite – und wachte auf.

Er lag noch immer im Keller, auf dem kalten Steinfußboden, und neben ihm roch es säuerlich nach Erbrochenem. Aber endlich konnte er das Violoncello greifen und spielte Mendelssohn Bartholdy. Und auch wenn ihn nur kratzige Töne trugen, gab er sich ihnen hin, denn das war die einzige Chance, bei Sergej zu bleiben.

Von diesem Tag an schaffte er es, täglich zu üben, immer in der letzten Stunde vor der Schlafenszeit. Dann lärmten die Kinder durch das Haus, störten ihn jedoch nicht. Sie sprachen noch immer nicht mit ihm, aber sie registrierten, dass er das Cello spielen durfte, und das weckte ihren Neid. Warum erhielt ausgerechnet der Sohn eines Verräters solche Privilegien?

Während sie ihn zuvor ignoriert hatten, begannen sie nun, ihn zu quälen. Sie klauten sein Essen, ließen seine Schulbücher und Aufzeichnungen verschwinden und zerwühlten seine sorgsam zusammengelegte Kleidung. Manchmal wimmelte es auf seiner Matratze von Maden oder es rieselte Sand aus dem Kopfkissen. Immer fiel die Schuld auf ihn, und Schläge waren die Folge.

Anfangs wehrte er sich noch und beschwerte sich bei der Genossin Smirnowa: »Warum sollte ich das tun? Ich würde mir doch nicht selbst schaden.«

Dann standen die Kinder dabei und freuten sich, weil es seine Situation nur verschlimmerte. Denn die Aufseherin schützte die Täter.

»Wer seine Genossen verrät, wird selbst zum Verräter!«

Zur Strafe tischte sie ihm Wasser und Brot auf, während sich seine Angreifer an Fleisch, Gemüse und Nachtisch satt essen durften.

Irgendwann ließ er alles mit sich geschehen und vernachlässigte sogar sein Cello. Lieber flüchtete er auf einen Baum im Garten und träumte, er wäre Äolus, der die Winde in Schläuchen festhielt. Und wenn er sein Leben nicht mehr ertrug, ließ er den beißenden Nordwind Boreas frei, dass er das Heim verwüstete, hetzte den heißen Ostwind Euros auf die Kinder, dass er sie verbrannte, und trieb Notos, den feuchtwarmen Südwind, zu Sergej, dass er ihn wärmte.

Eines Abends, als er beschlossen hatte, nur noch Zephyros, den milden Westwind, in die Welt zu lassen, weil Rache einfach nichts ändern wollte, stieg er nach Tagen zurück in den Keller. Nur das Cello konnte ihn noch trösten, und schon seit dem Morgen freute er sich auf Vivaldi. Aber als er den Raum betrat, stand das Cello nicht mehr da. Auch der Kasten war fort. Ramon suchte in allen Ecken und Winkeln. Doch dann fand er Spuren. Wo das Cello gelegen hatte, klebten nun Bonbonpapier und Krümel von Keksen, und er ahnte, dass die anderen Kinder ihm diesmal ihren schlimmsten Streich gespielt hatten.

Es war schon spät, als er in den Schlafsaal schlich. Dort schliefen sie längst. Obwohl die Regeln streng waren, die Betten kontrolliert wurden, hatte man Ramon an diesem Abend übergangen und seine Abwesenheit ignoriert.

In dieser Nacht wälzte sich Ramon in seinen Kissen, denn er konnte nicht schlafen. Um sich zu beruhigen, ließ er sein inneres Orchester antreten, aber das weigerte sich zu spielen. Erst als er den Taktstock für die Sinfonie der Tausend erhob, machte es endlich mit, denn es liebte das groß besetzte Werk. Napravnik hatte immer gesagt: »Ein einziges Leben reicht nicht aus, um diese Sinfonie zu begreifen.«

Bei der Sinfonie ging es um alles. Und Ramon nahm sich nur das Poco Adagio vor. Er führte die tiefen Streicher durch ihr Pizzicato, gab den Bläsern das Zeichen, geheimnisvoll zu spielen, und schlief ein, gerade als die Bläser und Streicher ihren choralen Gesang anstimmen wollten.

Vielleicht hatte er schon einige Stunden geschlafen, gefühlt aber fuhr er bereits im nächsten Moment aus dem Schlaf empor und sah in die Gesichter von fünf Jungen, die sich über ihn gebeugt hatten und mit einer Taschenlampe in sein Gesicht leuchteten. Einer von ihnen sagte: »Los! Steh sofort auf und zieh dich an!«

Aber Ramon war zu erschrocken, um sich rühren zu können. Da packten sie ihn und rissen ihn aus dem Bett. Und ihr Anführer sagte: »Wir wissen, wo deine Fiedel ist. Also komm, wir bringen dich hin!«

Er wusste, dass es ein Fehler war, ihnen zu folgen. Trotzdem kleidete er sich an und schlich hinter ihnen her, weil er sein Cello brauchte und trotz aller Boshaftigkeit, die er ihnen zutraute, auf ein gutes Ende hoffte. Aber es wurde schlimmer: Im Garten banden sie ihm ein Tuch vor die Augen und schleiften ihn mit wie einen Esel am Strick.

»Lasst mich gehen! Ich verzichte auch auf das Cello, aber lasst mich in Ruhe!«, bettelte Ramon.

Die Jungen lachten, und einer sagte: »Tatsächlich? Das ist dir egal, was sie mit dir machen, wenn sie erfahren, dass du nicht gut auf deine Fiedel aufgepasst hast? Wo es doch nicht mal deine eigene ist?«

Sie hatten recht: Der Direktor würde ihn sowieso bestrafen, egal, ob sie ihn jetzt gehen ließen. Und auch die Kinder würden ihn niemals in Ruhe lassen. Schon bald spürte er das Geröll unter den Füßen. Kurz darauf kämpfte er sich durch tiefen Sand. Dann verlor er die Orientierung, stolperte und stürzte immer wieder zu Boden. Am Ende hob er seinen Taktstock und ließ die Bläser und Streicher singen, und als die Sinfonie der Tausend tobte, die Blechbläser auszubrechen drohten und die Tremoli der Streicher kaum noch auszuhalten waren, entfernten die Jungen das Tuch von Ramons Augen.

Ramon stand vor einem großen Feld, und ganz hinten, auf der anderen Seite, erkannte er die Umrisse seines Cellokastens. Aber das innere Orchester hatte sich noch nicht beruhigt.

Die Jungen bildeten ein Spalier, durch das er gehen sollte, und ihr Anführer befahl: »Los, hol dir deine dumme Fiedel zurück, sonst sagen wir dem Direktor, du hättest sie da abgestellt.«

Da endete das Adagio von Mahler im Pianissimo. Ramon lief los, dabei wusste er, dass er das Feld nicht betreten durfte. Alles in ihm mahnte zur Rückkehr. Seine Füße versanken knöcheltief im Acker, während er das Lied vom Kummer summte. Sergej hatte es ihm vorgesungen, wenn die Angst ihn zerfraß. Er sang es erst leise, damit die Kinder es nicht hörten, und drehte sich ein letztes Mal um. Da sah er sie immer noch lauern.

Mit dem Lied von der Erde aber wurde Ramon mutiger. Am Ende glaubte er sogar, das Lied beschützte ihn. Als dann vor ihm auch noch die Erde glänzte, wurde ihm ganz feierlich zumute, und er freute sich, dass das Sonnenlicht auf einem Stück Metall reflektierte und warm in sein Gesicht flutete. Es glitzerte vor ihm wie ein Schatz, er musste dieses Strahlen einfach berühren.

Da explodierte es mit einem Mal und riss ihn kopfüber in eine dumpfe Welt. Es wurde dunkel und leer und blieb, bis Ramon das Bewusstsein wiedererlangte. Er suchte nach Strukturen, aber konnte nichts mehr in sich ordnen, weil er aus Zeit und Raum gefallen war.

In einer Klinik wachte er auf, geblendet vom Licht auf den Laken und Wänden. Millimeter um Millimeter ertastete er seinen Körper, fuhr mit den Fingern über Beine, Bauch und Brust, strich über Mund, Nase, Augen und Stirn. Alles schien vertraut, alles an seinem Platz geblieben. Doch als er seine linke Schulter berührte, fühlte er sie zentnerschwer, und es kostete ihn Überwindung, an ihr hinabzugleiten, zu dem Arm, von dem er wusste, dass er zuerst in die Luft gerissen worden war.

Jemand räusperte sich. Ramon schaute sich um, da saß der Direktor an seinem Bett und polterte auch schon los: »Glaub ja nicht, dass du wieder zu uns zurückkommen darfst. Sobald du wieder gesund bist, wird man dich nach Camitz bringen. Dort wirst du dich nach uns sehnen, darauf kannst du dich verlassen!«

Er füllte Wasser in ein Glas, das neben Ramon auf dem Nachttisch stand. Doch statt es ihm zu reichen, trank er es selbst. Dabei war Ramons Mund so trocken, dass seine Zunge am Gaumen klebte.

»Sergej Napravnik kann dich nicht besuchen«, fuhr der Direktor fort. »Ich weiß, du kennst den Kulaken nicht. Dann macht es dir ja sicher auch nichts aus, dass sie Napravnik morgen erschießen werden.«

Ein heftiger Schmerz durchzuckte Ramons Körper, als würden sich all seine inneren Organe zusammenziehen. Ramon krümmte sich. Er wollte etwas sagen, das Sergej noch in letzter Sekunde retten könnte, aber der Direktor redete ungerührt weiter.

»Er ist nicht nur ein Volksverräter, weißt du, er war auch Cellist. Ganz sicher hat er dir das Cellospielen beigebracht. Damit hast du ihn verraten!«

Ramon keuchte. Er bekam kaum Luft.

»Das ist nicht wahr! Mein Vater heißt Karl Krause. Er spielt kein Cello. Er ist Volksschullehrer!«

Er griff nach dem Galgen am Krankenhausbett und zog sich an ihm hoch. Doch die Anstrengung war zu groß. Wie ein Ballon verlor er an Luft. Dann löste sich der Knoten. Ramon sank zurück ins Bett und weinte hemmungslos.

Ohne ein weiteres Wort verließ der Direktor den Raum.

Ramon fühlte sich wie das schlaffe Gummi eines Luftballons, der geplatzt am Boden lag. Wenn doch sein Arm explodiert und fortgerissen worden wäre! Dann würde er nicht einmal mehr in Versuchung geraten, ein Violoncello auch nur anzurühren.

Er suchte seine Schulter, die sich unter Bandagen verbarg. Für einen Moment hoffte er, dass seine Hand in den Abgrund stürzte, weil sie unter dem Verband nichts mehr fühlte. Wenn er jetzt die Augen schloss und bis zehn zählte, wollte er als Krüppel aufwachen. Aber sein Arm war noch da, lag nur in Gips.

Eine Krankenschwester trat an sein Bett und nahm seine Hand.

»Bald wird es dir besser gehen. Und auch deinen Arm kannst du dann wieder bewegen. Du hattest Glück, dass dir so wenig passiert ist. Die Mine hätte dich in Stücke reißen können, das hättest du nicht überlebt. Du solltest dankbar sein!«

Und sie setzte ein Glas Wasser an seine Lippen und ließ ihn trinken. Dabei sagte sie: »Es sind alles nur Brüche. Sie sind bald verheilt.«

Dann verließ sie den Raum, und es war still. Aber Ramon hörte den Schuss, der Napravnik am nächsten Tag töten würde. Und er schwor sich, nie wieder auf einem Cello zu spielen.

10 Lina Chavéz, 2015

Als Lina mit Rucksack und Schatzkarte das Haus ihrer Mutter verließ, lud Lars gerade zwei Spaten in den Kofferraum. Ihm gehörte ein alter, hellblauer Mercedes, der auf der anderen Seite der Straße parkte. Lina nahm auf dem Beifahrersitz Platz, während Lars den Proviantkorb hinter ihr auf der Rückbank verstaute. Dann fuhren sie los.

Anfangs herrschte zwischen ihnen verlegenes Schweigen. Melancholischer Fado tönte aus dem CD-Player und erinnerte Lina an ihren letzten Portugalurlaub mit ihrem damaligen Freund. Als wäre ihre Beziehung nicht schon kompliziert genug gewesen, hatten sie den klagenden Gesang an jeder Ecke gehört. Immer ging es um die unglückliche Liebe, die für sie zu einer selbsterfüllenden Prophezeiung wurde. Kurz vor dem Abflug trennten sie sich voneinander. Keine von Linas Beziehungen hatte je länger als zwölf Monate gehalten.

»Du magst Fado?«, fragte Lina endlich, als sie längst auf der Autobahn durch Brandenburg fuhren.

Lars schüttelte den Kopf. »Ich verleihe mein Auto manchmal an Freunde. Wenn sie es mir zurückbringen, lassen sie mir immer irgendwas da, das ist der Deal zwischen uns.«

Er stoppte die Musik, zog die CD aus dem Player und schob sie zwischen zwei Hüllen in der Seitenablage.

»Der Fado stammt von der Frau, die den Wagen als Letzte hatte. Sie kommt aus Lissabon, eine begabte Geigerin. Was sie an dieser Musik findet, ist mir ein Rätsel. Sie hat so was Untröstliches, Zerbrechliches.«

Lina musste an die Frau auf den Fotos denken. Sie hatte schwarze Haare, dunkle Augen und spielte Geige. Ob sie ihm den Fado hinterlassen hatte? Sie fand auch, dass Lars verlegen wirkte, als er nachschob: »Also, ich meine die Musik, nicht die Frau, aber die irgendwie auch.«

Lina roch mit einem Mal einen leichten Duft nach Sandelholz, der in der Luft lag und den sie sich schon deshalb nicht leisten konnte, weil er Schmetterlinge irritierte. Bestimmt war er daran schuld, dass sie das Gespräch ausgerechnet auf Musik gelenkt hatte und nun sogar noch seine Freundin in Schutz nahm, denn sie erwiderte: »Vielleicht hat sie Heimweh. Das kann ich gut verstehen. Ich mag Portugal auch. Vor allem liebe ich das Meer. Es ist so eng mit dem Land verbunden. Die Portugiesen sind eine alte Seefahrernation, da heißt es immer wieder Abschied nehmen. Und im Fado geht es ja vor allem um Sehnsucht, unbeantwortete Liebe und um den Tod. Wenn ich es mir recht überlege, ist Fado sogar die einzige Musik, die mir gefällt. Ich höre sie gern.«

Vor ihnen verdichtete sich der Verkehr. Bremslichter leuchteten auf. Dann standen sie im Stau. Lina spürte seinen überraschten Blick auf sich und genoss es. Sie fuhr fort: »Dabei verstehe ich überhaupt nichts von Musik. Aber beim Fado mag ich vor allem dieses Arabische, die vielen Tonhöhensprünge, seine Melodien in Moll. Er ist ganz anders als das, was mein Großvater komponiert hat oder was meine Mutter und Großmutter auf dem Cello gespielt haben. Vielleicht höre ich den Fado deshalb so gern, weil er in dem Moment nur mir gehört. Er hat für mich etwas Schönes, auch Tragisches, etwas Leidenschaftliches. Er erschafft einen intimen Moment.«

Stockend setzten sich die Autos vor ihnen in Gang. Er aber betrachtete sie noch immer, bis der Fahrer im Wagen hinter ihnen hupte. Lars fuhr abrupt los. Schon bald steckte er die CD zurück in den Player, und sie hörten weiter jede Menge Weltschmerz. Als sie Mecklenburg erreichten, sagte Lars: »Jetzt mag ich die Musik auch.«

Sie erreichten Demmin. Lina lotste Lars mit der Karte von Karl Krause über Land. Sie fuhren an gelb leuchtendem Raps vorbei, durchquerten Dörfer mit weiß gekalkten Häusern. Dann passierten sie einen See und hielten an, obwohl das Dorf von Karl Krause nicht mehr weit lag.

Als Lina ausstieg, saugte vor ihr ein Großer Schillerfalter an der feuchten Erde. Seine blauviolette Färbung schimmerte, bis sich Lars in sein Licht stellte, der schöne Falter unscheinbar und grau wurde. Da erschien Lina alles wie die Stille vor dem Entschluss zu sterben.

Lars wanderte zum Ufer weiter, und schon bald sammelte er flache Steine vom Boden, ließ seinen Arm auf Hüfthöhe Schwung holen und einen Stein nach dem anderen über die Wasseroberfläche schnellen.

»Hier könnten Seen Geschichten erzählen, sogar ganze Geschichtsbände füllen«, rief er ihr zu. »Wusstest du, dass sich die Menschen hier am Ende des Zweiten Weltkriegs massenhaft umgebracht haben? Sie hatten Angst vor der Roten Armee. Als sie hier einmarschierte, gingen die Bewohner ganzer Dörfer in den See, vor allem Frauen und Kinder.«

Auf dem Wasser glitzerte die Sonne. Hatte Ramon die Todessehnsucht seiner Mutter geahnt und war deshalb zum See gelaufen? Der See wirkte, als wäre er mit Diamanten besetzt. Wenn Ramon seiner Mutter rechtzeitig von diesem Glanz erzählt hätte, wäre sie vielleicht nicht ins Wasser gegangen. Aber es war Krieg, und der hatte das Funkeln ausgelöscht.

»Krause-Napravnik hat genau das in seinen Geschichten über Ramon beschrieben«, erzählte Lina, als Lars neben ihr stand. »Auch meine Urgroßmutter hat sich ertränkt, zusammen mit den anderen Dorfbewohnern. Sie nahmen die Kinder mit, nur nicht Ramon. Und das verstehe ich nicht: Wie konnte meine Urgroßmutter ihren Sohn zurücklassen? Wenn sie, wie all die anderen auch, eine diffuse Angst vor den Sowjets hatte, ließ sie ihr zehnjähriges Kind mutterseelenallein zurück? Sie befürchtete das Schlimmste für sich selbst, aber bei ihrem Sohn war ihr alles egal?«

Und als könnte sie die Fragen im See ertränken, griff Lina nach dem nächsten Stein und warf ihn in viel zu hohem Bogen über den See, dass es nur so platschte.

»Ist das charakteristisch für meine Familie, die eigenen Kinder zu verlassen? Von Generation zu Generation? Später kehrte mein Großvater meiner Mutter den Rücken, dann gab meine Mutter mich gleich nach meiner Geburt ab.«

Sie wollte gerade den nächsten Stein schleudern, da ergriff Lars ihren Arm und umfasste ihre Hand.

»Du brauchst den richtigen Winkel und den richtigen Schwung, damit er über das Wasser tanzt«, sagte er beruhigend und rückte dabei mit seinem Gesicht ganz nah an ihres heran. Dann übte er mit ihr so lange, bis sie es tatsächlich schaffte, den Stein zum richtigen Zeitpunkt im richtigen Winkel loszulassen, sodass er die Wasseroberfläche in mehreren Bogen übersprang. »Meine Großmutter sagt immer: Jammer nicht, sondern durchbreche den Kreislauf!«

Lina musste lachen. »Du hast eine weise Großmutter! Sie kennt das beste Rezept für Kartoffelsuppen und hat die richtige Lebenseinstellung.«

Im Schneidersitz ließ sie sich nieder, er setzte sich neben sie ins Gras. Für einige Minuten schauten sie stumm auf den See.

»Wenn Krause-Napravnik so lange Patient in der Psychiatrie ist, kann man ihn dann noch ernst nehmen?«, fragte er schließlich. »Vielleicht bildet er sich alles nur ein, und es gibt gar keinen Schatz!«

»Vielleicht.« Lina dachte an die Bilder, die zwischen den Türen des Oktogons gehangen hatten. Der Anblick hatte sie aufgewühlt. Wie verstört mussten sich erst die Patienten fühlen? »Er war als Musikstudent schon einmal in der Psychiatrie. Damals studierte er Cello in Paris. In jener Zeit soll er für einige Wochen in Behandlung gewesen sein. Er faselte etwas von Komitas Vardapet, einem armenischen Komponisten, mit dem er sich das Zimmer geteilt haben will. Vardapet war Dauergast in der Psychiatrie, und Krause-Napravnik behauptet, es gäbe da eine Verbindung.«

Schon bei der Erwähnung des Namens hatte Lars einen Pfiff ausgestoßen. Jetzt schien er es kaum erwarten zu können, ihr einen Vortrag zu halten.

»Komitas war Komponist, eine Art armenischer Bartók, ach, er war noch viel mehr! Er hat in seiner Musik ganz viel vereint: westliche Musik mit armenischen Kirchengesängen und den

Volksliedern der armenischen Bauern. Er lebte in Konstantinopel, für einige Zeit auch in Berlin. Seine Musik wurde weltweit gespielt. Er war unheimlich vielseitig – bis er zum Kronzeugen des Völkermords an den Armeniern wurde. Komitas war unter den Ersten, die deportiert wurden. Das hat ihn komplett zerstört. Nur durch internationale Beziehungen wurde er gerettet. Aber er hat sich nicht mehr erholt. Und tatsächlich brachte man ihn in der Nähe von Paris in eine Psychiatrie. Dort hat er noch zwanzig Jahre seines Lebens verbracht, aber kein einziges Wort mehr gesprochen. Er starb 1935.«

Kurz berührte er Linas Arm.

»Kommt das hin? War Krause-Napravnik zu dem Zeitpunkt in Paris? Dann sind sie sich womöglich begegnet. Es soll viele Musiker und Studenten gegeben haben, die ihn immer wieder in der Psychiatrie besuchten, weil sie ihn verehrten und hofften, dass sie ihn zurück ins Leben holen könnten.«

Ihm schien etwas einzufallen, denn er stieß einen weiteren Pfiff aus.

»Dass mir das nie aufgefallen ist! Es gibt drei Kompositionen von Ramon Chavéz, die unter dem Einfluss von Komitas' Musik entstanden sein könnten, als wäre er die Quelle seiner Inspiration gewesen!«

In Südamerika gab es Schmetterlinge, die das Aussehen und den Flugstil bitter schmeckender Falter nachahmten. Sie wollten nicht gefressen werden. Das war die perfekte Mimikry, denn ohne diesen Trick wären sie zum Leckerbissen eines ganz bestimmten Vogels geworden. Doch vor Aufregung fiel Lina der Name nicht mehr ein. Hatte sich ihr Großvater die Kompositionen von diesem Komitas zu eigen gemacht und war untergetaucht, weil er befürchtete aufzufliegen?

»Was ist, wenn mein Großvater kein einziges Stück selbst geschrieben hat? Wenn alles in Wirklichkeit von Komitas Vardapet stammt? Wenn seine Musik nur eine Täuschung ist, alles nur Diebstahl? Warum sonst versteckt er sich? Kann es sein, dass er sich seinen ganzen Ruhm nur erschlichen hat? Dass mein Großvater nur ein Hochstapler war?«

Lars starrte sie an und sein Grübchen verschwand. Er stand auf, und sein Blick war jetzt genauso hart wie gestern, an ihrem ersten Abend, als sie mit Abscheu von ihrer betrunkenen Mutter gesprochen hatte.

»Das sind schlimme Anschuldigungen! Hast du nicht selbst vorhin erzählt, dass dein Großvater unter dem Einfluss von Sergej Napravnik stand? Wenn er sein Lehrer war, warum sollte Krause-Napravnik nicht genial genug gewesen sein, aus deinem Großvater einen Musiker und Komponisten zu machen?«

Er stapfte zurück zum Auto.

»Komm, lass` uns weiterfahren!«

Er stieg ein und ließ den Motor aufheulen.

Von seiner Reaktion bestürzt, fasste Lina einen Entschluss: Sie würde Lars alles sagen, denn nichts quälte sie mehr als seine Enttäuschung. Sie hatte die Tür noch nicht zugezogen, da fing sie schon an: »Jahr für Jahr erschienen sechs neue Stücke von Ramon Chavéz. Und zwar immer, nachdem meine Mutter und mein Großvater die Partituren aus den Verstecken geborgen hatten. Meine Mutter beschreibt diesen Prozess sehr genau in ihren Tagebüchern. Es war ein präziser Plan, ein sich stets wiederholender Ablauf. Sie haben die Noten mit seinem Namen versehen und dann veröffentlicht. Ist das nicht Beweis genug? Es sind die Werke eines anderen.«

»Das ist ein Verdacht, kein Beweis!«

Noch immer war sein Ausdruck hart, und seine Mimik ließ nicht erkennen, ob er endlich zu zweifeln begann oder ihr weiterhin böse Absicht unterstellte.

Schon bald erreichten sie das Dorf und das Haus, in dem Krause-Napravnik zuletzt gelebt hatte. Kinder tobten durch den Garten, zwei Frauen tranken auf der Terrasse Kaffee. Lina wollte aussteigen, aber Lars hielt sie am Arm zurück, ohne ihr ins Gesicht zu schauen.

»Pass mal auf: Die Musik von Ramon Chavéz hat einen ganz eigenen Stil. Sie ist wundervoll, sehr vielfältig, und es sind wirklich nur drei Stücke von über hundert Chavéz-Stücken, die unter dem Einfluss von Komitas stehen könnten. Nach dem, was du erzählt hast, stellt sich für mich eher eine andere Frage, nämlich ob das, was dein Großvater veröffentlicht hat, die Werke von Sergej Napravnik sein könnten. Du hast gesagt, dass er auch komponiert hat. Wo sind dann seine Werke? Aber das alles sind erst mal nur Spekulationen!«

Warum war sie nicht selbst darauf gekommen? Lina presste die Hand auf den Mund, als müsste sie den Satz unterdrücken, dass es sich für sie sehr wohl nach einem Beweis anhörte. Mit Erleichterung stellte sie fest, dass er sie jetzt, nachdem er sich mit dem Gedanken angefreundet zu haben schien, ihr Großvater könnte ein Plagiator sein, endlich wieder ansah. Es war ein aufregender Blick, der ein Geheimnis teilte, das die Musikgeschichte erschüttern könnte. Für Lina war es ein glückliches Geheimnis. Es machte sie zu Komplizen.

Sie stiegen aus. Lina grüßte die beiden Frauen und fragte nach Karl Krause. Sie kannten ihn nicht, verwiesen aber auf das Haus nebenan. Da bemerkte Lina die ältere Frau am Zaun. Sie musterte die beiden Fremden so eingehend, als wollte sie sich alles an ihnen einprägen. Dennoch grüßte sie freundlich: »Kommen Sie! Kommen Sie ruhig zu mir herüber!«

Sie mochte um die siebzig sein, trug einen geblümten Kittel und rosa Pantoffeln.

»Karl Krause lebt seit fünfundzwanzig Jahren nicht mehr hier. Was wollen Sie von ihm?«

Noch während sich Lina eine Antwort zurechtlegte, bot die alte Dame ihnen einen Platz auf der Holzbank gleich unter einem prall gefüllten Kirschbaum an. Die Bank war kurz, Lars und Lina rückten dicht aneinander, sodass sich ihre Arme berührten.

»Wir suchen nach Spuren von Ramon Chavéz«, erklärte er. »Karl Krause muss ein Bekannter von ihm gewesen sein.«

Die Alte schien nicht sonderlich überrascht zu sein, trotzdem reagierte sie misstrauisch: »Wer sind Sie denn, dass Sie das interessiert?«

Abermals betrachtete sie die beiden so, als dürfte sie sich kein Detail entgehen lassen. Und wieder antwortete Lars: »Ich bin Musikwissenschaftler. Ich verfasse eine Arbeit über ihn.«

Lina lobte den Garten, die Agastachen, Kugeldisteln und das Patagonische Eisenkraut. »Mit diesen Pflanzen könnten Sie sogar Aurorafalter anlocken!«

Aber die Alte reagierte nicht. Stattdessen faltete sie ihre Schürze zu einem Beutel und sammelte Kirschen hinein.

Lars dagegen schaute sie an, als zweifelte er an ihrem Verstand. Und zum ersten Mal schämte sich Lina für ihre Begeisterung, die sich immer verselbstständigte, wenn es um Insekten ging. Dabei hätte sie sich gewünscht, dass er ihr ein Blatt aus dem Haar fischte und zuraunte: »Wenn du nicht aufpasst, wirst du irgendwann selbst zum Aurorafalter und gehst jemandem ins Netz.« Sein Netz.

Aber statt ihn zu unterstützen, hatte sie nur Augen für den Garten. Dabei hatte sie nichts zu verlieren. Sie blieb bei ihrem Lieblingsthema: »Sie erkennen Aurorafalter übrigens an ihren orangefarbenen Flecken. Sie wurden nach der Morgenröte benannt.«

In der Stimme der alten Dame lag Nachsicht, als wäre Lina die auffällige Erscheinung, die diesen Falter verkörperte: »Wir haben kaum noch Schmetterlinge. Das ist eine Schande. Aber wenn ich dazu beitragen kann, dass es wieder mehr werden, sehr gern!«

»Sie müssen auch noch Wiesenschaumkraut pflanzen. Dann taucht schon bald das erste Aurorafalterpärchen auf. Und Sie werden ganz schnell merken, warum der Name so gut zu ihnen passt. Viele halten die Falter nämlich für die Göttinnen des Sonnenaufgangs!«

Weil die Frau nun so diensteifrig nickte, als wollte sie tatsächlich alles dafür tun, gerade diesen Falter anzulocken, gewann sie Linas volles Vertrauen. Lina hatte schon immer Menschen schnell vertraut, denen Schmetterlinge nicht gleichgültig waren, und so gab sie nun jede Vorsicht auf.

»Ich bin Lina Chavéz. Ramon Chavéz ist mein Großvater und Maria Chavéz meine Mutter. Und das« – sie wies auf Lars – »das ist Lars Klemmer. Tatsächlich ist es sein Kollege, der an einer Doktorarbeit über meinen Großvater schreibt. Wir wollen ihn dabei unterstützen und sind auf der Suche nach Informationen.«

Die Alte reagierte mitfühlend. »In der Zeitung habe ich gelesen, dass Ihre Mutter gestorben ist.«

Lina winkte ab. »Ich kannte weder meine Mutter noch meinen Großvater. Ich wurde gleich nach der Geburt weggegeben und wuchs bei Pflegeeltern auf. Allerdings habe ich vor Kurzem ihr Tagebuch gefunden. Darin steht, dass sich Karl Krause und mein Großvater getroffen haben. Hat er vielleicht was davon erzählt, oder haben Sie die beiden mal zusammen gesehen?«

Statt zu antworten, ließ die Alte die Kirschen aus ihrer Schürze in ein Wasserbad fallen und füllte sie in eine Schüssel, die sie vor Lina und Lars auf den Gartentisch schob.

»Ich bin Frau Sievers«, stellte sie sich ihnen vor, »und Sie müssen meine Kirschen unbedingt probieren. In diesem Jahr sind sie besonders saftig.«

Ihre Gastfreundschaft war herzlich, dennoch konnte Lina ihr ansehen, dass sie mit sich rang und eigentlich etwas ganz anderes sagen wollte. Als sie sich in ihren Gartenstuhl zurücksetzte, brach es aus ihr heraus: »Kann ich offen zu Ihnen sprechen? Was Ihre Mutter betrifft?« Dann fuhr sie Lina unvermittelt an: »Ihre Mutter ist schuld, dass er verrückt wurde. Sie hat ihn in Angst und Schrecken versetzt.« Dabei zitterte sie, als wäre ihr plötzlich kalt geworden. »Sie hat ihn noch einmal angerufen. Über unser Telefon. Ich nahm ihren Anruf entgegen und holte ihn zu uns herüber. Ich stand sogar direkt neben ihm, als er mit ihr sprach. Sie hat ihn gewarnt. Sie drohte ihm damit, dass sie nun wisse, wo sich Sergej Napravnik aufhalte. Da geriet er in Panik, rannte in sein Haus, packte das Nötigste ein und verschwand noch am selben Tag.«

Nun wurde auch Lina kalt. »Sie meinen, er sitzt seitdem in der Psychiatrie?«

Frau Sievers nickte. »Seit fünfundzwanzig Jahren. Er ist dort Dauerpatient. Wenigstens meldet er sich einmal im Jahr, um mir zum Geburtstag zu gratulieren. Dann ruft er mich an und erzählt mir, wie es ihm geht.«

Sie sah wehmütig aus.

Lina wollte sie trösten: »Es geht ihm gut. Eigentlich gehört er gar nicht in die Psychiatrie. Ich habe ihn gerade dort besucht.«

Das schien die alte Dame zu beruhigen. »Seit fünfundzwanzig Jahren bitte ich ihn, zurückzukehren oder mir wenigstens zu erlauben, ihn zu besuchen. Er lehnt alles ab.« Der entschlossene Zug um ihre Mundwinkel machte deutlich, dass sie ihn gegen jeden verteidigen würde.

Lars mischte sich ein. »Wir haben viel über ihn erfahren. Zum Beispiel geriet er in sowjetische Gefangenschaft, drei, vier Jahre nach dem Krieg. Und anscheinend konnte er seine Haut nur dadurch retten, dass er in Ihrem Dorf untertauchte. Haben Sie das nicht gewusst?«

Die Alte schüttelte den Kopf, schien aber wieder nicht sonderlich überrascht. »Er war plötzlich da. Die Partei hat ihm das Haus zugeteilt, denn die Schule brauchte einen Lehrer. Das war 1949. Ich war gerade dreizehn geworden, als er nebenan einzog. Woher er kam und wo seine Verwandten waren, das wussten wir nur aus seinen Erzählungen. Er behauptete immer, er sei in Travemünde geboren, Kommunist geworden, und im Westen habe man ihn verfolgt. Bei uns wurde er dann Mitglied der Partei. Er verhielt sich immer korrekt, reiste auch nie ins Ausland, nicht mal in eines unserer Bruderländer. Er blieb immer nur hier.«

»Und wer war Ihrer Meinung nach Sergej Napravnik?«, fiel Lars ihr ins Wort.

Die Alte schwieg und starrte ihn an, als wäre er der Feind in ihrem Garten. Dabei knetete sie ihre Hände. Doch Lars bedrängte sie weiter: »Könnten Sie sich vorstellen, dass Ihr Nachbar in Wirklichkeit Sergej Napravnik hieß und sich in Ihrem Dorf verstecken musste?«

Für einen Moment sah es so aus, als wäre die Alte der Welt entrückt. Sie wiegte ihren Kopf, wie um jedes Wort auf die Goldwaage zu legen. Dann sagte sie: »Ich habe als junges Mädchen Cello gespielt. Immer wenn ich übte, verließ er demonstrativ den Garten und verschwand in seinem Haus, klappte sogar Fenster und Türen zu, damit er mich nicht hörte. Mir war das peinlich, weil ich glaubte, so schlecht zu spielen, dass er flüchten musste, weil er es nicht ertrug.«

Sie sah zu seinem Grundstück hinüber und sprach leise weiter, als befürchtete sie, Karl Krause könnte sie hören. »Ich hatte ihn gern. Er hatte eine so feinfühlige Art. Die kannte ich bei keinem, auch nicht bei meinem Mann. Ich wollte Musiklehrerin werden. Und ich brauchte ein Publikum. Ich hätte ihn gern als ein solches gehabt, dass er mich anhörte und mir sagte, was ich noch verbessern sollte. Denn er kannte sich sehr gut aus, weil er selbst viel Musik hörte.«

Wieder fuhr Lars dazwischen: »Er war nicht nur ein aufmerksamer Zuhörer. Er hat selbst Cello gespielt, sehr gut sogar, heißt es. Das wussten Sie nicht?«

Frau Sievers schüttelte den Kopf. »Er war völlig unmusikalisch, das hat er oft betont. Nicht mal gepfiffen hat er. Sie mussten extra einen Musiklehrer an die Schule holen, weil er nicht singen konnte.« Und sie nickte Lina zu, als suchte sie ausgerechnet bei ihr die Bestätigung, weil sie selbst nicht glaubte, was sie da sagte.

Aber Lina tat unbeteiligt, obwohl Lars ihr mit Gesten signalisierte, sie solle das Gespräch übernehmen. Es war nicht ihre Art, Menschen in die Enge zu treiben, und sie fand, dass Lars nun zu weit ging: »Er war hochmusikalisch. Lina sollte extra nach Paris kommen, um sein Cello abzuholen, auf dem er noch bis vor wenigen Wochen selbst gespielt hat. Er hat es ihr geschenkt.«

»Was?« Nun wurde Frau Sievers laut. »Er hat Ihnen sein Cello geschenkt? Er hat es sich tatsächlich zurückgeholt und Ihnen gegeben?«

Wieder sah sie sich erschrocken um und flüsterte nun weiter: »Er war ein brillanter Cellist! Das habe ich tatsächlich mitbekommen, an einem Abend, an dem meine Eltern und auch die anderen Nachbarn weg waren. Ich stand einfach mit meinem Cello vor seiner Tür. Ich wollte, dass er mich anhörte. Und ehe er sich wehren konnte, saß ich in seinem Wohnzimmer und spielte ihm die erste Suite von Bach vor. Ich war so aufgeregt, dass ich mich sogleich verspielte. Da nahm er mir das Cello aus der Hand und spielte mir das Stück vor. Er spielte meisterhaft, wie im Rausch. Aber ich habe ihn nie verraten. Ich bin auch nie mehr mit meinem Cello zu ihm rübergegangen. Es war ein stiller Pakt, niemandem zu sagen, dass er eigentlich ein anderer war als der, der er vorgab zu sein.«

Lars wirkte zufrieden. Mit verschränkten Armen lehnte er sich zurück und zwinkerte Lina zu. Aber sie reagierte nicht darauf. Sie dachte an die Raupe des japanischen Schwalbenschwanzes, die ständig ihr Kostüm wechselte. Manchmal sah sie mit ihrem pockigen, schwarz-weiß gesprenkelten Körper einem Häufchen Vogelkot zum Verwechseln ähnlich, dann täuschte sie vor, ein unbelebter Gegenstand zu sein, oder wurde grün wie das Blatt, auf dem sie saß. Sie war eine Meisterin der Mimikry und ein Vorbild für Lina. Wie konnte es sein, dass sich alle so ähnlich waren? Ramon verschwand inmitten einer Täuschung, und auch Sergej Napravnik beherrschte die Verwandlung.

Frau Sievers schien etwas Ähnliches zu denken: »Er schlüpft in verschiedene Rollen. Jetzt spielt er einen Kranken.« Dann wurde sie wieder misstrauisch: »Woher weiß ich eigentlich, dass

Sie es gut mit ihm meinen? Dass Sie ihn vor Kurzem getroffen haben? Und wer sagt mir, dass Sie wirklich die Enkelin von Ramon Chavéz sind?«

Ohne zu zögern, zog Lina das Astrolabium aus dem Rucksack. »Haben Sie das schon mal gesehen? Vielleicht lag es irgendwo in seinem Haus?«

Frau Sievers erkannte es sofort. Sie klatschte in die Hände und freute sich wie ein Kind. »Das Astrolabium! Es musste um alles in der Welt behütet werden. Er bewahrte es für jemanden auf, der ihm viel bedeutete!« Verschwörerisch nickte sie Lina zu. »Aber mir hat er verraten, für wen er es aufbewahrte. Es gehört Ramon Chavéz. Und er hat immer gehofft, er könnte es ihm eines Tages wiedergeben. Nun gehört es Ihnen, weil Sie Ramons Enkelin sind!« Und sie stand auf. »Kommen Sie, ich möchte Ihnen etwas geben!«

Lina und Lars folgten ihr ins Haus und betraten das Wohnzimmer. Die Decke war mit Holz getäfelt und braun gestrichen, an den Wänden hingen Landschaftsbilder.

»Ich habe Karl Krause schon als Mädchen beschützt«, erzählte Frau Sievers. »Das war nicht leicht, denn mein Vater hatte ihn im Blick. Er war auf ihn abgerichtet, wenn Sie wissen, was ich meine.«

Sie öffnete eine Schublade in der Schrankwand und holte drei großformatige, prall gefüllte Umschläge hervor. »Den Namen Sergej Napravnik habe ich dreimal gehört. Zum ersten Mal, als er neben uns einzog. Mein Vater bekam wöchentlich Besuch, und ich habe oft gelauscht. Nach der Wende, als er längst gestorben war, habe ich auch die Stasiakte meines Vaters eingesehen. Er konnte Karl Krause nichts nachweisen. Aber ich wusste mehr, denn ich bin ihm oft gefolgt, habe zum Beispiel gesehen, wie

Karl diese drei Umschläge nach Berlin einstecken wollte. Ich habe sie wieder herausgefischt. Bestimmt ist mir einiges entgangen, denn natürlich konnte ich nicht alles abfangen, aber das, was ich aus dem Briefkasten holte, sollte an ein und denselben Adressaten gehen.«

Sie reichte Lina die Umschläge. Auf jedem stand die Adresse des Ostberliner Außenbüros jenes westdeutschen Nachrichtenmagazins. Vorsichtig riss Lina sie nacheinander auf. Zum Vorschein kam eine Partitur für Gesang, Orchester und Chor, sicher gut tausend Seiten. Die Oper trug den Titel *Workuta 1937 von Ramon Chavéz*.

Lina konnte Frau Sievers zwar ansehen, dass sie die verräterischen Noten loswerden wollte, aber sie wirkte noch immer bekümmert.

»Ich kann mir bis heute nicht erklären, wie er an diese Oper gelangte. Zum Glück habe ich sie vor allen versteckt. Vielleicht hat er auch noch mehr verschickt, von dem ich gar nichts wusste. Nun bin ich froh, wenn Sie die Oper an sich nehmen, denn sie gehört Ihnen.« Feierlich schob sie nach: »Sie sind die Enkelin von Ramon Chavéz!«

Lina reichte den Stapel Notenblätter an Lars weiter, der ihn mit ehrfürchtiger Miene entgegennahm. Dann fragte sie: »Warum waren Sie sich so sicher, dass er etwas Gefährliches tat? Er konnte doch verschicken, was er wollte. Es hätte ja auch etwas Harmloses sein können.«

Darüber schien Frau Sievers nur ungern sprechen zu wollen. »Alles, was für den Westen war, war verdächtig«, sagte sie stockend und sah sie misstrauisch an. Bald schüttelte sie den Kopf, als würde sie Zweifel abschütteln wollen. »Einmal im Jahr habe ich ihn nach Berlin begleitet, zu irgendwelchen Parteischulungen. Das war eine Gefälligkeit, die ich für meinen Vater übernahm. Ich habe Protokoll darüber geführt, was er außerhalb der Seminare machte, jeden Schritt von ihm habe ich verfolgt. Wenn er nicht bei diesen Tagungen war, ging er in Buchläden oder kaufte sich Schallplatten. Manchmal traf er jemanden im Park. Da waren immer andere, ich kannte keinen davon. Meistens gaben sie ihm etwas, aber ich konnte nicht erkennen, was es war. Ich habe nichts davon in den Protokollen erwähnt.«

Lars hatte sich längst in die Partitur vertieft und hörte nicht mehr zu. Seine Finger fuhren so schnell über die Noten und das Libretto, als wollte er in nur wenigen Minuten den Inhalt erfassen.

Aber Lina fand, dass sie nun genug erfahren hatte. Sie stupste Lars an und deutete auf die Uhr. Er verstaute die Noten in seiner Tasche, sie bedankten sich und brachen auf.

An der Pforte zögerte Frau Sievers. Wieder schien sie mit ihren Gedanken zu ringen, holte tief Luft und sagte: »Ihre Mutter kam noch ein zweites Mal zu mir, nur wenige Tage nach dem Telefonat. Da war Karl Krause schon in der Psychiatrie. Sie flehte mich an, ihr zu sagen, wo er sei. Dabei wirkte sie so verzweifelt, dass ich ihr die Adresse nannte.« Sie rieb ihre Stirn, bis sie rot wurde, als wollte sie sich den Schmerz absichtlich zufügen. »Ich habe Karl Krause verraten! Ich habe ihn ihr ausgeliefert!«

Sie griff nach Linas Hand und drückte sie fest. »Wenn Sie Karl wiedertreffen, würden Sie ihm bitte ausrichten, dass ich ihn in bester Erinnerung habe? Dass ich für ihn bürge, egal, vor wem er sich versteckt?«

Lina nickte stumm. Am liebsten hätte sie Frau Sievers in den Arm genommen, aber die hatte sich schon umgedreht und die Haustür hinter sich verschlossen.

Kaum waren sie ins Auto gestiegen und losgefahren, sprach Lars nur noch über die Partitur: »Diese Oper kann dein Großvater unmöglich selbst geschrieben haben. Bei der Musik erkennt man zwar den typischen Chavéz-Stil, aber der Inhalt ist so detailliert politisch, da hätte Ramon im Land leben müssen, um all das zu wissen. Der Inhalt stammt mit Sicherheit von einem, der das selbst miterlebt hat, einem Insider.«

Dann verlor er sich in erstaunlich zahlreichen Details, die sein fachkundiges Auge während des kurzen Studiums bereits wahrgenommen hatte. Aber Lina hörte ihm kaum noch zu. Sie dachte an das, was geschähe, wenn sie wieder zu Hause wären. Lars würde seine Freundin treffen, sie kehrte in ihr einsames Leben zurück. Plötzlich war sie sich nicht mehr sicher, ob ihr die prächtigen Farben der Schmetterlinge noch reichten.

Bis zu dem Berg auf der Schatzkarte war es nicht mehr weit. Lars redete noch immer: »Wenn die Oper in Wirklichkeit von Sergej Napravnik stammt, dann war er vermutlich ein Antikommunist in der Sowjetunion und musste deshalb untertauchen. Für sein Land wäre er ein Volksverräter. Dass er ausgerechnet in der DDR untertauchte und da nicht mehr wegkam, muss schlimm für ihn gewesen sein! Aber eins wäre dann möglich: Napravnik selbst schrieb den falschen Namen unter die Oper, den Namen von Ramon, der zu dem Zeitpunkt längst mit seinen Werken bekannt war, aber er klärte das nie auf, weil er nicht auffallen durfte.«

Sie fuhren an bunten Gärten vorbei. Lina fühlte sich farblos. Wie eine gelbe Fahne schwebte der Raps mit ihnen, reihte sich ein Feld an das nächste. Hätte sie sich noch gestern an seinem Leuchten erfreut, konnte es sie jetzt nicht mehr darüber hinwegtäuschen, dass Raps in Wahrheit stank.

Sie parkten am Fuße des Berges, packten Spaten und Proviant zusammen und stiegen hinauf. Zwei Rotmilane kreisten synchron, als wollten sie im Flug demonstrieren, dass sie füreinander geschaffen waren. Rotmilane blieben sich ein Leben lang treu.

Oben angekommen waren die Vögel verschwunden. Lars breitete Krauses Karte aus und versuchte abzuschätzen, bis wohin sie ihre Schritte setzen mussten, um den Schatz zu finden.

»Wir werden den ganzen Berg hinunterwandern und auch noch ein Stück durch den Wald. Wahrscheinlich geht es durch die ersten Baumreihen hindurch, bis die 2045 Schritte unter dichtem Geäst enden.«

Und weil er sich sogleich in Bewegung setzte, musste Lina ihm folgen. Sie reihte ihre Schritte aneinander wie Perlen an einer Kette, doch schon nach 21 Schritten brach sie ab.

»Ich komme mir vor wie eine Satellit-Wintereule.«

Lars sah sie verständnislos an.

»Das ist ein kleiner Falter, der auf Beutezug geht. Er kann nicht anders, er muss einfach plündern. Genauso sind wir: Wir sind auf Raubzug!«

Und sie setzte sich schwerfällig auf den Boden.

Da betrachtete Lars sie, als sähe er sie zum ersten Mal. In seinem Blick lag ein Staunen, als wäre sie bezaubernd, ganz so, wie sie sich selbst von ihrem ersten Taubenschwänzchen hatte verzaubern lassen, weil es dem Kolibri glich. Auch das Taubenschwänzchen stand im Flug ganz still, saugte lautlos den Nektar.

Lars reichte ihr seine Hand, zog sie hoch, aber hielt sie dann fest, als befürchtete er, sie könnte genauso rasch wie das Taubenschwänzchen wieder verschwinden. Tatsächlich fragte er: »Was machst du, wenn wir zurück in Berlin sind? Wirst du die Wohnung deiner Mutter ausräumen und genauso schnell weg sein, wie du gekommen bist?«

Das Taubenschwänzchen konnte in nur fünf Minuten mehr als hundert Blüten erreichen. Es blieb immer in Bewegung. Lina aber wusste noch nicht, wie schnell sie sein würde.

Kinderstimmen näherten sich. Da ließ Lars ihre Hand wieder los. Sie balancierten weiter, als hätte es die Unterbrechung nie gegeben, einen Fuß vor den anderen setzend, bis sie unten angekommen waren. Es fehlten nur noch 141 Schritte, doch die Büsche versperrten den Weg. Sie machten einen Bogen um sie, aber achteten genau darauf, die gerade Linie im Blick zu behalten. Als Lina ihren letzten Schritt gesetzt hatte, prüfte Lars den Boden um sie herum.

»Wir bräuchten einen Bagger«, stellte er ernüchtert fest. »Der Boden ist viel zu hart und viel zu dicht bewachsen. Schnell werden wir hier gar nichts schaffen. Wenn wir überhaupt was schaffen!«

In einiger Entfernung stritt ein Paar. Die Stimmen wurden lauter und zogen vorbei. Offensichtlich führte ein Weg durch den Wald, etwa fünfzig Meter von ihnen entfernt. Das wilde Gestrüpp stand wie eine Mauer dazwischen.

Lina bog mit dem Spaten die Äste beiseite und kämpfte sich durch das Gestrüpp. Inzwischen versuchte Lars, Löcher in die Erde zu schlagen, aber er kam nicht weit. Alles steckte voller Wurzeln, nichts deutete darauf hin, dass hier einst Menschen Unterschlupf gefunden hatten. Vielleicht hatte sich die Natur den Ort auch zurückerobert und die Spuren verwischt.

Lina kroch unter den Büschen hindurch. Immer wieder schlug sie mit dem Spaten in den Boden und hoffte, dass er endlich nachgab. Sie hatten kein Glück. Lina drehte sich um und wies auf den Ausgangspunkt ihrer Suche.

»Und wenn wir zu weit nach rechts abgedriftet sind? Lass uns noch mal neu anfangen, aber uns dieses Mal aufteilen.«

So begannen sie noch einmal dort, wo sie angekommen waren, Lars auf der rechten, Lina auf der linken Seite. Wieder kämpften sie sich durch festes Buschwerk, bis Lina Lars nicht mehr sah. Sie stieg über Totholz, das von Farnen und Flechten überwuchert war, und kletterte über Wurzelgeflechte. Wo auch immer sie hinsah, wuchsen Rotbuchen in alle Himmelsrichtungen, kein Mensch hatte hier jemals eingegriffen. Wie sollten sie durch die dichten Verankerungen dieser Büsche und Bäume hindurchdringen? Wenn hier wirklich ein Verschlag existiert hatte, war davon nichts mehr zu erkennen.

Lina rief nach Lars, und als er nicht antwortete, bahnte sie sich den Weg zu ihm quer durch das Dickicht. Kaum aber war sie ein Stück in seine Richtung gegangen, stieß sie auf ein von Zweigen umschlungenes, moosbedecktes Brett. Überrascht schrie sie auf. Vögel schreckten hoch. Kurz darauf knackte es im Gebüsch vor ihr, dann erschien Lars.

Lina zeigte ihm, was sie gefunden hatte.

»Das sieht aus wie das Tor zum Verschlag. In den Aufzeichnungen wird es genauso beschrieben: ein Brett als Tür.«

Lars lachte, auch noch, als sie zusammen versuchten, es anzuheben. Aber es saß zu fest.

»Wir hätten anderes Werkzeug gebraucht. Das war naiv von mir zu glauben, wir kämen damit weit.« Enttäuscht rammte Lars seinen Spaten in den Boden und stolperte fast, weil die Erde plötzlich nachgab. Das Schaufelblatt schlug überraschend tief ein. »Hier ist alles ganz weich!«, rief er.

Nun prüfte auch Lina den Boden dort, wo sie stand, mit dem Spaten, und auch ihr gelang es ganz leicht, damit in die Erde einzudringen. Gemeinsam huben sie ein Loch unter dem Brett aus, das etwa einen halben Meter tief und gerade groß genug war, dass sie beide sich auf die andere Seite zwängen konnten. Dort fanden sie sich in einem kleinen Raum wieder, dessen Wände aus Brettern bestanden. Zum Glück war es draußen noch immer so hell, dass genügend Licht durch das Loch in der Decke fiel, um etwas erkennen zu können. Für alle Fälle hatten sie aber auch eine Taschenlampe dabei, die Lars nun herausholte, um die Wände abzuleuchten. So sahen sie, dass nur durch wenige Ritzen etwas Geäst drang. In all den Jahren schien der Holzverschlag die Wurzeln erfolgreich davon abgehalten zu haben, wild hineinzuwuchern.

»Danke, dass ich mitkommen durfte. Selbst wenn wir hier nichts finden, ist es doch ein großes Abenteuer.«

Während Lars das sagte, kam er Lina sehr nahe. Aber sie wich zurück. Er hatte Recht: Es war ein Abenteuer. Aber sie würde nicht zu seinem Abenteuer werden, hier an diesem versteckten Ort, wo seine Freundin ihn nicht sah.

»Laut der Aufzeichnungen dürfte da das schmale Feldbett, hier der Tisch und dort der Schemel gestanden haben«, sagte Lina und deutete mit dem Finger in den Raum. Vor ihrem inneren Auge beugte sich der zehnjährige Ramon über Blätter mit bunten Noten, und Sergej erfand Geschichten für ihn. »Napravnik hat Ramon die Noten beigebracht. Jede von ihnen hatte eine andere Farbe, und sie bekamen menschliche Züge, bewohnten Häuser, Dörfer und Städte. Er hat die kompliziertesten Stücke in Märchen verpackt. Rührend, wie er versuchte, Ramon auf diese Weise zu trösten!«

Jetzt erinnerte nichts mehr an jene Zeit, als hätte Ramon sie schon hier geraubt. Was auch immer sie gleich erwartete: Lina wünschte sich, dass es ihr viel bedeuten würde. Sie nahm den Spaten und grub. Hin und wieder betrachtete sie Lars, wenn sie glaubte, dass er es nicht sah.

Auch Lars griff zur Schaufel und pflügte den Boden. Und auch er beobachtete Lina aus den Augenwinkeln, wenn er meinte, sie sähe es nicht. Doch sie sah es sehr wohl und sie nahm sich fest vor, nicht auf ihn hereinzufallen wie die Ameise auf die Raupe des Bläulings, die die Insekten verführte. Laut aber fragte sie in den Raum hinein: »Wenn mein Großvater so liebevoll behandelt und so fantasievoll unterrichtet wurde, warum hat er Sergej dann beklaut? Warum hat er durch sein Handeln sogar noch dazu beigetragen, dass Napravnik immer auf der Flucht bleiben musste?«

»Vermutlich hatte er Angst vor der Konfrontation, vor Konsequenzen«, erwiderte Lars. »Was mich viel mehr wundert, ist, dass Napravnik ihn nicht längst angezeigt hat. Was hindert ihn jetzt noch daran? Vielleicht ist das der Grund, warum er dich hierhergeschickt hat. Wahrscheinlich fehlen auch ihm die entscheidenden Beweise. Stell dir vor, wir finden gleich weitere Kompositionen! Oder die Werke, die man schon kennt, im Original, mit seinem Namen, eigenhändig unterschrieben!«

Schon bald standen sie knöcheltief in brauner Erde, hatten Pilze, Würmer und Käfer ans Licht befördert. Ein Tausendfüßler suchte gerade das Weite, da schlug Lars vor, eine Pause einzulegen. »In meiner Tasche sind die belegten Brötchen. Hättest du gern Wasser oder Kaffee?«

Er breitete eine Decke auf dem Boden aus, verteilte Kaffeebecher, Wasserflaschen und die Brote aus der Box.

Lina nahm Platz und ließ Erde durch ihre Finger rieseln. »Wusstest du, dass in einer Handvoll Waldboden mehr Leben steckt, als es Menschen auf der Erde gibt?«

Lars verzog das Gesicht. »Ich bin froh, wenn wir hier fertig sind. Ich hasse Würmer.«

Lina seufzte lautlos. Natürlich war er froh, wieder nach Hause zu kommen. Sie schenkte sich Kaffee ein und trank ihn hastig aus. »Viel können wir heute sowieso nicht mehr machen. Und wer weiß, ob er es überhaupt hier drinnen vergraben hat. Außerhalb des Verschlags müssten wir roden, was wir natürlich nicht machen können. Ich gebe mich dann geschlagen, versprochen!« Während sie mit der einen Hand ihre Worte wie einen Eid bekräftigte, hielt sie in der anderen das Brötchen und biss ab. Dabei dachte sie an Robert Crewell. Wie viel hatte er damals geahnt? Und wann hatte er aufgegeben, weiter nachzuforschen?

Wieder beobachtete sie Lars und hoffte, dass er es nicht merkte. Dabei wurde ihr klar, dass ihr Leben in diesem Punkt dem ihrer Mutter seltsam ähnlich war. Auch sie wollte einen Mann, der nur mit ihr mitging, um das Geheimnis um Ramon zu lüften.

»Meine Mutter hat 1990 ihre Jugendliebe mit nach Chile genommen. Sie machte sich große Hoffnungen, dass er zu ihr zurückkommen würde. Dabei wollte er nichts von ihr wissen. Damals hat er als Journalist gearbeitet. Wahrscheinlich flog er mit, weil er sich die Story seines Lebens erhoffte.«

Lars war überrascht. »Deine Mutter hat einen Journalisten mit nach Chile genommen? Komisch, dass es darüber gar keine Informationen gibt. Mein Kollege hat alles zusammengetragen, was er über deine Familie herausfinden konnte. Da gibt es keinen einzigen Artikel über eine Reise nach Chile, nicht mal eine Notiz.«

Darüber wunderte sich Lina schon eine ganze Weile. Irgendwas musste in Magallanes passiert sein, von dem sie nichts wusste.

»Ich habe das Tagebuch meiner Mutter noch nicht zu Ende gelesen. Eigentlich wollte sie ihren Vater nicht alleine treffen. Sie hatte Angst vor der Begegnung, und dieser Crewell kam ihr wie gerufen. Vor Ort aber hat sie sich dann umentschieden und ihren Vater allein besucht. Und nach allem, was ich bisher weiß, kam es zu keinem zweiten Treffen. Das hätte Crewell sicher öffentlich gemacht.«

Lars stand auf, ohne etwas dazu zu sagen, und grub weiter, als hätte er es plötzlich eilig. Lina blieb noch sitzen. Sie fühlte sich satt von dem Brötchen, aber mehr noch von den offenen Fragen und einer Sehnsucht, die zu nichts führte, weil sich ihre Wege trennten, sobald sie in Berlin ankämen. Je früher sie das hier beendete, desto besser. Sie stand auf, griff zum Spaten und schlug ihn so heftig in den Boden, dass die Erde wegspritzte.

Auf einmal schepperte es. Lina war auf einen Becher aus Blech gestoßen. Lars stieß einen Pfiff aus. Sie schaufelten gemeinsam weiter und fanden dabei immer mehr Spuren, die darauf hindeuteten, dass hier tatsächlich einmal Menschen Unterschlupf gefunden hatten. Nach und nach legten sie Besteck, Teller und Stifte frei. Dann prallte Lars' Spaten an etwas Metallischem ab, er kratzte daran, versuchte die Ränder zu umreißen. Noch konnten sie nicht erkennen, was es war, sie wollten es hochhieven, aber konnten noch nicht richtig daran ansetzen. Es blieb ihnen nichts anderes übrig, als immer mehr Boden abzutragen, auch unter und vor den Brettern, bis hinter den Verschlag. Dann endlich lag ein koffergroßer Behälter aus Stahl vor ihnen. Sie konnten ihn aus dem Boden heraushebeln und zogen ihn in die Mitte des Raumes. Erleichtert lachte Lina auf, während Lars sich bereits über den Behälter beugte und die Schnallen löste, die den Deckel verschlossen hielten. Gemeinsam hoben sie den schweren Deckel hoch. Zum Vorschein kamen vier Holzkisten, deren Verschlüsse mit Draht umwickelt waren. Lina und Lars nickten sich zu, nahmen jeder eine und öffneten sie gleichzeitig.

In den Kisten fanden sich Briefe. Sie waren alle an Sergej Napravnik gerichtet und mit verschiedenen Adressen versehen. Die meisten hatten ihn in Usbekistan erreicht, andere in Paris, in Chicago und in Berlin. Auch die beiden anderen Kästen waren voll damit.

Lina konnte ihre Enttäuschung nicht verbergen. Sie hatte einen Schatz erwartet, etwas Kostbares, Geheimnisvolles vielleicht, und jetzt das!

Lars hingegen war zufrieden mit seinem Fund. Einen Umschlag nach dem anderen zog er hervor und wog ihn in seinen Händen. »Ich wette, das hier ist der Schlüssel zu allem! Darf ich einen öffnen? Dann könnten wir gleich mal schauen, worum es geht.«

Ohne ihre Antwort abzuwarten, faltete er den ersten Bogen auseinander. Dann verzog er das Gesicht. »Kyrillisch! Er ist in kyrillischer Schrift verfasst. Die kann ich nicht lesen.«

Er nahm sich weitere Umschläge vor. »Vielleicht hat ja einer auf Deutsch geschrieben, auf Englisch, Französisch, Italienisch oder Spanisch. Das wären zumindest die Sprachen, die ich verstehe!«

Aber fündig wurde er nicht. »Wieder und wieder kyrillisch. Schnelle Antworten gibt es hier nicht. Schade!«

Er begann damit, die ersten Briefe wieder zu verstauen. »Wenn es dir recht ist, könnte ich sie übersetzen lassen, sobald wir zuhause sind. Ich könnte mich auch um die Absender kümmern. Vielleicht lebt ja noch einer.«

Während er die erste Holzkiste mit den Drähten verschloss, fasste er noch einmal zusammen: »1978 zeigte sich Krause-Napravnik mit einem Brief und wurde für Ramon wieder lebendig. Fast zeitgleich gelangte das demokratische Manifest in das Ostbüro des West-Magazins. Ob dieses Manifest Napravnik inspiriert hat, seine Opern ebenfalls über das Ostbüro öffentlich zu machen? Das wäre möglich. Und was blieb ihm auch anderes übrig, als so ein Risiko auf sich zu nehmen?«

Lina half ihm beim Zusammenschnüren des letzten Stapels. Sie gab ihm recht. »Ihm waren die Opern vielleicht sogar wichtiger, als der Welt zu verraten, dass die Musik gar nicht von meinem Großvater stammte. Ich könnte mir sogar vorstellen, dass Napravnik einfach nur über Missstände aufklären wollte. Und seine Opern hätten für Zündstoff gesorgt, wenn du sagst, dass sie sich kritisch mit dem Regime auseinandersetzten. Das war sicher auch der Grund, weshalb Ramon so tat, als gäbe es gar keine Opern, und sie einfach zurückhielt. Denn mit ihrer Veröffentlichung wäre er aufgeflogen.«

Beim Ordnen der letzten Briefe, flatterte ihr eine Zeichnung entgegen. Darauf erkannte sie abgemagerte Menschen, zusammengepfercht in einem winzigen Raum. »Ein KZ?«

Lars wendete das Blatt. Zwischen kyrillischen Buchstaben entdeckte er die Jahreszahl 1931. »Wohl eher eine Skizze aus dem Gulag!«

Vorsichtig, dass sie nicht zerknicken konnte, bettete er die Zeichnung zwischen zwei Umschläge und schob sie in die Kiste zurück. Noch einmal fragte er: »Macht es dir was aus, wenn ich alles mit zu mir nach Hause nehme? Wie gesagt, ich könnte es sofort übersetzen lassen.«

Aber die Antwort fiel Lina schwerer, als sie erwartet hatte. »Er wollte, dass ich alles, was ich hier finde, nach Bir Tawil bringe. Nicht, dass ich das wirklich tun möchte, bestimmt ist dieser Ort auch nur eine Laune dieses verrückten Alten. Dennoch gehört das alles hier ja ihm!«

»Aber es ist von öffentlichem Interesse!«

Mochte es für ihn anfangs nur ein Spiel gewesen sein, der Karte zu folgen, die einen Schatz versprach, gab es für Lars auf einmal nichts Wichtigeres, als Ramon zu überführen. Auch vor fünfundzwanzig Jahren war es womöglich zunächst nur ein Spiel gewesen. Damals führte der Weg nach Chile, und wie die Geschichte geendet hatte, würde Lina vielleicht nie erfahren. Aber sie ahnte, dass es tragisch ausgegangen sein musste.

Lars gab nicht auf. »Wir könnten ihn zusammen in Paris besuchen, ihm die Briefe zeigen und fragen, ob es das war, was wir finden sollten. Vielleicht mag er sie uns dann vorlesen? Dann kann er doch selbst entscheiden, was wir erfahren dürfen und was nicht. Und womöglich spricht er dann auch gar nicht mehr von Bir Tawil.«

Seine letzten Worte gingen in Geschepper unter, denn Lina hatte unterdessen zum Spaten gegriffen und war auf Blech gestoßen. Es war eine verrostete Dose, und ihr Deckel war so verkantet, dass Lars ihn mit einem Messer aufbrechen musste. Zum Vorschein kamen zwei Ringe. Sie schienen aus Platin zu sein, mit blauen und roten Linien und floralen Elementen verziert. Überraschend aber waren die Gravuren: *Sergej Napravnik & Rosa Krause*, zwei miteinander verbundene Herzen und die Jahreszahl 1934.

Der unerwartete Fund rührte Lina. Wer auch immer Rosa war, Sergejs große Liebe oder die, die ihm das Herz gebrochen hatte, diese Ringe wollte sie in Ehren hüten, vielleicht sogar an einer Kette um ihren Hals tragen. Sie schob die beiden Kostbarkeiten in ihre Hosentasche. Dabei stauchte sie die Streichholzschachtel zusammen und die letzte angeklebte Blume zerriss. Aber das konnte Lina jetzt nicht mehr bekümmern. Die Watte in der Box war porös geworden und wollte die Gedanken an den Vater nicht länger betten, seit Krause-Napravnik sie vor ihm gewarnt hatte. Nun empfand sie sich mit ihm mehr verbunden als mit ihrem Erzeuger. Und war ihr der Besuch in der Psychiatrie anfangs wie ein Schauspiel erschienen, in dem sie nur eine Nebenrolle spielte, wurde der Moment, in dem sich Napravnik an ihre Schulter geschmiegt hatte, Teil ihrer Erinnerung an ein glückliches Leben.

Mit bloßen Fingern durchsiebten sie ein letztes Mal den Untergrund, aber stießen nur noch auf Fetzen von Kleidung, Kochlöffel und unidentifizierbare Überreste von Büchern. Als die Sonne ihren Höchststand bereits überschritten hatte und die Schatten zunahmen, beendeten sie ihre Ausgrabungen und verließen den Fundort. Von hier aus war der Parkplatz nicht weit. Sie mussten nur das Wäldchen durchqueren und etwa 300 Meter am Fuße des Berges entlangwandern. Dabei sprachen sie kein Wort.

Wieder begleitete sie das Rotmilanpärchen und umsegelte sie mit Eleganz. Lina bewunderte diese Vögel seit jeher. Obwohl sie den Winter nicht gemeinsam verbrachten, fanden sie sich immer wieder, denn hier lag ihr Brutgebiet.

Anscheinend hatte Lars die Vögel bei ihrer Ankunft gar nicht gesehen. »Sind das etwa Rotmilane?«, rief er überrascht.

Lina wollte ihm gerade von der Treue dieser Vögel erzählen, da wechselte er schon das Thema: »Ich mag, wenn es still ist. Wenn man zusammen schweigt. Aber das erträgt nicht jeder. Ist es in Ordnung für dich?«

»Schmetterlinge sind still«, entgegnete Lina, während sie sich fragte, was er ihr wohl damit sagen wollte. »Und weil ich sie mag, mag ich auch ihre Stille. Wie könnte ich es sonst mit ihnen aushalten!«

Sie schaute den Vögeln nach, und zum ersten Mal wurde ihr vom Gleitflug schwindelig.

»Die Frau an deiner Pinnwand, ist sie die Portugiesin, die dir die Fado-CD im Auto hinterlassen hat?«

Er antwortete darauf nicht. Stattdessen sagte er: »Wenn wir in Berlin ankommen, muss ich sofort ins Museum.«

Er zögerte kurz, dann fügte er hinzu: »Mir wäre es ganz lieb, wenn du zurückfahren könntest und mich am Museum absetzt. Du kannst mein Auto dann gern bis zum Abend behalten.«

Schnellen Schrittes ging er voraus.

Die Rotmilane kreisten nicht mehr.

Als Lina zum Auto kam, saß Lars bereits auf dem Beifahrersitz. Er reichte ihr die Autoschlüssel, wollte ihr erklären, wo man die Bremse löste, da fiel sie ihm ins Wort: »Ich weiß schon, wie das geht. Meine Mitbewohnerin Kathleen hat mal ein ähnliches Modell gefahren.« Es klang eine Spur zu gereizt, aber er schien es nicht zu bemerken. Zufrieden legte er die Hände in den Nacken und schloss die Augen.

Als Lina schon glaubte, dass er eingeschlafen wäre, fragte er plötzlich: »Hast du dir schon mal das Astrolabium im Pergamonmuseum angesehen? Es ist wunderschön, eine Technik aus einer Zeit, in der alles magisch war. Die Menschen lebten mit den Göttern.«

Er griff nach hinten in den Korb, zog einen Apfel hervor und schnitt ihn in Stücke. Dann steckte er ihr einen Schnitz zu und sagte, bevor auch er sich einen in den Mund schob: »Ich spiele übrigens in einer Band, nur so aus Spaß. Und keine Angst, es ist nichts Klassisches, könnte dir vielleicht gefallen. Es ist eine Mischung aus Weltmusik und Gypsy-Jazz, mit vielen arabischen Klängen, lässt sich gar nicht so leicht auf einen Nenner bringen. Zufällig gibt es einen Song, der zu deinem Astrolabium passt. Er handelt von einer Göttin, die ihr Astrolabium verliert und deshalb durch Zeit und Raum irrt. Ohne das Astrolabium hat sie nämlich keine Orientierung.«

Er kramte in seiner Seitenablage und zog eine handbeschriebene CD hervor. »Wenn du nichts dagegen hast, spiele ich dir die Musik einfach vor. Und wenn sie dir gefällt, könnten wir uns auch die anderen Lieder anhören.« Wieder wartete er gar nicht erst auf ihre Zustimmung, sondern legte die CD einfach in den Player. Dann stellte er die Musik ganz laut.

Die ersten Töne waren mitreißend. Angetrieben von trommelnden Rhythmen entstand ein Kosmos aus arabischen und westlichen Klängen. Es spielten eine Gitarre, eine Geige, Posaune, Schlagzeug, Akkordeon und Bass. Dann ertönte die Stimme von Lars. Wie elektrisierend jagte sie durch Linas Körper. Er sang wie aus sich selbst geschöpft, mal rau und hart, dann wieder sanft, nahm alles so leicht. Lina konnte sich nicht dagegen wehren, seine Stimme berührte sie.

»Woran denkst du jetzt?«, fragte Lars, als die CD zu Ende war, und sah sie an.

Wenn Musik es schafft, sämtliche Gefühle zu übernehmen, ohne dass einer sich bevormundet oder falsch interpretiert fühlt, dann ist das Ekstase. Und deine Stimme ist ein Glückszerstäuber, der meine Phonophobie gerade für beendet erklärt hat.

Das dachte Lina, aber sagte es ihm nicht. Stattdessen redete sie über die Strecke, die ihre Mutter mit Robert Crewell gefahren war. Vor fünfundzwanzig Jahren hatten auch sie den Berliner Norden erreicht, aber sie fuhren zum Tegeler Flughafen weiter, während Lina nun den direkten Weg zum Museum nahm.

»Ich habe an Robert Crewell gedacht. Vielleicht ist er der junge Unbekannte auf dem Foto, das du an deine Pinnwand geheftet hast. Das wäre doch auch ein guter Grund für meine Mutter gewesen, ihn in die Fotokiste zu packen. Er hat ihr viel bedeutet. Ich habe im Netz noch gar nicht nach ihm gesucht. Vor fünfundzwanzig Jahren war er Journalist bei einer großen Zeitung. Vielleicht arbeitet er sogar noch dort? Google ihn doch mal!«

Sie reichte ihm ihr Handy.

Aber Lars winkte ab. »Die Frau an meiner Pinnwand, also sie und ich, wir sind nicht das, wonach es aussieht. Es ist kompliziert, oder besser gesagt: Es war kompliziert, eine ständige On/off-Geschichte. Seit ein paar Wochen ist es vorbei, aber sie ruft immer wieder an, will meinen Rat zu irgendwas.« Er schüttelte den Kopf, dann lächelte er und fügte hinzu: »Das wird jetzt aufhören müssen.«

Sie erreichten das Museum, hielten direkt vor der Tür. »Entschuldige bitte, ich wäre gerne noch mit dir essen gegangen. Du hättest mir auch das Cello zeigen können. Aber wir stehen kurz vor der Eröffnung einer Ausstellung. Deshalb kann ich mir nicht auch noch den Abend freinehmen.« Damit stieg er aus und ging um das Auto herum in Richtung Eingang, blieb noch einmal stehen und fragte Lina, die die Scheibe auf ihrer

Seite heruntergelassen hatte: »Was machst du, wenn wir in den Briefen Anhaltspunkte finden, dass dein Großvater wirklich betrogen hat? Wirst du es dann öffentlich richtigstellen oder wirst du darüber schweigen?«

Lina antwortete nicht gleich, sondern dachte an die Nomaden der Lüfte. Das waren Monarchfalter, die Jahr für Jahr von Nordamerika in die Sierra Nevada flogen. An welchen Zielkoordinaten sie sich orientierten, wusste kein Mensch. Dennoch blieben sie in ihrem Wanderzyklus gefangen und waren nirgendwo zu Hause. Das war das Los der Chavéz. Sie blieben auf der Flucht, gefangen in dem ewigen Zyklus. Und zum ersten Mal wurde Lina bewusst, dass sie dazugehörte. Sie war die dritte Generation einer Lüge und würde es bleiben, wenn sie sich nicht aus dem ständig wiederkehrenden Langstreckenflug befreite.

»Vielleicht gibt es irgendwo einen Monarchfalter, der nicht mehr wandern will und bleibt, wo er zuletzt angekommen ist. Das will ich auch. Aber das kann ich nur, wenn ich die Verantwortung übernehme. Also ja, ich würde die Lüge richtigstellen.«

Er nickte, als hätte er nichts anderes erwartet. Dann sagte er: »Akrobatische Flüge liegen mir nicht. Ich habe Höhenangst. Aber mir gefällt das Werben der Schmetterlinge. Sie fliegen dann in Schleifen, oder? Manchmal machen sie das sogar synchron, habe ich zumindest mal irgendwo gelesen. Also, was muss ich machen, damit ich das schon bald in deinem Garten beobachten kann?«

Schmetterlinge tanzten um die Liebe, ihr Garten war voll davon. Und bis sie ihm ihr Grundstück zeigte, würde Lina vom Glück zu tanzen träumen. »Du kannst mich morgen gegen zwölf in der Wohnung meiner Mutter abholen, wenn ich da noch einmal übernachten dürfte?«

Er lächelte wieder, drehte sich um und verschwand im Museum.

Lina fuhr weiter. Zu Hause wollte sie alles in einen Koffer packen, was sie für die nächsten Tage brauchte, dann zur Wohnung ihrer Mutter weiterfahren. Am Abend würde sie das Tagebuch zu Ende lesen. Morgen Mittag ginge sie mit Lars in den Garten. Und wenn sie nachher das Auto vor seinem Haus parkte, wollte sie ihm das Astrolabium darin hinterlassen.

11 Maria Chavéz, 1990

Ich stieg aus dem Bus und entdeckte Crewell im Schein der Laterne. Er rauchte, war vom Regen durchnässt. Als er mich sah, flackerte sein Blick. Er warf die Zigarette zu Boden und zertrat sie, als wäre sie ein Insekt, das seinen Ekel weckte und schnellstens vernichtet werden musste.

»Wo warst du?«

Ich versuchte unschuldig zu klingen. »Ich bin ein bisschen gewandert.«

»Die ganze Nacht?« Er zog mich über die Straße zu einem VW Polo. Sein fester Griff tat mir weh. »Los, steig ein. Ich habe den Wagen gemietet.«

Der Wind hatte sich gedreht. Er richtete sich nun gegen mich, und ich wagte nicht, mich ihm zu widersetzen.

Crewell fuhr den Weg zurück, den ich mit dem Bus gekommen war. Er sprach sie nicht aus, aber ich spürte die Wucht seiner Gedanken.

»Wenn du umdrehst und zum Hotel fährst, hole ich seine Adresse. Ich habe sie aufgeschrieben, aber nicht im Kopf. Er lebt nicht weit von unserem Dorf entfernt, wie ich es dir gesagt habe!«

Doch mein Vorschlag ging in seinem Zorn unter. Crewell hämmerte mit den Fäusten gegen das Lenkrad und kam dabei fast von der Straße ab. Kurz geriet das Auto ins Schlingern. Ich wollte eingreifen, den Wagen an seiner Stelle lenken, doch schon im nächsten Moment hatte er das Auto wieder unter Kontrolle und raste weiter, bis er das Dorf erreichte. Hinter dem Ortsschild bremste er.

»Du lotst mich jetzt auf der Stelle zu ihm!«

Ich rührte mich nicht.

Schon früher war Crewell cholerisch geworden, wenn er sich schlecht behandelt fühlte. Doch damals war es für mich normal. Auch meine Eltern hatten schnell die Nerven verloren. Seitdem mich mein Vater verlassen hatte, und nach ihm Crewell, lebte ich allein. Mit solchen Ausbrüchen wurde ich nicht mehr konfrontiert. Ich hatte Angst.

Er warf mir die Landkarte in den Schoß. »Als du weg warst, habe ich die Leute in unserem Dorf befragt. Jeder wusste, dass es hier in der Gegend nur einen einzigen Deutschen gibt, ungefähr im Alter deines Vaters. Und der lebt genau hier!«

Ich starrte auf seine Hände. Sie breiteten die Karte aus, und seine Finger fuhren die Straßen entlang. Dann schlugen sie auf die Stelle ein, an der die Straße endete und die Prärie begann. Noch vor einer knappen Stunde hatte ich dort mit meinem Vater gesprochen. Als ich noch immer nichts sagte, knüllte er die Karte zusammen, warf sie vor meine Füße und raste weiter.

Kurz darauf erreichten wir die verbarrikadierte Hütte auch ohne meine Hilfe. Auf der Bank türmten sich die Blätter der

Bäume. Mit der nächsten Böe stoben sie durcheinander. Nichts deutete darauf hin, dass ich hier gesessen hatte.

Crewell klingelte an der Tür, klopfte eindringlich gegen das Holz. Er griff durch den Schlitz des Briefkastens. Die ersten Zweifel kamen auf. Abschätzend sah er mich an.

»Es sieht aus, als wäre hier schon lange keiner mehr gewesen!«

Aber ich stand einfach nur da. Für einen Moment zweifelte ich sogar daran, meinen Vater in diesem Haus getroffen zu haben.

»Das ist doch die Adresse deines Vaters, oder?«

Jetzt schien er in Sorge zu sein, ob er mich mit seinem Misstrauen verprellt hatte. Ich duckte mich. Er durfte nicht erfahren, dass ich meinen Vater bereits gesehen hatte. Dass er ihn nicht treffen würde, weil er nach Feuerland abgereist war, dafür konnte ich nichts. Und ich gab zu: »Ja, das ist seine Adresse!« Dann schlug ich ihm vor: »Lass uns umkehren und morgen wiederkommen. Er ist vielleicht nur ein, zwei Tage unterwegs. Irgendwann treffen wir ihn bestimmt!«

Aber Crewell hörte nicht zu. Er läutete beim Nachbarn.

Ich hielt den Atem an.

Ein alter Mann mit sonnengegerbtem Gesicht öffnete. Er musterte Crewell, dann mich. In einem schnellen, verwaschenen Spanisch fragte er, ob ich etwas vergessen hätte.

Noch ehe ich ihm antworten konnte, zischte Crewell mir zu: »Sag mir, was er gesagt hat!«

Als ich schwieg, kam er drohend auf mich zu. »Los, frag ihn, ob da drüben Ramon Chavéz lebt!«

Aber schon schüttelte der Chilene den Kopf. Er sagte auf Spanisch, hier gebe es niemanden mit diesem Namen, das müsste ich doch wissen. Schließlich hätte ich hier die Nacht verbracht und vorhin noch auf jener Bank gesessen. Dann wandte er sich an Crewell und fragte ihn auf Deutsch mit starkem Akzent: »Wen suchen Sie?«

Crewell freute sich. »Der Mann wird mir alles sagen, ohne dass ich das Gefühl habe, du übersetzt seine Sprache, wie es dir passt.« Er zeigte auf die verlassene Hütte. »Wir suchen Ramon Chavéz, er soll da drüben wohnen.«

Ich staunte, weil der Chilene ehrlich verblüfft schien. »Ich kenne keinen Ramon Chavéz.« Wieder wechselte er ins Spanische und fragte, ob ich in Schwierigkeiten steckte.

Da behauptete ich, dass mein Freund eifersüchtig sei. Er dürfe auf keinen Fall wissen, dass ich seinen Nachbarn getroffen hätte. Und ich bat ihn, mich nicht zu verraten.

Im ersten Moment glaubte ich, er steckte mit Karl Krause aus dem mecklenburgischen Dorf unter einer Decke. Noch vor drei Tagen hatte ich ihn getroffen. Jener seltsame Alte hatte meinen Vater mit einem Brief verjagt und hier, am Ende der Welt, hörte ich nun seinen Namen erneut: Krause. Dieses Mal aber war er mit einem anderen Vornamen kombiniert: Hans. Und der Nachbar wiederholte auf Deutsch: »Der Mann heißt Krause, Hans Krause. Ja, er ist Deutscher. Kommt aus Travemünde, verbringt nur die Sommer hier.«

Der Alte bemerkte mein Erschrecken sofort. Kurz verschwand er im Haus und kam mit zwei Briefen zurück. »Ich sammle seine Post. Sehen Sie?« Und als wäre das der Beweis, hielt er mir zwei Umschläge entgegen. Beide waren an Hans Krause adressiert. Wieder wandte er sich an Crewell: »Ramon Chavéz klingt nicht sehr deutsch. Eher ein Spanier, oder?«

Crewell entschuldigte sich und hatte es plötzlich eilig, den Ort zu verlassen.

Der Chilene rief ihm nach: »Viel Glück. Ein Deutscher mit spanischem Namen fällt hier nicht auf. Er könnte einer von uns sein.« Mir aber zwinkerte er zu und wünschte auf Spanisch alles Gute.

Crewell zweifelte bereits. »Vielleicht sieht der Mann auf dem Foto deinem Vater nur ähnlich, ist es aber gar nicht? Ramon Chavéz scheint hier keiner zu kennen. Wer weiß, wer der Typ ist, der dir geschrieben hat? Vielleicht treibt jemand nur ein Spiel mit dir oder hat deinen Vater mit jemand anderem verwechselt!«

Ich stieg wie betäubt ins Auto. Der Name Hans Krause verstörte mich, verwob er doch meinen Vater mit Karl Krause. Und dessen Worte hallten noch in mir nach: »Du bist Maria Chavéz. Hat dich dein Vater geschickt?«

Crewell fuhr den Weg wieder zurück. Er hatte seinen Arm um mich gelegt, und schon bald streiften seine Finger meine Ohrläppchen. Statt eines Schauers spürte ich nur Unbehagen.

Er wirkte zerknirscht. »Es ist alles außer Kontrolle geraten. Ich weiß auch nicht, was in mich gefahren ist. Aber du warst einfach weg! Da dachte ich, du besuchst deinen Vater ohne mich!«

Mir war so kalt, dass ich befürchtete, nichts würde mich mehr wärmen können.

Als wir die Hoteltreppen nach oben stiegen, blieb Crewell plötzlich stehen. »Ich will dich zum Essen einladen. Als Wiedergutmachung, weil ich dir nicht vertraut habe.« Und er drückte mir einen sanften Kuss auf den Mund.

Meine Hoffnung flammte wieder auf. Ich erwiderte seinen Kuss. Anscheinend war mir die Lust noch nicht zwischen steppenartiger Hochebene und Gletschern abhandengekommen.

Er aber zerstörte sie sofort. »Deinen Vater suchen wir dann morgen weiter, ja? Vielleicht lebt er hier nur unter falschem Namen. Sein richtiger Name ist einfach zu bekannt. Er will unentdeckt bleiben. Was ist, wenn er doch in dem Haus wohnt, wo wir eben waren, und dort als Hans Krause untergetaucht ist? Das liegt doch nahe: Karl Krause in Mecklenburg, Hans Krause in Magallanes, auch wenn ich den Zusammenhang noch nicht verstehe.« Wie hatte ich seinen Scharfsinn vergessen können? Er klatschte in die Hände. »Das wird immer spannender. Dass ich nicht gleich darauf gekommen bin. Wir verfolgen die Spur morgen weiter. Essen um acht auf meinem Zimmer?«

Die Heizung in meinem Zimmer lief auf Hochtouren. Ich fror trotzdem. Lange stand ich unter der heißen Dusche. Am Ende waren meine Hände verschrumpelt, und mein Körper war rot angelaufen. Es lag auf der Hand, warum ich Crewell so liebte. Er war meinem Vater ähnlich. Vielleicht ließ ich deshalb nicht von ihm ab. Dabei wusste ich genau, dass mir beide nicht guttaten. Und obwohl ich das alles durchschaute, beschloss ich, mein schönstes Kleid zu tragen, das rote, eng anliegende.

Nur kurz wollte ich mich aufs Bett legen, aber ich schlief sofort ein.

Als ich erwachte, bleib mir kaum noch Zeit. Schnell schlüpfte ich in das Kleid. Vielleicht würde ich ja über Nacht bleiben? Ich griff nach dem Rucksack und legte Spitzenunterwäsche hinein.

Schon im Flur empfing mich ein Duft, der meine Geschmacksknospen erregte. Seine Tür stand offen. Kerzen brannten auf dem gedeckten Tisch, und Crewell entkorkte gerade eine Rotweinflasche. Vor ihm breitete sich das ansprechendste Essen aus, das ich jemals gesehen hatte. Neben zu Halbmonden geformten Teigtaschen, gefüllt mit Fleisch, Oliven, Zwiebeln und Rosinen, lag Ceviche, ein kaltes Fischgericht, in Limettensaft mariniert. Überall standen Schüsseln mit eingelegten Zwiebeln, Tomaten, Avocados und Palmherzen. Das alles verströmte so viel

Sinnlichkeit, dass ich mich vergaß und nur noch daran erinnerte, was ich fühlen und wahrnehmen wollte. Ich genoss jeden Bissen und bildete mir ein, dass er die Vielfalt der Speisen extra gewählt hatte, weil sie auch seine Lust wecken sollten.

Gerade fischte er eine Venusmuschel aus der Schüssel und schob sie mir in den Mund. Überrascht roch ich eine holzig frische Note aus Bergamotte und Ingwer an ihm.

»Hast du einen neuen Duft?«

Er wich zurück. »Maria! Wann hörst du auf, jede kleinste Veränderung an mir zu beobachten?« Er klatschte die Sopaipillas auf seinen Teller und beträufelte das in Teig gebackene Kürbisfleisch dermaßen ungehalten mit Soße, dass sie auf meinen Rucksack spritzte.

»Was willst du eigentlich mit diesem Rucksack? Hast du heute noch was vor? Willst du vielleicht wieder die ganze Nacht spazieren gehen ohne mich?«

Ich schüttelte den Kopf. »Reine Gewohnheit. Ich nehme ihn überallhin mit.«

Aber er glaubte mir nicht und öffnete ihn ungeniert. Da entdeckte er mein Negligé und einen Spitzenslip, nahm beides und ließ es vor meinem Gesicht baumeln.

»Ach, so ist das. Du willst es also unbedingt!«

Und er küsste mich hart auf den Mund.

Auch wenn ich es besser wusste, machte mich sein plötzliches Verlangen glücklich. Ich schob den Gedanken beiseite, dass Selbstsucht ihn leitete.

Er ließ von mir ab.

Und ehe ich begriff, dass die Schirmmütze meines Vaters noch immer auf dem Grund meines Rucksacks lag, hatte er sie bereits gefunden.

»Also doch! Du warst bei deinem Vater!«

Er schleuderte mir die Mütze entgegen.

»Das hast du von Anfang an geplant. Du hast nie vorgehabt, mich mitzunehmen. Du hast mich nur geködert, damit ich Zeit mit dir verbringe!«

Ich wollte ihn besänftigen, wollte ihm sagen, dass er es ganz falsch einschätzte. Schon morgen würden wir meinen Vater gemeinsam besuchen.

Aber er warf mich auf sein Bett.

Ich stammelte, dass ich die Mütze von zu Hause mitgebracht hätte. Ich wollte sie meinem Vater zurückgeben, wenn wir ihn fänden.

Da presste er seinen Mund auf meinen und biss mir in die Lippen.

»Ich glaub dir kein Wort.«

Im nächsten Moment riss er mir das Kleid vom Leib.

»Jetzt kriegst du, worauf du es von Anfang an angelegt hast. Und sag bloß nicht, du hättest das nicht gewollt!«

Als ich von seinen Speisen aß, hatte das meinen Körper elektrisiert, meine Lust zum Fließen gebracht. Nun brach der Stromkreis in sich zusammen. Crewell stach seinen Penis wie einen Dolch in mich hinein. Er hämmerte sich in meinen Körper.

Ich trocknete aus. Ich wollte entkommen, aber hing an ihm fest, als gäbe es Windungen in meiner Vagina, die gegenläufig zu seinem Geschlecht verliefen. Wie mit einer Pressspindel richtete er mich zu.

Ich flehte ihn an aufzuhören. »Du tust mir weh!«

Aber mein Schmerz stachelte ihn nur an. Seine Bewegungen wurden schneller, sein Atem gehetzt. Ich wollte mit meinem

Kopf gegen seinen knallen, doch er hielt mich fest. Noch einmal stöhnte er auf und zuckte heftig. Dann rollte er sich von mir weg.

Ich spürte, wie die Schmerzen sich wellenförmig ausbreiteten. Ich wollte ihn schlagen. Ich wollte gehen. Aber meine Gefühle waren wie gelähmt, meine Glieder sprachlos.

Als ich mich endlich aus seinem Bett schälen konnte, war er bereits eingeschlafen. Ich brauchte eine Ewigkeit, um die Tür zu erreichen. Und der Raum rauschte an mir vorbei.

In meinem Zimmer stellte ich mich unter die Dusche und wusch mich minutenlang. Ich musste meine Haut abstreifen.

Am Ende trocknete ich mich nicht mal mehr ab, zog meine Jeans und drei Wollpullover über die nassen Glieder. So legte ich mich ins Bett und fiel in einen unruhigen Schlaf.

Ich träumte von meinem Vater. Er saß am Lagerfeuer und ritzte sich mit einem Messer Partituren in die Haut. Dass er dabei blutete, störte ihn offenbar nicht.

Als ich ihn fragte, ob ich ihm helfen könne, reichte er mir ein Messer und sagte: »Du übernimmst die Bläser!«

Einträchtig saßen wir nebeneinander und schnitten Notenhälse, Köpfe und Pausenzeichen in seine Haut. Als ich seine Arme gefüllt hatte, fand ich keinen Platz mehr und forderte ihn auf: »Du musst alles an dir hergeben!«

Da zog sich mein Vater nackt aus und fing an, in seinen Bauch zu ritzen. Mir befahl er, in seinen Rücken zu schneiden. Als ich endlich auch seine Genitalien beschrieben hatte, hatten wir eine komplette Symphonie auf seinen Körper tätowiert.

Erst jetzt legte sich mein Vater in einen hölzernen Sarg. Ich schloss den Deckel. Nur wenige Minuten später klopfte er und rief von innen: »Die Verwesung hat begonnen!«

Ich schob den Deckel zurück. Tatsächlich bestand mein Vater schon zur Hälfte aus Knochen, auf der anderen Hälfte schimmerte die Partitur noch auf rosiger Haut.

Ich wachte auf. Die Sonne war noch nicht aufgegangen, doch ich packte meine Sachen. Kurz darauf rief ich ein Taxi und reiste ab.

12
Lina Chavéz, 2015

Die Zeit heilt keine Wunden, sondern füllt innere Räume mit Einsamkeit. Der unbekannte Vater war zu Apollo mutiert, der die unschuldige Daphne vergewaltigte, obwohl die Starre ihre Glieder schon ergriffen und sie sich in einen Lorbeerbaum verwandelt hatte.

Lina hielt die Schachtel in ihrer Faust. Alle Blumen waren zerrissen, und sie wollte keine weiteren Gedanken mehr sammeln an den Vater, der grausam war. Und als Lars an der Stadtautobahn tankte, nutzte sie den Moment. Sie lief zur Mitte der Autobahnbrücke und warf die Streichholzschachtel auf die zweispurige Fahrbahn.

Immer wieder wirbelte der Wind die Box in die Luft. Fast schien es, als flüchtete sie über den Asphalt und wollte die gesammelten Gedanken retten. Irgendwann rollte ein Vierzigtonner über sie hinweg, zerwalzte die Loyalität, von der sie immer geglaubt hatte, dass nur Töchter sie für ihre Väter empfänden.

Lars hatte längst bezahlt und wartete auf sie. Da hätte sie gern gewusst, ob auch er innere Räume besaß. Wenn er einen für sie öffnete, sollte er bunt sein, mit Milliarden Farben gefüllt, dann wollte sie lange bleiben. Nur heute ging es ihr schlecht, war sie kurz davor gewesen, ihre Verabredung auf den nächsten Tag zu verschieben. Und sie versuchte sich zu beherrschen, damit er ihr Unglück nicht als Ablehnung wertete.

Lina war müde, hatte die Nacht schlaflos verbracht. Sie hatte noch lange über die Aufzeichnungen der Mutter nachgegrübelt. Nun versuchte sie den Garten als Chance zu begreifen. Vielleicht würde er sie ablenken. Denn im Eldorado für Schmetterlinge stand ihre Forschung nicht still, auch nicht an Tagen, an denen sie sich lieber verkrochen hätte. An den Hochzeitstanz der Schmetterlinge aber konnte sie nicht mehr denken.

Als sie ankamen, stand die Pforte offen. Wieder lauerten die Blätter mannshoher Brennnesseln, streckten sich ihr angriffslustig entgegen. Lars zog seine Ärmel über die Fäuste, damit die Brennhaare sie nicht streiften, und bahnte Lina und sich einen Weg. Während der Fahrt hatte er kaum gesprochen, sie immer wieder angeschaut. Lina hätte ihm gerne gesagt, dass es ihr nicht gut ging, aber der Grund dafür hatte die Worte zerrissen, sodass sie nicht sprechen konnte.

Als sie nun über Nachtkerzen und Stockrosen stiegen, sagte er: »Ich gehöre übrigens nicht zu den Menschen, die sich vor etwas fürchten. Egal, was es ist, ich würde es mir trotzdem anhören.«

Aber Lina schwieg auch noch, als sie zwischen blauer Wegwarte und zart schimmernder Malve ein Plätzchen fanden. Und während sie die Picknickdecke ausbreiteten, spürte Lina bereits die Anwesenheit des Fremden. Sehen konnte sie ihn nicht, weil Büsche die Sicht versperrten, aber sie nahm das Rauschen seiner

Bewegungen wahr, wie ein Schmetterling den Flügelschlag eines herannahenden Vogels fühlte.

Gern wäre sie im Sturzflug geflüchtet, weil sie schon ahnte, wer sie in Unruhe versetzte, noch bevor der Fremde sie erreichte. Denn als er vor ihr stand, erkannte sie in ihm denselben Mann, der schon einmal in ihrem Garten gewesen und den Admiral beobachtet hatte. Nun hatte sie ihn überführt.

Der Mann sprach leise, als wollte er seine Stimme verstellen, so wie Fledermäuse ihre Rufe tarnten und auf der Jagd nach Schmetterlingen nur noch flüsterten. In seinem Gesicht spiegelte sich der Junge wider, der er gewesen war, als die Aufnahme von ihm und ihrer Mutter in ihrem Garten entstanden war.

»Ich bin hier, weil ich wissen möchte, was mit diesem Grundstück geschieht. Es gehörte der Familie Chavéz.«

Ein Falter erfasste seine Umgebung mithilfe seiner unzähligen Fotorezeptoren und erkannte sie, noch ehe es hell wurde, im polarisierten Licht. Auch Lina tappte längst nicht mehr im Dunkeln, sondern erschloss sich die Zusammenhänge ihres Schicksals. Schon deshalb durfte er sie nie mehr überfallen, musste sie raffinierter werden. Und sie wich zurück, während eine Welle durch ihren Körper schwappte, ihren Bauch verkrampfte und Druck ausübte. Da brach es aus ihr heraus wie ein Brechreiz, den sie nicht mehr im Griff hatte: »Sie sind Robert Crewell!«

Er kniff die Augen zusammen.

Sie wollte ihn anschreien und hätte alles dafür gegeben, ihn nicht zu erkennen, aber sie sah wie in einen Spiegel.

Lars griff nach Linas Hand und stellte sich schützend vor sie. Dabei hätte sie sich selbst schützen können, wenn sie einen Störsender besessen hätte, wie ihn die Bärenspinner nutzten. Sie irritierten, indem sie den Ruf einer Fledermaus nachahmten, und der Feind ließ von ihnen ab. Lina aber konnte nicht mehr von sich ablenken und ging deshalb zum Angriff über: »Von meiner Mutter weiß ich alles über Sie!«

Wenn er doch nur getaumelt, dabei gestolpert und gefallen wäre. Stattdessen wirkte er völlig gelassen, als er mit nicht einmal gespielter Neugier fragte: »Ihre Mutter? Wer ist denn Ihre Mutter?«

Nie hätte sie gedacht, dass eine Wunde so tief reichen, so gären könnte, dass sie wie ein Geschwür aufplatzte. Sie verspürte den Drang, ihm eine Ohrfeige zu verpassen. »Sie werden sich doch wohl noch an meine Mutter erinnern!«

Crewell stutzte und wandte sich hilfesuchend an Lars, aber da feuerte sie ihm bereits ihren Namen an den Kopf: »Ich bin Lina Chavéz.«

Damit hatte sie ihn endlich getroffen, und ihre Übelkeit löste sich auf. »Sie sind hier, weil Sie meine Mutter kannten, Maria Chavéz. Und jetzt warten Sie auf mich. Denn ich bin wichtig für Ihre Story.«

Er hob die Arme wie zur Abwehr und schüttelte den Kopf. »Maria hatte keine Kinder!«

»Ach nein?« Lina wollte die Picknickdecke zusammenrollen, auf der sie sich nicht einmal eine Sekunde niedergelassen hatten, aber Lars nahm es ihr ab und packte sie selbst ein. Immer wieder strich er beruhigend über ihren Arm, doch sie entzog sich seiner Berührung und fuhr Crewell an: »Warten Sie ruhig weiter. Aber nicht in meinem Garten. Verlassen Sie sofort mein Grundstück!«

Noch immer schüttelte Crewell den Kopf, zückte nun sein Handy, als wollte er seine Fassungslosigkeit mit Professionalität überspielen. Er richtete die Kamera auf sie und bewegte zitternd den Daumen, immer und immer wieder drückte er auf den Bildschirm, um sie zu fotografieren.

Lina wandte sich ab und verbarg ihr Gesicht hinter ihrem Arm, weil sie spürte, wie sich ihre Augen mit Tränen füllten, und weil das Gefühl plötzlich überhand nahm, dass sie sich ihm am liebsten in die Arme werfen wollte, damit er sie tröstete wie ein guter Vater, damit er ihr sagte, dass alles ein Irrtum war und dass sie nicht umsonst auf ihn gewartet hatte, dass er alles wiedergutmachen würde. Aber Crewell hörte nicht auf, Fotos zu schießen.

Nun ging Lars dazwischen und befahl dem Mann, das Fotografieren auf der Stelle zu unterlassen, doch Crewell dachte nicht daran. »Ramon Chavéz war eine Person des öffentlichen Lebens. Wenn sie tatsächlich seine Enkelin ist, besteht ein öffentliches Interesse, das gibt mir das Recht, sie zu fotografieren!«

Da flüchtete Lina zur Haustür, und Lars baute sich vor ihm auf, damit er ihr nicht folgen konnte. Als sie sich vor der Haustür umsah, stand Crewell noch immer da und ließ sich nicht einschüchtern. Er fotografierte den Garten und das Haus. Als er sie erneut ins Visier nahm, griff sie zu ihrer schärfsten Waffe: »Sicher erinnern Sie sich noch an Magallanes. Meine Mutter hat die Nacht mit Ihnen ganz genau beschrieben.«

Endlich ließ er das Handy sinken. Er starrte sie an. Und sein Blick ließ erkennen, dass ihm schlagartig klar wurde, in welcher Verbindung sie zu ihm stand, ja, dass Lina die Verkörperung von Marias Flüchen war.

Lina verwünschte ihn. »Falls Sie noch einen Beweis für meine Existenz brauchen, denken Sie einfach nur an jene Nacht!« Dann verschwand sie im Haus.

Kurz darauf holte Lars sie ein und nahm sie in den Arm. Dabei hörte sie nur ein Herz, das sehr schnell schlug, und sie hoffte, dass es sein Puls war. Lange standen sie so da, ohne dass er sie losließ, bis er irgendwann sagte: »Crewell ist weg. Er hat den Garten verlassen.«

Jetzt löste sie sich von ihm, ging zum Fenster und öffnete es. Noch einmal trat er an sie heran. »Willst du lieber gehen?«

Sie schüttelte den Kopf. »Aber ich hätte es gern wie früher, als es für mich keinen Robert Crewell gab, als mir dieser Name völlig egal war und ich mir meinen Vater so vorstellen durfte, wie ich mir einen Vater immer gewünscht habe!«

»Zum Glück gibt es dich!«, sagte er leise, setzte sich an den Flügel und schlug Akkorde an. Die Töne schepperten und verknäulten sich im Hall, sodass er schnell aufgab und ihr vorschlug: »Auf Dauer wird es nicht gehen, aber vielleicht für den Moment: Putz ihn weg! Es gibt manchmal nichts Besseres, als etwas von Grund auf zu säubern.« Er sah sich um. »Hier wäre es sogar nützlich!«

Weil das Wasser im Haus abgestellt war, bot er an, an der nächstgelegenen Tankstelle Kanister mit Wasser zu besorgen. »Willst du mitkommen?«

Lina wollte lieber allein sein und auf Lars' Rückkehr warten. Dazu setzte sie sich an eines der offenen Fenster und schaute zu der Stelle, an der ihr Vater noch vor Kurzem gestanden hatte. Ihre Mutter, wurde ihr jetzt bewusst, hatte den Ort ihrer Aufzucht sorgsam bedacht, wie das Schwalbenschwänzchen seine Umgebung prüfte, bevor es seine Eier ablegte. Dafür trampelte es auf einem Blatt herum, weil es mit seinen Füßen testete, ob es auch der wählerischen Raupe schmeckte. Sie sollte sich satt fressen, wie auch Lina in der Obhut einer passenden Familie satt werden musste. Die Wahl ihrer Mutter hatte sich in der Tat als sorgfältig und gut erwiesen, denn Lina hatte es an nichts gefehlt. Sie war mit Liebe groß geworden.

Obwohl sie ihn nicht hörte, fühlte sie Lars, noch bevor er das Grundstück erreichte. Und plötzlich roch sie Orchideen. Dabei hatte sie in diesem Garten noch kein einziges Knabenkrautgewächs entdeckt. Der Duft erinnerte sie an Salep, das orientalische Getränk, das sie zum ersten Mal in Istanbul getrunken hatte. Die Explosion des Geschmacks wirkte verzaubernd auf sie. Dabei war es nur aus der Wurzel der Orchidee gemacht und mit Zimt durchsetzt, aber dieses Aroma verfolgte sie lange. Der Händler hatte mit einem Augenzwinkern behauptet, dass nur Küsse besser schmeckten. Ob ein Kuss von Lars wohl genauso nachhaltig wirkte wie der Saft einer Orchidee?

Als Lars sich durch den Garten kämpfte, blickte er kein einziges Mal auf. Trotzdem blieb er vor ihr stehen, als wäre er lediglich ihrem Duft gefolgt, wie ein Seidenspinner sein Weibchen kilometerweit roch und es genauso zielstrebig erreichte. Er stellte die Kanister mit Wasser auf das Fensterbrett und hielt ihr eine Flasche Spätburgunder hin.

Kurz darauf putzten sie das Haus, schüttelten Decken und Kissen aus. Als es dämmerte, waren sie fertig und setzten sich auf die Veranda.

Lina spürte, dass er sie ansah, weil er auf sie wartete. Aber sie brauchte noch Zeit, weil sie den Moment fürchtete, in dem sie von seiner Absicht erfuhr.

Dann schaute sie doch und erkannte, dass er seine inneren Räume längst für sie geöffnet hatte. Ihre Blicke tauchten ineinander ein und wanderten über entlegene Pfade, die kein Mensch zuvor betreten hatte. Erst im Hochland blieben sie stehen. Da existierten nur sie. Und sie küssten sich dort und küssten sich lang.

13 Ramon Chavéz, 2015

Als ich Chile zum ersten Mal betrat, stand die Nation unter Schock. Sie nahm mich nicht wahr, denn das Militär unterdrückte sein Volk. Hier konnte ich unbemerkt abtauchen.

Knapp vierzig Jahre später verlasse ich Magallanes und schaue zu, wie Porta Arenas verschwindet. Sein unbezähmbares Land löst sich unter mir auf.

Das Flugzeug durchstößt die Wolken und schwebt durch blaues Licht. Ich sehe mich in der Spiegelung des Fensters. Schon seit Jahren erschrecke ich über meine Züge, kann mich an meinen Anblick nicht gewöhnen. Tiefe Falten teilen meine Haut wie in die Felder eines Kartennetzes, und ich wirke erschöpft, obwohl ich erleichtert bin, seit ich von meinem Tod erfuhr. Über Wochen habe ich seine Schlagzeilen gesammelt und mich gefreut, denn seitdem bin ich frei und kann fliegen, wohin ich will. So verlasse ich die raueste Region der Welt und kehre nie mehr zurück.

Denke ich an mein Leben in Europa, erinnere ich mich an die Momente, in denen ich gefeiert wurde. Damals war ich mir noch sicher, nicht aufzufliegen, und ich genoss den Applaus.

Jedes Jahr veröffentlichte ich eine Sinfonie, eine Sonate und ein Quartett, und noch immer staune ich über sein vielfältiges Werk, dem so zauberhafte Kraft entströmt. Sie hebt mich auf Berge oder bettet mich in Täler, manchmal finde ich mich in Höhlen wieder. Dort fühle ich mich geborgen, höre die Melodien wie von fern, während der Rhythmus mich in orgastischen Wellen durchdringt.

Hier im Flugzeug lausche ich seiner dritten Sinfonie und verlasse meinen Körper dafür, weil sie mich auf einen Felsen katapultiert, an dem der Nordwind Löcher in den Stein schliff und die Musik wie aus Orgelpfeifen tönt. Mit jedem Hören erfinde ich mich neu, tragen mich die Töne weit fort. Wie immer lande ich beim letzten Satz auf dem Hügel von Koli, meinem Lieblingsberg in Finnland, dessen Schönheit so wild und zerklüftet ist, dass die Kadenzen um seinen Gipfel wirbeln. Hier möchte ich für immer bleiben, und jetzt brauche ich besonders lang, um in meinen Körper zurückzukehren.

Anscheinend hat mich die Stewardess schon mehrmals etwas gefragt. Als sie sich zu mir herunterbeugt, bemerke ich ihre strahlend weißen Zähne und rieche einen Hauch von Vanille. Ich nehme meinen Kopfhörer ab und bestelle einen Bourbon auf Eis. Mit geschmeidigen Bewegungen gießt sie den Whiskey aus einer Dose. Als sie mir den Becher reicht, mischt sich ihr Duft mit einer Spur von Holz.

In acht Stunden werde ich in Paris landen, durch den Flughafen wandern und für immer Hans Krause sein. Denn Ramon Chavéz ist tot. Deshalb rechne ich nicht damit, dass jemand meine Fährte aufnimmt. Was sie irgendwann über mich herausfinden, ist mir heute egal. Ein Toter muss sich nicht rechtfertigen, und mein Sterbedatum liegt wie ein Siegel auf der Fälschung.

Ich nehme den ersten Schluck Whiskey und denke an meine glücklichsten Jahre zurück. Sie begannen, als ich vierzehn war, und endeten, als ich achtzehn wurde. Ich war dem Krankenhaus entkommen und hatte mich mit List und Tücke nach Westberlin abgesetzt. Dort las ich die Aushänge an den Geschäften, weil ich Arbeit suchte. Und gerade, als ich mich damit abfinden wollte, die erste Nacht im Freien zu verbringen, entdeckte ich den Aufruf der Druckerei. Er war noch frisch, und der Besitzer verschloss gerade die Tür, da bewarb ich mich bei ihm und wurde sogleich sein Laufbursche.

Tagsüber trug ich seine Zeitungen aus, nachts durfte ich in seinem Gebäude schlafen. Einen besseren Ort hätte ich nicht finden können, hier war es immer laut. Ich wohnte nahe bei den Maschinen, die nicht stillstanden, die neben mir ratterten, während ich schlief, und die Totenstille in mir übertönten. Noch immer ist es in mir still, weil das Orchester in meinem Kopf verstummte, als sie Sergej erschießen wollten.

In der Druckerei blieb ich vier Jahre, lange genug, um zu verdrängen, was Sergej Napravnik mir bedeutet hatte. Hier brauchte ich nichts weiter zu tun, als Zeitungen zu verteilen und den Setzern zu helfen. Keiner fragte, woher ich kam, wer ich war und wohin ich wollte. Ich gehörte dazu. So überlebte ich in einem einfachen Dasein.

Als ich achtzehn wurde und zum ersten Mal nach Steglitz fuhr, änderte sich das schlagartig. Ich sollte den Titania-Palast mit Zeitungen beliefern. Noch bevor ich den Ort betrat, hörte ich die Berliner Symphoniker das Cellokonzert von Dvořák spielen. Mein Herz raste, meine Zunge brannte, die Musik drohte mich in Stücke zu reißen, denn nie zuvor war ich einem echten Orchester so nah gekommen. Und als die Cellistin zu spielen begann, wirkte ihr Instrument wie eine Spritze, die mir einen Vitaminschub verpasste.

Bis heute ist mir nicht klar, ob ich dieser Frau verfiel oder nur ihrem Cello. Sie entlockte ihm die zärtlichsten Klänge, die ich selbst nie hätte produzieren können, auch nicht, wenn ich bis heute weitergeübt hätte. Während ich mir einbildete, sie wie eine Infusion zu brauchen, brauchte sie nur ihr Cello. Ich aber war wie besessen, um sie für mich zu gewinnen, stellte ihr nach und nervte sie mit meiner Präsenz. Sie wies mich ab.

Da entwickelte ich meinen teuflischen Plan. Ich fuhr in die Straße und suchte das Haus, das mir einst Deckung geboten hatte. Doch je mehr ich mich ihm näherte, desto deutlicher wurde mir, dass ich nicht fühlte, was ich mir erhofft hatte: eine Freude oder Sehnsucht, die mich mit Sergej verband. Sie hätte mich von allem abgehalten.

Michelles Name stand noch an der Tür, unter ihrer Fußmatte lag der Ersatzschlüssel. Ich klopfte, und als keiner öffnete, schloss ich auf und betrat ihre Wohnung.

Nur wenig hatte sich verändert, aber alles wurde überlagert von ihrem süßlich-schweren Parfüm. Es spielte sich in den Vordergrund, als hätte ich nie hier gelebt. Das machte es mir umso leichter, Napravnik zu bestehlen, denn Michelles Bouquet zerstäubte sein Andenken.

Sein Cello verstaubte im Wohnzimmer, in die hinterste Ecke geschoben, daneben stapelten sich seine Kompositionen, versteckt unter einem Segeltuch. Ich stopfte seine Noten in den leeren Cellokasten, bis sich der Deckel nur noch mit Mühe schließen ließ. Ich erinnere mich an meine Wollust, als ich das Haus mit dem Koffer verließ und zum Brandstifter wurde. Später machte mich meine Tat über Nacht berühmt. Erst als Komponist entzündete ich die Leidenschaft meiner zukünftigen Frau.

Nun trinke ich mein Whiskeyglas in einem Zug leer und spüre, wie mir der Alkohol sofort in den Kopf steigt. Ich bin wie betäubt, schmiege mein Gesicht gegen das Fenster und versuche wach zu bleiben. Irgendwann schlafe ich ein und wache erst wieder auf, als wir über die Landebahn rollen.

Wie habe ich Paris vermisst! Seit jeher bewundere ich seine Gassen und Cafés, seine Boulangerien und Patisserien.

Das nächste Taxi gehört mir. Es wird mich zu der Klinik fahren, die außerhalb der Stadt liegt. Aber bevor ich mich dorthin bringen lasse, möchte ich noch einen Blick auf das Leben hier werfen, spüren, wie es pulsiert, die bunte Menschendichte verfolgen. Also tauche ich ein in den Zustand der Stadt. Mit heruntergekurbeltem Fenster betöre ich mich an dem Geruch von frischem Gebäck. Wir fahren an Trottoires mit vollbesetzten Tischen vorbei. Dazwischen strömen Passanten in Scharen.

Wie habe ich Montmartre geliebt! Nun lotse ich den Fahrer durch die dicht befahrenen Gassen. Wir rauschen durch das Künstlerviertel Marais, an der Rue Crémieux vorbei. Endlich kann ich die Straße mit den pastellfarbenen Häusern mit eigenen Augen sehen.

Als wir jung waren, hatte es uns oft gemeinsam in die Stadt gezogen. Später war sie ohne mich gereist, mit ständig wechselnden Liebhabern. Sie betrog mich so häufig, dass ich aufhörte zu zählen.

In Europa vergeht die Zeit schneller als in Südamerika. Anders kann ich mir nicht erklären, warum der Taxifahrer die

Klinik so schnell erreicht und nur noch darauf wartet, dass ich aussteige.

Während ich durch den akkurat gepflegten Park wandere, werde ich immer langsamer. Ich habe Angst wie ein ungehorsamer Sohn, der weiß, dass sein Vater ihm gleich eine Tracht Prügel erteilen wird.

Ein alter Mann sitzt am Empfang. Als ich nach Sergej Napravnik frage, legt er seinen Finger an die Lippen und beschwört mich, diesen Namen nicht auszusprechen. Der Patient reagiere nur noch auf Karl Krause.

Keiner wundert sich, dass ich gekommen bin. Ich werde erwartet. Ob ich Sergej noch erkennen werde? Ein Mensch, der so lange in der Psychiatrie verharrt, ist der Welt entrückt, sein Gesicht vom Wahn gezeichnet. Nur sein stahlblauer Blick wird sicher geblieben sein. Er verfolgt mich täglich, durchbohrt mein Gewissen. Wie oft habe ich von Sergej geträumt und mich vor seinen Augen versteckt. Stumm fordern sie sein Werk zurück.

Seit 1978 weiß ich, dass Napravnik noch lebt. Seitdem habe ich Albträume davon, dass sie mich pfählen, damit ich sein Genie ausspucke. Aber vor fünf Tagen rief er mich plötzlich an. Seitdem ist mir klar, dass ich von ihm nichts mehr zu befürchten habe.

Ein Schwalbenschwänzchen fliegt an einem Hügel empor, um an den Hängen sogleich wieder hinabzusegeln. Es ist unermüdlich. Ich nehme an, es will ein Weibchen auf sich aufmerksam machen. Lange schaue ich ihm zu, damit ich noch ein bisschen Zeit schinden kann.

Nur mit Überwindung betrete ich das letzte Gebäude und schleiche durch ein sonnendurchflutetes Atrium. Vor seiner Tür warte ich noch, und es dauert, bis ich endlich klopfe.

Er antwortet auf Französisch, ich erkenne seine Stimme sofort. Obwohl er schon siebenundneunzig Jahre alt ist, klingt sie lebendig, voller Neugier und Wärme, und für einen Moment fühle ich mich wie das Kind, das Sergej so liebevoll beschützte. Nun kann ich es nicht mehr verhindern. Die Situation ergreift mich. Meine Stimme stockt, während ich ihm antworte: »Hans Krause, hier steht dein Hans vor der Tür!«

Schritte nähern sich, erst langsam, dann hastig, und stolpern fast. Im nächsten Moment reißt er die Tür auf. »Moi syn! Mein Sohn.«

Er umarmt mich, als wollte er all die Jahre nachholen, in denen er mich nicht bei sich hatte. Tränen fließen über seine Wangen, ich schmecke ihr Salz, spüre ihn zittern und höre ihn im nächsten Moment lachen.

Er ist geschrumpft, ganz schmal geworden. Als ich mich aus seiner Umarmung befreie, sehe ich in ein Gesicht voller Falten, aber blicke in seine stahlblauen Augen. Sie funkeln, aufmerksam und klug, genauso, wie ich sie in Erinnerung habe.

Ich betrete einen kleinen Raum. Hier ist alles so steril wie mein Gemüt, seit ich weiß, dass Sergej noch lebt.

Wie oft stahl ich mich in chilenische Krankenhäuser, so karg wie dieses Zimmer, und starrte auf die verbogenen Körper von Unfallopfern, nur um mich selbst wieder zu spüren. Ich brauchte diesen Anblick, wollte, dass mir diese Bilder so schwer zusetzten, als schnitte ein Skalpell mich entzwei, um mich aus der emotionalen Starre zu befreien. Damals gelang es mir nicht, sondern erst an dem Tag, an dem mich Sergej anrief. Da war mir, als legte er damit einen Schalter um. Er öffnete mir die Schleusen. Nach vierzig Jahren begann ich hemmungslos zu weinen und nahm wahr, was ich in den letzten Jahrzehnten nicht mehr gespürt hatte. Ich trauerte um die Liebe meiner Tochter, die ich schon früh verloren hatte, fühlte das Begehren für meine Frau und verachtete mich für den Verrat an Sergej Napravnik. Plötzlich spürte ich sogar den Schmerz an meinem längst verheilten Arm, als hätte ich in einer Zeitkapsel gesessen und wäre in mein Leben zurückgereist. Ich landete in dem Jahr, als ich vierzehn war und durch die Luft gewirbelt wurde. Genauso müssen sich Phantomschmerzen anfühlen, wenn die amputierten Glieder nur noch Erinnerung sind.

Jetzt stehe ich vor ihm, und mein Leben rauscht an mir vorbei, weil ich mir stattdessen das seine nahm. Mir bleibt nur noch wenig Zeit, denn ich bin ein todkranker Mann. Wie viel einfacher wäre es, ihm nur mit einem Arm zu begegnen. Wenn ich ihn damals auf dem Feld verloren hätte, würde ich ihm als Krüppel begegnen, und er würde mich nicht bestrafen, weil ich für ihn schon genug gelitten hätte.

Aber Napravnik denkt nicht an Strafe, er will nur meine Wange küssen. Dabei verfehlt er sie knapp, weil ich mich von ihm wegdrehe. Ich schäme mich. Seine Liebe und Freude habe ich nicht verdient.

Ach, wenn sich die Welt doch wieder in zwei Hälften teilte, wie damals, kurz vor dem sowjetischen Sektor, als ich den Abdruck seiner Hand noch spürte. Und tatsächlich stehe ich nun ganz allein, aber der Boden unter mir gerät in Fahrt, als wäre ein Erdrutsch ausgelöst worden. Ich schlittere über Schlamm und Geröll. Noch kann ich mich wehren, nicht in die Schlucht zu fallen, denn noch gelingt es mir, gegen meine Ergriffenheit anzukämpfen.

Da legt Sergej seine Hand auf meine Schulter. Er ist besorgt: »Dir geht es nicht gut. Du bist so blass. Es scheint dir schwerzufallen, mich zu sehen!«

Obwohl ich ihn nicht anschaue, fühle ich Napravniks durchdringenden Blick. Ich suche die Distanz. Sie gelang mir so gut in all den Jahren, und ich setze mich an den Tisch, weit weg von ihm.

Sergej geht zur Tür, um sie zu schließen. Er ist erstaunlich fit für sein Alter, denn er bewegt sich schnell, ohne Gehstock, durch den ganzen Raum. Dann bleibt er vor mir stehen.

»Ich bin alt und wehrlos, Ramon. Sieh mich doch an. Trotzdem werde ich den Verdacht nicht los, dass du Angst vor mir hast. Dabei will ich dich doch nur um einen Gefallen bitten. Ich trage dir nichts nach.«

Ich schließe die Augen. Wie gern wäre ich mit ihm im Reinen. Nur deshalb bin ich gekommen. Ich müsste doch nur auf ihn zugehen und ihn um Verzeihung bitten. Doch ich bin zu erschöpft und schon viel zu lange auf der Flucht. Sie begann am Kummerower See, führte Sergej in die Gefangenschaft und mich von der Fälschung nach Chile. Wäre ich der Ostberliner Klinik doch niemals entkommen! Dann wäre das alles nicht passiert.

»Bis 1978 habe ich gedacht, du wärst tot! Sie haben mir gesagt, dass sie dich erschießen wollen!«

Er nickt. »Sie haben mir jeden Tag mit dem Tod gedroht. Sie haben meine Erschießung sogar vorgetäuscht. Und sie haben mich mit allem konfrontiert, was du im Heim erlebt hast, auch mit dem, was du ihnen gesagt hast. Sie haben mir alle deine Aufzeichnungen gegeben, mir dein Tagebuch vorgelesen. Und sie haben mir von deinem Unfall erzählt und behauptet, du hättest mich verraten. Dann hast du es geschafft, dich nach Westberlin abzusetzen, und plötzlich durfte ich gehen. Aber das funktionierte nur nach ihren Spielregeln: Vierzig Jahre blieb ich in der DDR und im Leben eines anderen.«

Ich sehe ihn noch immer nicht an, aber höre ihn lachen, sein tiefes, ungezähmtes Gurgeln. Es klingt wie früher, als wäre es nie gealtert und die Zeit dazwischen stehen geblieben.

An dem Tag, an dem er vor meinem inneren Auge erschossen wurde, entkam ich in einem Transporter aus Westberlin, der das Spital regelmäßig mit Wäsche versorgte. Das wusste ich von einer Krankenschwester. So schaffte ich es, mich in dem Wagen zu verstecken und in den Westen zu gelangen.

Fragend sehe ich ihn an, diesen alten Mann, mit dem ich nur vier Jahre meines Lebens verbrachte. Und dennoch waren es die intensivsten Jahre meines Lebens. Er ist mir unendlich vertraut.

»Warum hast du mich nie verraten? Der Beweis lag doch nicht weit von dir entfernt, vielleicht dreißig Kilometer von deinem Dorf, in der Erde vergraben!«

Napravnik lacht nicht mehr. Er hat sich an den Tisch gesetzt, mir direkt gegenüber, und sieht mich streng an. »Und was habe ich dort deiner Meinung nach vergraben?«

Ich zucke mit den Schultern. »Du hast ganz viel vergraben, kurz bevor wir gingen. Weitere Werke von dir, nehme ich an?«

Er schüttelt den Kopf. »Du weißt gar nichts, Ramon!« Und sein Blick ruht lange auf mir, bis er fortfährt: »Dreißig Kilometer entfernt lag auch das Dorf, in dem du aufgewachsen bist. Ein Zufall, dass sie mich gerade dorthin verpflanzt haben! Ich ging oft an dem See spazieren.«

Wieder schließe ich die Augen. Ich sehe sie treiben. Meine Mutter kann ich nicht mehr erkennen. Ihr Leib ist aufgequollen, ihr Gesicht verwest. Napravnik hat mich im Griff. Er steuert die Erdmassen unter mir. Unaufhaltsam reißen sie mit sich, was sich ihnen in den Weg stellt, als er sagt: »Ich habe ihr ein Kreuz ans Ufer gestellt, damit sie in Würde tot sein kann!«

Die Erde weicht auf, wie nach einem Starkregen. Alles gerät ins Rutschen, und ich falle mit dem Geröll ins Nichts, kann mich nicht mehr länger beherrschen. Mein Schluchzen durchschüttelt meinen ganzen Körper.

Ungerührt füllt Napravnik zwei Gläser mit Wasser und reicht mir das eine. Ich nehme einen kräftigen Schluck, aber habe noch immer das Gefühl, ich könnte meine Beherrschung ein zweites Mal verlieren. Also stelle ich mich ans Fenster, atme tief ein und schaue hinaus.

Der bunte Garten mit seinen malerischen Brücken erinnert mich an mein Grundstück am Rand von Berlin. Sicher ist es längst verwildert, die Beete überwuchert, aber damals hatte ich vieles gepflanzt, das auch ohne mich überleben konnte und Insekten anlockte. Vor allem liebe ich die Schmetterlinge, weil sie sich verstecken und tarnen und mir den Weg vorgaben, unentdeckt zu bleiben.

Napravnik hat sich neben mich gestellt, seinen Arm um meine Schulter gelegt, auch er schaut aus dem Fenster.

»Dieser Garten hat eine lange Tradition. Patienten pflegen ihn seit Komitas Tod. Kennst du die Musik von Komitas Vardapet?«

Ich schüttele den Kopf.

»Ich habe dir nie von ihm erzählt. Er war hier Patient, genau in diesem Zimmer, sechzehn lange Jahre. Ursprünglich kam er aus Konstantinopel, bis sie ihn und hunderttausend andere Armenier verhafteten und deportierten. Sie haben sie systematisch erschossen, erschlagen, verhungern und verdursten lassen. Komitas hat überlebt, sich aber nie mehr davon erholt. Er schwieg, bis zu seinem Tod. Ich war sechzehn, als ich ihn zum ersten Mal traf. Damals studierte ich Cello, hier in Paris, und besuchte ihn oft. Er saß da und sagte kein Wort. Da habe ich ihm Bir Tawil versprochen.«

Obwohl er mir nur noch bis zur Nase reicht, fühle ich mich kleiner als er, so klein wie damals, als er mich im Wald auflas. Ich kann nicht anders, als mich in seine Arme zu drücken und meinen Kopf tief in seiner Brust zu vergraben. Lange stehen wir so da, und er wiegt mich leicht. Als er mich loslässt, greift er zu seinem Koffer und mahnt: »Es wird Zeit, Ramon! Wir haben noch einen weiten Weg vor uns!«

Der alte Mann an der Rezeption wünscht uns einen schönen Urlaub, und am Eingang wartet bereits eine Ärztin auf uns. Sie überreicht mir seine Medikamente für eine Woche.

Die Nacht verbringen wir in einem kleinen Hotel im Herzen von Montmartre, nicht weit vom Moulin Rouge entfernt. Hier war ich schon einmal mit meiner Frau, und noch immer wirken die Zimmer sinnlich mit ihren Stoffen, in Rot und Lila gehüllt.

Sobald wir nach Paris zurückkehren, bringe ich Napravnik wieder in die Klinik. Danach reise ich an die Costa da Morte weiter, weil ich in dem Dorf sterben möchte, aus dem mein Vater stammt. An jener Küste will ich bis zum Schluss bleiben, damit meine Seele ihren Weg zu den Sternen antritt. Davor aber muss mir Napravnik verzeihen.

Als hätte er meinen Wunsch gespürt, streicht er mir über den Rücken und sagt: »Es ist alles gut, Ramon.« Und er wünscht mir eine ruhige Nacht, denn morgen müssen wir früh raus. Gleich das erste Flugzeug wird uns nach Kairo bringen.

14 Sergej Napravnik, 2015

Es führt kein Weg nach Bir Tawil, und doch kamen sie in Scharen. Ein Flüchtlingsstrom aus dem Sudan, der sich zu Fuß durch die Hitze quälte. Sein Ziel war Europa.

Er geriet ins Stocken, als ein Greis auftauchte. Der rannte über den staubigen Boden und redete die Menschen in verschiedenen Sprachen an: »Haben Sie mein Haus gesehen? Genau hier sollte es stehen. Ein Gebäude im nubischen Stil!«

Vielleicht war es sein Freund, der hinter ihm her stolperte. Er versuchte, ihn zu besänftigen, aber der Alte ließ sich nicht beruhigen. »Es muss Ihnen doch bekannt sein, es war nicht zu übersehen!« Er lief von einem zum nächsten, sein Begleiter immer hinter ihm her, und flehte jeden Einzelnen an: »Das Museum hat mein Freund gebaut. Es steht hier seit Jahrzehnten. Das kann nicht sein, dass Sie es nicht gesehen haben!«

Endlich blieb er stehen und schaute sich um. Nun blickten auch andere umher, so als suchten sie in den Nebeln der Terra incognita, was der Mann nicht fand. Mancher hatte ein Handy dabei und filmte ihn.

Lina erkannte Sergej Napravnik sofort, als sie auf Facebook einen tausendfach geteilten Clip anklickte und immer neue Amateuraufnahmen verfolgte, die ihn im Wüstensand zeigten, wie er sein Museum einforderte: »Es ist ein Mahnmal der Kunst, das Museum für verfolgte Künstler. Es hat genau hier gestanden, es muss hier gestanden haben, meine Freunde haben es mir versprochen!«

Sein Begleiter hatte ihn bald eingeholt. Und Lina wusste mit einem Mal, dass es Ramon Chavéz sein musste, so ähnlich schien er der Person auf dem Foto zu sein, das in dem Brief an ihre Mutter aus Magallanes gesteckt hatte, nur um etliche Jahre gealtert. Ramon wankte bedrohlich, sein Gesicht glühte rot. Vorbeiziehende reichten ihm Wasser. Aber da sackte er schon zusammen. Er fiel zu Boden und bewegte sich nicht mehr.

Zeitungen berichteten später, dass Hans Krause, ein Deutscher aus Travemünde, im Niemandsland einem Hitzschlag erlag. Er sei mit seinem Vater Karl unterwegs gewesen. Und sie verkündeten, dass Bir Tawil wieder einmal zum Ziel naiver Abenteurer geworden war, nur dass diesmal keiner ein Königreich ausrufen oder eine Republik gründen wollte, sondern ein Luftschloss gebaut habe.

Lina telefonierte noch am selben Tag mit Sergejs Ärztin in Paris. »Ist Sergej Napravnik aus der Psychiatrie geflohen?«

Die Psychiaterin räusperte sich. »Karl Krause ist ein freier Mensch, wie 95 Prozent unserer Patienten. In einer Woche wäre er zurückgekehrt.«

Lina konnte nicht fassen, dass die Ärztin so gelassen klang. Hatte sie die Verantwortung an einen Fremden abgegeben?

»Aber mit wem? Mit wem haben Sie ihn gehen lassen? Wussten Sie überhaupt, wer das war?«

Jetzt zögerte die Ärztin. »Ihre Mutter, Maria Chavéz, hat seinen Aufenthalt hier über all die Jahre bezahlt. Sie hat uns auch Ihre Daten hinterlassen und die Telefonnummer Ihres Großvaters, Ramon Chavéz, in Chile. Damit wussten wir, was wir zuließen, als Monsieur Krause uns bat, sich mit Ramon in Verbindung zu setzen. Er ist mit ihm in den Urlaub gefahren.«

»Sie hat für Sergej Napravnik gesorgt?« Lina konnte sich nur mit Mühe zusammenreißen. Ihre Augen füllten sich mit Tränen.

Aber die Ärztin ging nicht darauf ein. »Sie wissen, dass Sie Karl Krause nicht mit seinem richtigen Namen ansprechen dürfen! Vergessen Sie das nicht, wenn Sie ihn mir zurückbringen. Und sorgen Sie für die Beerdigung Ihres Großvaters. Am besten in Ägypten, damit Karl Krause von ihm Abschied nehmen kann.«

Seit geraumer Zeit hatte Lina nicht mehr geweint. Jetzt erfasste sie eine Trauer, die so schwer wog, dass sie sich festhalten musste, um nicht von ihr zu Boden gedrückt zu werden.

»Warum ich? Warum sollte ich das tun?«

»Weil es Ihre Familie ist.«

Die Ärztin legte auf. Und Lina konnte nichts mehr fragen. Sie verlor die Kontrolle. Impulse zuckten durch ihren Körper, und ihre Tränendrüsen wurden zum Pumpwerk flüssiger Gefühle.

Wie lange sie krampfartig geatmet und geschluchzt hatte, konnte sie nicht sagen, sie war aus Raum und Zeit gefallen. Irgendwann war Lars da und nahm sie in die Arme.

Vier Stunden später brachte er Lina zum Flughafen. Sie würde noch heute nach Kairo fliegen.

Der Flug verging schnell, weil Lina die Zeit verschlief. In Kairo wurde sie erwartet und von einem Mitarbeiter in die deutsche Botschaft gebracht. Hier war man froh, Sergej loszuwerden, weil er kein Wort sprach und sich weigerte zu essen und zu trinken. Er lag auf einem Bett in einem winzigen Raum und starrte die Decke an.

Als Lina sich zu ihm auf die Bettkante setzte, ließ er nicht erkennen, ob er dankbar war, sie zu sehen, oder ob er sie überhaupt erkannte. Lina kümmerte sich um die Formalitäten in der Botschaft und kündigte an, dass sie fest entschlossen sei, Ramon in Ägypten beizusetzen, noch bevor die Öffentlichkeit davon erfuhr. Eine Mitarbeiterin versprach, ihr eine koptische Gemeinde zu vermitteln, die ihn beerdigen würde.

Noch einmal trat sie an Sergejs Bett und bat ihn, sich anzuziehen: »Wir fliegen noch nicht zurück. Ich möchte das Nildelta sehen. Und Sie kommen mit. Die grüne Oase wird Ihnen guttun. Sie können dort zur Ruhe kommen!«

Als hätte er darauf gewartet, erhob sich Napravnik sofort, zog sich an und folgte ihr auf die Straße. Dort stand schon ein Taxifahrer neben seinem Wagen. Er lud ihr Gepäck in den Kofferraum.

Auf den Straßen drängelten die Autos und Mopeds, zwängten sich Passanten und Händler durch die Lücken. Der Fahrer zeigte fluchend auf den Stau: »Sachma ketir!«

Lina nickte. Es waren die einzigen Worte, die sie verstand, seit sie ihren Professor in Ägypten auf Schmetterlingstour begleitet hatte. »Viel Verkehr! Wie immer!«, pflichtete sie ihm auf Deutsch bei.

Sie würden lange brauchen, bis sie den Abertausenden Wagen, den Menschen und den Abgasen entkommen waren.

Endlich fuhren sie über Land. Die Straßen wurden leerer, doch es blieb laut. Ständig wurde gehupt, ohne ersichtlichen Grund, aber Sergej zuckte nicht einmal zusammen. Noch immer hatte er kein Wort gesprochen.

Als sie das Nildelta erreichten, interessierte er sich nicht für den Ort. Vier Tage und Nächte blieb er in seinem Hotelzimmer. Wenigstens ließ er sich von Lina mit Essen und Wasser versorgen. Am fünften Tag war sein Raum leer. Lina musste lange suchen, bis sie ihn im Hotelgarten fand. Er kniete vor einem Beet mit duftender Myrte.

Lina hockte sich neben ihn und wartete, dass er reagierte. Als das nicht geschah, sprach sie ihn an: »Wenn Sie sich für Pflanzen interessieren, könnten wir am Nil spazieren gehen. Dort gibt es Sykomoren, Zypressen und Johannisbrotbäume.«

Er ignorierte sie weiter.

Lina fuhr trotzdem fort: »Ich war schon mehrmals am Ufer, habe Pelikane und Flamingos gesehen. Das ist beeindruckend. Vielleicht mögen Sie einmal mitkommen?«

Ein Kellner reichte eisgekühltes Wasser. Lina prostete Sergej zu, aber er nahm ihren Toast nicht an. Er schaute durch sie hindurch, als wäre die Farbe aus ihrem Körper gewichen und sie unsichtbar wie eine Krabbenspinne. Lina ließ ihn in Ruhe.

Am Abend traf sie ihn wieder, als sie im Speisesaal saß und Koshari aß, eine ägyptische Spezialität aus Reis. Plötzlich stand er vor ihr und sah sie direkt an. Sie lud ihn ein, sich zu ihr zu setzen.

Ein Ober fragte nach seinen Wünschen, und Sergej deutete auf Linas Speise. Dabei wanderten seine Augen über ihr Gesicht, als studierte er es wie eine Landkarte, auf der er Anhaltspunkte suchte.

Weil sie fand, dass er nun lang genug geschwiegen hatte, forderte sie ihn heraus. »Sie kommen aus Lissinitschi, haben Cello in Paris studiert und leiden unter einem fotografischen Gedächtnis. Deshalb sind Sie schon mehrmals in der Psychiatrie gelandet. Ich nehme an, Sie waren in der Roten Armee und sind desertiert. Und Sie haben sich um meinen Großvater gekümmert, als er Ihre Hilfe brauchte. Aber dann hat er Sie verraten und um Ihr Werk betrogen.«

Herausfordernd schaute sie ihn an, aber er tat, als ginge ihn das alles nichts an.

»Sie geben nur vor, Karl Krause zu sein. In Wirklichkeit sind Sie ein anderer. Ich darf Sie doch Sergej Napravnik nennen?«

Seine Ärztin hatte sie gewarnt. Lina rechnete mit Panik, mit einem Ausbruch von Wut oder massivem Widerspruch, aber sein Blick glitt durch den Saal und ließ nur ihre Ungeduld zurück.

»Waren Sie ein Deserteur oder warum hat man Sie verfolgt? Jetzt müsste doch die Gefahr gebannt sein, der Eiserne Vorhang ist längst gefallen.«

Sie redete und redete, dabei erwartete sie gar nichts mehr von ihm. Dann aber zeigte er eine Regung, auch wenn sie anders war, als sie gehofft hatte. Er schaute sie an, als zweifelte er an ihrem Verstand.

Der Kellner servierte ihm Reis, und obwohl Sergej nichts zu trinken bestellt hatte, brachte er ihm ein leeres Glas mit und füllte es mit dem Wein aus Linas Flasche. Sofort konzentrierte Sergej sich auf sein Mahl und aß, ohne nochmals aufzublicken.

Längst kostete es Lina Kraft, ihm zu demonstrieren, dass es sie nicht störte, ohne Antworten zu bleiben. Innerlich aber verlor sie die Geduld.

»Natürlich ist es tragisch, was in Bir Tawil geschah. Trotzdem verstehe ich nicht, warum Sie ausgerechnet mit meinem Großvater dort hingereist sind. Seit wann hatten Sie Kontakt zu ihm? Schon als ich Sie in Paris besucht habe?«

Sie hätte genauso gut mit der Wand reden können. Er kaute, ohne ihr zu erkennen zu geben, ob er sie hörte oder nicht. Lina spürte Wut in sich aufsteigen.

»An Ihrer Stelle hätte ich nie mehr etwas mit ihm zu tun haben wollen.«

Ob auch Sergej irgendwann Zorn gefühlt hatte, Enttäuschung oder Trauer? Seine Mimik verriet nichts davon. Dennoch kam es ihr so vor, als vertiefte er sich jetzt besonders übertrieben in die Speisekarte. Versuchte er sich abzulenken?

Er winkte den Ober zu sich und zeigte auf ein Dessert. Lina stürzte ihren Wein hinunter, als müsste sie seine Wut gleich mit hinunterspülen. Er wollte es zwar nicht zugeben, aber er musste sie irgendwann umso stärker verspürt haben. Und Lina sagte, ohne ihren Ärger weiter zurückzuhalten: »Mein Großvater war nichts weiter als ein Totenkopfschwärmer! Und Sie sind ein sturer Bock!«

Schon als sie den Totenkopfschwärmer erwähnte, kam Bewegung in seine Mimik. Belustigt sah er sie an.

Und Lina war entzückt. »Sie kennen diesen Falter? Der sich in Bienenstöcke schleicht, um Honig zu stehlen, und erst mal nicht auffällt? Denn er duftet betörend nach Honig. Irgendwann aber lassen sich die Arbeitsbienen nicht länger täuschen. Der diebische Falter fliegt auf und büßt mit dem Tod, genau wie mein Großvater!«

Er biss sich auf die Lippen, als versuchte er jede weitere Regung zu verbergen, doch Lina sah es genau und frohlockte, weil die Welt ihrer Falter bunt war und selbst den härtesten Brocken aus der Reserve lockte, wenn sie es nur geschickt anstellte.

»Wussten Sie, dass es Schmetterlinge gibt, die ständig betrunken sind? Zum Beispiel Bananenfalter! Sie sind richtige Trunkenbolde, können es einfach nicht lassen, von den vergorenen Bananen zu naschen. Am Ende sind sie so alkoholisiert, dass sie nicht mehr fliegen können. Ist Ihnen die Trunksucht meiner Mutter schon aufgefallen, als Sie sie das erste Mal trafen?« Und Lina schob ihr Weinglas weit von sich, um glaubhaft zu verkünden: »Ich jedenfalls trinke jetzt keinen Alkohol mehr, sondern nur noch Asir Lamun! Das sollten Sie auch mal probieren.«

Da auf einmal lachte Sergej und lachte, bis ihm die Tränen kamen.

Und als der Kellner seinen Nachtisch servierte, einen süßen Brotauflauf mit Milch, und Lina zwei frisch zubereitete ägyptische Zitronenlimonaden bestellte, lachte Napravnik noch immer, und Lina lachte mit, bis sie sah, dass er weinte. Nah rutschte sie an ihn heran und strich ihm über den Arm.

»Mein Großvater hat Ihnen viel bedeutet. Das hätte ich wissen müssen! Nun haben Sie ihn verloren.«

Er nahm ihre Hand und drückte sie. So saßen sie noch lange schweigend, auch noch, als sie längst ausgetrunken hatten.

Am nächsten Morgen erschien Sergej weder zum Frühstück noch zum Mittagessen. Als Lina am Nachmittag nach ihm sah, hockte er in seinem Bett und hörte mit Kopfhörern Musik.

Die Luft stand im Raum, und Lina riss die Fenster auf. Sofort strömte der Duft der frischen Myrte herein, während sich Lina auf die Bettkante setzte und von ihrer Reise nach Mecklenburg erzählte.

»Bestimmt war es Ihr Verschlag, unter dem wir die Briefe fanden. Sie hatten sich dort mit meinem Großvater für einige Monate versteckt, nicht wahr? Mein Freund und ich haben zusammen nach Ihrem Schatz gegraben, genauso, wie Sie es mir aufgetragen haben. Waren es nur die Briefe, die wir finden sollten, oder liegt da noch mehr?«

Napravnik antwortete nicht. Stattdessen stellte er die Musik lauter. Lina fühlte sich wie in einer Zeitschleife gefangen, in der alles wieder genauso verlief wie in den Tagen zuvor, als hätte es den Abend mit den Bananenfaltern und Totenkopfschwärmern nie gegeben. Trotzdem blieb ihr keine Wahl als weiterzusprechen, denn irgendwann musste er sich doch mal äußern.

»Ich hätte Ihnen die Briefe gern mitgebracht, aber nach Bir Tawil können wir jetzt nicht mehr reisen. Die ägyptische Miliz wird achtsam sein. Nach dem letzten Vorfall lässt sie uns nicht mehr dorthin.«

Lina war sich nicht sicher, ob er sie überhaupt verstehen konnte. Jetzt drehte Napravnik die Musik sogar bis zum Anschlag auf, dass es nur so dröhnte – und Lina riss der Geduldsfaden. Sie schrie: »Ich komme extra her, um Ihnen zu helfen, aber Sie reden kein Wort mit mir? Wie lange möchten Sie das durchhalten? So lange wie Ihr alter Freund Komitas? Sie leben seit fünfundzwanzig Jahren in seinem Zimmer. Reden Sie mit mir! Erklären Sie mir, was das alles soll!«

Endlich stellte er die Musik aus und grinste sie an. Vielleicht verlor er den Verstand oder machte sich über sie lustig. Seufzend legte sie sich neben ihn auf das Bett und legte den Kopf an seine Schulter. Er ließ sie gewähren.

»Kommen Sie! Wir beide sind die Einzigen, die übrig geblieben sind. Wenn Sie um Ramon trauern wie um einen eigenen

Sohn, dann bin ich so etwas wie Ihre Urenkelin. Sie und ich, wir könnten zusammenhalten wie eine richtige Familie, gerade jetzt, wo es keinen von den Chavéz mehr gibt.«

Ein Klopfen beendete ihren Versuch, ihn zur Vernunft zu bringen. Eine vertraute Stimme rief ihren Namen. War es Lars? Sie rechnete erst morgen mit ihm.

Sie stand auf und ging zur Tür. Napravnik wandte sich ab, starrte an die Wand. Wie konnte er nur so dickköpfig sein?

Lina verließ das Zimmer, und tatsächlich: Vor ihr auf dem Flur stand Lars. Warmes Licht traf sein Gesicht und ließ es gelb aufleuchten. Er nahm sie in den Arm. Hatte die gelbe Pfirsichmotte ihren Gegner mit einem Ruf in die Flucht geschlagen, lockte sie ihr Weibchen mit sanften Tönen und paarte sich mit ihm. Lars küsste sie nur, und sie erwiderte den Kuss, bis der Tanz von Lippen und Zungen elektrische Impulse auslöste und Lina ihn in ihr Zimmer zog.

Es gab Falter ohne Ohren, die die Geräusche nicht hörten, aber mit einer Sinneszelle spürten. Lina schlief, umschlungen in den Armen von Lars, und auch sie hörte nichts, aber sie fühlte Sergej Napravnik im Schlaf. Ganz dicht trat er an sie heran, als wollte er sie seine Bereitschaft spüren lassen, ihr endlich zu vertrauen.

Langhornmotten rochen über Antennen, die viermal so lang waren wie sie selbst, und sie liebten den Duft von Nahrung und Sex.

Lina wurde schlagartig wach. Sie roch die Lust in den Laken, aber auch den Duft frischer Rosen. Und sie erschrak, weil die Sonne helle Streifen über Sergej warf. Er saß an ihrem Bett und hielt ihr eine Rose entgegen.

»Verdammt«, rief Lina und setzte sich auf, »was haben Sie hier zu suchen?«

Doch weil er so hilflos wirkte, während er an dem Stiel der Rose nestelte, konnte sie nicht anders, als ihm die Blume abzunehmen.

»Sie haben es sich also anders überlegt und wollen endlich mit mir sprechen?«

Er nickte.

Nun war auch Lars aufgewacht. Er warf sich einen Morgenmantel über, und einen Moment lang schien es, als wollte er Sergej aus dem Zimmer scheuchen, aber der stand mitten im Raum und lächelte ihn an. Lars schüttelte den Kopf.

»Klopfen Sie das nächste Mal bitte an. Sie können doch nicht einfach in ein Schlafzimmer einbrechen.«

Ob er sich entschuldigen oder vorstellen wollte, zumindest hielt Sergej ihm nun die Hand entgegen. Lars nahm sie und schüttelte sie leicht. »Auch wenn es eine ungewöhnliche erste Begegnung ist: Schön, Sie kennenzulernen. Ich bin Lars Klemmer. Wir ziehen uns schnell an und holen Sie dann zum Brunch ab. In Ordnung?«

Napravnik nickte und ging.

Eine Stunde später klopften sie an seiner Tür und nahmen ihn mit in den Speisesaal. Auf dem Weg dorthin erzählten sie ihm von seinem Dorf in Mecklenburg. Sergej hörte aufmerksam zu und freute sich über ihre Begegnung mit seiner Nachbarin.

Als sie zusammen aßen, konfrontierte Lars ihn mit seiner Oper. Da zog sich Napravnik wieder in sich zurück und tat, als hörte er nicht mehr zu. Aber Lars ließ sich nicht beirren: »Es ist eine handgeschriebene Partitur! Auf der Eröffnungsseite steht zwar Ramon Chavéz, aber das Libretto stammt von Ihnen. Stimmt doch, oder?«

Schon wieder drehte sich die Zeit im Kreis. Sergej beugte sich so tief über sein Brötchen, dass seine Nase in die Butter stippte. Lina hielt ihm ihre Serviette hin, doch er ignorierte sie.

Als Lars weitersprach, begann Sergej, vor sich hin zu summen, doch das hielt beide nicht davon ab, ihn herauszufordern: »Wir haben das Libretto gelesen. Es handelt von einem Gulag in Workuta. Dort hat es unter den Gefangenen einen Aufstand gegeben. Sie schafften es, ihre Aufseher zu entwaffnen und die Dorfbewohner auf ihre Seite zu ziehen, aber dann machten die Truppen dem Aufruhr ein Ende. Das alles ist wirklich passiert, das habe ich recherchiert, aber ich bezweifle, dass Ramon Chavéz so gut Bescheid wusste. Deshalb bin ich mir sicher, dass alles von Ihnen stammt: der Text, die Musik, überhaupt sämtliche Symphonien und alle Sonaten ...«

Es war offensichtlich: Sergej hörte ihnen sehr wohl zu, denn er wurde immer ungehaltener. So heftig beschmierte er sein Brötchen mit Marmelade, dass es nach allen Seiten spritzte und die klebrige Masse ihm auf die Kleidung tropfte.

Lina hielt ihn beruhigend fest, während sie ihn sauberrieb. Er sollte weder vor ihrer Fürsorge noch vor ihren Worten ausweichen können.

»Meine Mutter hat Tagebuch geführt. Sie schreibt von einer Köpenickiade, die sie mit ihrem Vater gespielt hat. Ich vermute, dass Ramon sich alle Ihre Noten geschnappt hat, und meine Mutter musste sie schon als kleines Kind mit seinem Namen versehen. Sie haben Ihren Noten sogar neue Titel gegeben.«

Sie hatte den letzten Satz noch nicht zu Ende gesprochen, da befreite er sich aus ihrem Griff und verließ den Saal.

Als sie später nach ihm sahen, lag er in seinem Bett und stellte sich schlafend. In seinem Zimmer aber herrschte ein Chaos, als hätte er all seine Sachen gegen die Wand geworfen.

Sie ließen ihn in Ruhe und spazierten durch den Garten des Hotels, liefen an Hennasträuchern vorbei, zwischen Kornblumen, Mohn und Narzissen hindurch, bis Lars vor einem Beet mit Rittersporn stehen blieb.

»Ich muss dir was gestehen. Ich habe drei der Briefe ohne deine Erlaubnis mit einem Programm übersetzt. Das tut mir leid. Ich hätte dich fragen müssen.«

Aber Lina lachte nur. »Vor Rittersporn ist mir alles egal. Wusstest du, dass diese Blume für unerfüllte Sehnsucht steht? Das behauptet jedenfalls mein Botanik-Professor. Wenn es sich bei den Briefen um Liebesbriefe handelt, würde das gut passen, egal, ob du sie übersetzen durftest oder nicht.«

Und sie verdrehte die Augen.

»Wenn es um Rittersporn geht, zitiert mein Professor übrigens immer Novalis. Ich kann ihn schon im Schlaf aufsagen. ›Fern ab liegt mir alle Habsucht, aber die blaue Blume sehn' ich zu erblicken.‹ Und ganz ehrlich? Ich bin es leid. Ich glaube nicht, dass Sergej uns noch was verraten wird. Er ist einfach zu stur. Also sag mir ruhig, was du weißt!«

Lars spielte mit ihrem Haar und zeichnete ihre Ohrmuschel nach.

»Alle drei Briefe stammen von sowjetischen Künstlern. Es geht immer um Kunst, um Gemälde und Plastiken. Es geht auch um Dankbarkeit, dass sich Sergej darum kümmern wird.«

Er küsste ihren Mund. »Bald beginnt die Totenwache. Dann können wir deinen Großvater noch einmal sehen.«

Sie verließen den Garten.

Am Abend sahen sie wieder nach Sergej und brachten ihm das Abendbrot vorbei. Er aber schlief so fest, dass sie ihn wecken mussten. Während er aß, erzählte Lars ihm von der bevorstehenden Beisetzung.

»Die deutsche Botschaft hat eine koptische Gemeinde organisiert, hier im Ort. Sie wird Ramon morgen begraben. Jetzt liegt er aufgebahrt in einer Halle. Wir dürfen ihn noch einmal sehen, um Abschied zu nehmen. Wollen Sie mitkommen?«

Wie ausgewechselt sprang Sergej aus dem Bett und zog sich an. Minuten später wanderten sie zu dritt durch die belebten Straßen, vorbei an geschäftstreibenden und Tee trinkenden Männern.

Die Flügeltüren zur koptischen Kirche standen offen, und sie sahen den Toten schon von Weitem liegen. Er war von Betenden umringt und mit Blumen geschmückt. Der Raum duftete süß.

Lars flüsterte: »Wusstet ihr, dass die Kopten an finstere Geister glauben? Das Totenreich der Bösen liegt im Westen. Deshalb haben sie seinen Kopf auch dorthin ausgerichtet. Die Kopten glauben nämlich, dass die finsteren Geister noch einmal kommen, und sie hoffen, dass die Seele des Toten, richtig gebettet, das Böse rechtzeitig erkennt.«

Ein Priester las aus dem Psalterium, aber Sergej kümmerte sich nicht um ihn. Er trat dicht an den aufgebahrten Toten heran und küsste Ramons Stirn. Fast zeitgleich ertönte die Totenklage.

Lars drückte Linas Hand. »Sie singen von der Angst vor den dunklen Mächten und davon, dass der Glaube sie bannt.«

Der Priester nickte Sergej mitfühlend zu. Obwohl er den Platz brauchte, um den Toten mit dem Öl der Apokalypse einzureiben, vertrieb er den Alten nicht, denn Sergej weinte.

Lina wurde von der verbrauchten Luft ganz flau. Sie musste den Raum sofort verlassen. Aus den Augenwinkeln beobachtete sie noch, wie Lars den Arm um Sergej legte und der Priester sie segnete. Sie aber stellte sich in den Schatten der Bäume auf dem Friedhof. Hier wehte ein kühlender Wind, und die frische Luft tat ihr gut. Vor ihr reihten sich die Gräber, dazwischen wuchsen Seidenpflanzen und Kiefern. An einigen der Kiefernstämme leuchtete es orange. Zunächst glaubte Lina an eine Lichtreflexion, doch als sie nähertrat, traute sie ihren Augen kaum: Ein Schwarm Monarchfalter bevölkerte den Stamm. Wie hatte es diese flatternden Nomaden nach Ägypten wehen können, ohne dass die Fachwelt es bemerkte? Endete hier etwa auch ein Highway der Winde?

Wenige Meter entfernt schaufelten vier Männer das Loch für Ramon. Lina fragte sie auf Englisch nach der Ankunft dieser Falter. Die Totengräber reagierten erstaunt. Sie behaupteten, dass die Schmetterlinge schon immer hier gesessen hätten, stets auf demselben Fleck. Und sie beteuerten, dass sie niemals weit fortgeflogen seien.

Im nächsten Moment kam Lars aus der Kirche, denn Sergej ging es nicht gut. Er musste ihn stützen. Zusammen brachten sie ihn zurück in sein Zimmer, entkleideten ihn und halfen ihm ins Bett. Sie blieben bei ihm, bis er eingeschlafen war.

Schon am Morgen hatte sich Sergej wieder erholt und wartete vor ihrer Tür auf sie, denn die Grablegung sollte in aller Frühe stattfinden. Bald liefen sie zu dritt hinter der kleinen Gemeinde her, die sich zu Ehren des Fremden versammelt hatte. Lina und Lars nahmen Sergej in ihre Mitte. Der Sarg wurde durch das ganze Dorf getragen, und überall, wo sie vorbeikamen, schlossen sich Menschen an. Manche sangen dabei.

Insgesamt unterschied sich die Zeremonie kaum von den Beisetzungen, die sie kannten. Nur die Blumen fehlten.

»Sie glauben an die Wiederbelebung der Güter«, flüsterte Lars. »Deshalb begraben sie ihre Toten, ohne ihnen etwas mit auf den Weg zu geben. Was sie auf der Erde besaßen, soll auch auf der Erde bleiben, damit es sich in gute Gaben verwandelt.«

Als der Sarg in die Erde gesenkt worden war und die Trauergemeinde sich langsam auflöste, zog sich auch Sergej zurück. Etwas abseits suchte er sich eine Bank, setzte die Kopfhörer auf und hörte Musik.

Endlich konnte Lina Lars zu den Monarchen führen, konnte ihre Begeisterung kaum zügeln. »Wäre das toll, wenn ich an Ort und Stelle im Genom dieser Tiere forschen würde! Stell dir vor, ich wäre es, die im Erbgut den Code ihrer Route entdeckt!«

Lars legte seine Arme von hinten um ihre Brust. Dabei flüsterte er ihr ins Ohr, dass es sie kitzelte: »Soweit ich weiß, kommen Monarchfalter immer um Allerseelen in Mexiko an. Als würden die Geister der Toten zurückkehren.« Er drehte Lina zu sich herum, damit sie ihn ansah. »Dann hat dieser Falter wohl aufgehört zu wandern!«

Sie schmiegte ihren Kopf an seine Schulter, und so hielten sie sich lange umschlossen und merkten gar nicht, dass Sergej längst neben ihnen stand. Erst als er an seinem CD-Player herumklapperte, lösten sie sich aus ihrer Umarmung.

»Ist die Batterie leer?« Lars nahm ihm das Gerät ab. »Soll ich eine neue einlegen? Haben Sie welche dabei?«

Sergej zog eine Packung aus der Tasche und reichte sie ihm. Dabei zitterten seine Finger unkontrolliert. Schnell wechselte Lars die Batterien aus. Als er ihm das Gerät zurückreichte, fragte er: »Was hören Sie denn Schönes?«

Statt ihm zu antworten, gab Sergej Lina seine Kopfhörer, schaltete ein bestimmtes Stück ein und beobachtete sie gespannt.

Lina hörte ein Klavier und ein Cello, und obwohl sie sich innerlich dagegen sträubte, musste sie sich eingestehen, dass es interessant klang, wie die zwei Instrumente umeinander tanzten, gleich einem Schwarm aufgeregter Insekten.

»Ich mag keine klassische Musik, aber Ihre passt gerade ganz gut.«

Sie zeigte auf die Gruppe von Monarchfaltern, die in die Luft gestoben war und den Himmel in ihrem Orange aufleuchten ließ. »Wie würde wohl der Gesang dieser Schmetterlinge klingen? Als Kind habe ich mich das oft gefragt.«

Sie reichte die Kopfhörer an Lars weiter. Kaum aber hörte er die ersten Takte, rief er aus: »Das ist ja Komitas!«

Und als wäre das der Flügelschlag, der alles veränderte, gab Sergej sein Schweigen auf. Er starrte Lars an, als hätte er ein Geheimnis verraten, das er doch gar nicht kennen konnte.

»Du erkennst Komitas' Werk, ohne auch nur einen Moment zu zögern?«

Lars wollte ihm antworten, aber seine Stimme versagte, und er brauchte einen Moment, um sich zu sammeln.

»Ich bin Musikwissenschaftler. Die Musik von Komitas Vardapet kenne ich gut, und ich schätze sie. Außerdem hat mich sein Schicksal sehr bewegt. Es ist schlimm, was sie den Armeniern angetan haben. Komitas haben sie in den Wahnsinn getrieben.«

Dass Sergej und Komitas sich einmal nahegestanden hatten, war nicht zu übersehen. Nun wurde Komitas zum Schlüssel zu dem, was Sergej seit Jahrzehnten in sich verschlossen hatte. Napravnik öffnete sich. »Ich war Kunstsammler. Bis kurz nach dem Krieg. Ich habe viele Bilder vor der Vernichtung gerettet. Hätte ich das nicht getan, wären sie den Sowjets zum Opfer gefallen.«

Plötzlich sprudelte es aus ihm heraus, als hätte er nicht genügend Zeit, um aufzuholen, was er so lange ungesagt gelassen hatte.

»Mein Vater war Maler. Nur durch ihn schlüpfte ich in diese Rolle. 1932, kurz nachdem sie ihn abgeholt hatten, rettete ich alle seine Gemälde. Da war ich gerade vierzehn geworden. Danach kamen seine Kollegen. Sie flüsterten mir Namen und Orte ins Ohr, und ich fing an, auch ihre Kunst zu retten. Ich versteckte alles in der Wüste von Usbekistan. Da war ich als Kind sehr oft, weil sich die Künstler dort heimlich trafen und auch mein Vater hier am liebsten malte. In Bir Tawil wollte ich dafür sorgen, dass ihre Kunst bekannt wird. Denn weil das Niemandsland kein Regime der Welt interessiert, wären die Bilder dort sicher gewesen. Bir Tawil ist der geeignetste Standort für ein Museum für verbotene Kunst.«

Die letzten Monarchen stoben in die Luft, als witterten sie Gefahr, und flogen im Pulk, ein Teppich aus Eiweiß und Leckerbissen für jeden Räuber. Aber mit ihren orangen Warnwesten hielten sie ihren Feind auf Abstand. Sergej lächelte, als freute er sich mit ihnen, weil sie durch ihre Signalfarbe überlebt hatten und auch er ein Überlebender war, der seinen Verfolgern bis heute entkommen konnte.

»Jetzt stehe ich hier einfach so, mitten in Ägypten, und bin frei.« Er streichelte Linas Hand. »Gern gehe ich mit dir runter zum Nil, schau mir die Sykomoren, Zypressen und Johannisbrotbäume an. Und vielleicht sehen wir dann auch die Pelikane und Flamingos. Aber vorher möchte ich noch einmal an Ramons Grab stehen.«

Sie nahmen Sergej wieder in die Mitte und verharrten für ein paar Minuten vor dem Grab. Am Ende verbeugte sich Sergej vor dem Toten.

Als sie am Nil ankamen, erblickten sie schon von Weitem den Pelikan, der seine Runden drehte. Später schoss er wie ein Pfeil ins Wasser. Als er wieder auftauchte und in seinem Kehlsack ein Fisch zappelte, ging Napravnik in die Knie, als wollte er sich mit dem Vogel verbünden.

»In der antiken Mythologie galten Pelikane als Symbol für Aufopferung«, sagte Sergej, als sie in der Nähe auf einer Bank Platz genommen hatten. »Sie rissen sich die Brust auf und versorgten ihre hungernden Kleinen mit dem eigenen Blut. Ich habe mich genauso aufgeopfert. Alles für das Museum! Hassan Fathy wollte es mir bauen. Mein Freund Rick hätte das Geld dafür gehabt. Und nun gibt es kein Museum in Bir Tawil. Dabei sollte es nubisch werden, ein Kubus mit Kuppel und Lehmziegeln. Ihm hätte eine schöne und einfache Architektur zugestanden.«

Lina strich über Sergejs Hand. Er tat ihr leid, weil er noch immer an sein Museum auf kargem Sand glaubte, und sie versuchte ihn zu trösten. »Als Sie nicht mit mir sprechen wollten, hatte ich Ihnen ja schon gesagt, dass wir die Briefe gefunden haben. Vielleicht könnten wir zusammen einen anderen Ort finden, an dem alle Bilder und Briefe sicher sind!«

Er schloss die Augen, aber lächelte dabei. »Ich wollte, dass ihr die Briefe findet und nach Bir Tawil bringt, weil da viel über das Schicksal der einzelnen Künstler drinsteht. Zeugen berichten von ihrer Folter und Ermordung. Jedes Gemälde hat seine eigene Geschichte. Und sie findet sich in jedem einzelnen Brief wieder.« Verunsichert blickte er sich um, dann flüsterte er: »Die meisten

Künstler sind Stalins Säuberungen zum Opfer gefallen. Auch mein Vater wurde hingerichtet.«

Später auf Sergejs Balkon aßen sie Mahshi, Gemüse, das mit Rinderhack und Reis gefüllt war und in einer Tomatensauce köchelte. Mittlerweile war der Mond aufgegangen, und vor ihnen erstreckten sich die Plantagen, pflückten Männer und Frauen im fahlen Mondlicht die Blüten von Jasmin. Auf dem Boden ergoss sich ihre weiße Flut. Sergej begann zu schwärmen: »In Usbekistan kann man die leuchtendsten Farben sehen. Es ist ein Ort voller Licht, der sich ständig verändert. Sein Farbspektrum schafft Klänge, die mich immer wieder neu überwältigt haben.«

Während er sein Glas Wein hob und sie zu dritt anstießen, startete Lina einen letzten Versuch: »Wenn Sie die Klänge so beeindruckt haben, sind Ihnen die meisten Ihrer Werke sicher in der Wüste von Usbekistan eingefallen. Ihre Sinfonien, Sonaten, Ihre Kammermusik. auch Ihre Opern ... Sie haben ihren Ursprung dort, nicht wahr?«

Wieder zog sich Sergej in sich zurück. Dieses Mal aber wirkten Lina und Lars nicht weiter auf ihn ein. Sie teilten sein Schweigen.

Erst als der Geruch von Jasmin herüberwehte, gab Sergej seinen Widerstand auf. Es schien, als erinnerte ihn der teuerste Duft der Welt an die Frau, die ihm einst die Teuerste gewesen war.

»Ich wollte Rosa ein Schloss bauen. Ich wollte sie immer beschützen. Und ich wollte ihr noch einmal die Farben der Wüste zeigen.«

Lina löste die beiden Platinringe, die sie an einer Kette um ihren Hals trug, und reichte sie Sergej.

»Rosa Krause und Sergej Napravnik, zwei Herzen und das Jahr 1934. Die habe ich in Ihrem Verschlag gefunden. Selbstverständlich hätte ich sie Ihnen gleich geben müssen. Es tut mir leid, dass ich sie einfach so genommen habe. Sie gehörten von Anfang an Ihnen.«

Sergej verbarg die Ringe in seiner Hand und starrte auf seine Faust. Nach einer Weile erhob er sich und verließ den Balkon. An der Tür drehte er sich noch einmal um. »Wir waren fast siebzehn, aber viel zu jung für ein Kind. Rosas Schwester zog es bei sich auf.«

Er verschwand im Bad. Lina und Lars spürten, dass es an der Zeit war zu gehen. Als sie schon an der Tür standen, erschien Sergej und reichte Lina einen Brief.

»Nur deshalb bin ich nach Bir Tawil gereist. Weil ich ihn ins Museum schmuggeln wollte. Ich hätte ihn gern zu der Sammlung hinzugefügt. Lies ihn, aber nicht sofort. Erst, wenn ich wieder in Paris bin.«

Lina nickte und steckte den Brief ein.

Lars umarmte Sergej, Lina gab ihm einen Kuss auf die Wange. Dann wünschten sie ihm eine gute Nacht. Es war schon spät, und sie mussten früh am Morgen aufbrechen. Gleich das erste Flugzeug würde sie nach Paris bringen, und Sergej zurück in die Psychiatrie.

15 Epilog

Idstein, 11. August 1941

Mein liebster Sergej,

ich ersticke und löse mich auf. Ich stehe auf ihrer Liste.
Eine Schwester hat es mir gesagt.
Der graue Bus wird vorfahren und mich nach Hadamar bringen, dennoch unternehmen sie viel, um ihre Wege zu verschleiern.
Eine Schwester aber hat Mitleid mit mir. Sie sagt, dass ich mich nicht länger hängen lassen soll und die Arbeit verrichten muss, die sie mir aufgetragen haben. Denn für sie bin ich nicht produktiv und störe nur mit meinem Verhalten.
Sie wird Dir all meine Noten schicken, meine Sonaten, Sinfonien, Konzerte und Quartette, denn Du bist der Einzige, der weiß: Ich kann nicht anders, als dem Gesang in meinem Kopf zu folgen.

Nun bin ich die Todgeweihte, aber ich lasse mir nichts anmerken, weil ich die Spritzen fürchte, mit denen sie mich ruhigstellen. Ich muss doch noch so viel schreiben. Die Gesänge in meinem Kopf überlagern sich schon. Lasse ich sie nicht hinaus, brüllen sie sich an, dann gehen tausend Chöre mit Fäusten aufeinander los.
Um meinen Gesang hast Du mich stets beneidet. Ich aber sage Dir nun: Die Sirenen, die mich einst lockten, geben mich nie mehr frei!
Weine nicht um mich, wenn sie den Raum mit Kohlenmonoxid füllen. Das hat die Schwester mir verraten.
Und wundere Dich nicht, dass gerade Du meine Todesurkunde erhältst, aber sei Dir gewiss: Die Behauptungen zu den Umständen sind falsch, und ihr Bedauern ist gelogen. Auf Weisung des Reichsverteidigungskommissars werde ich zwar in eine andere Anstalt verlegt, aber nicht unerwartet verstorben sein.
Ich gehöre zu ihrem Tötungsprogramm.
Schon bald löse ich mich in Rauch auf und werde für die Umgebung sichtbar und ruchbar sein. Du aber wirst mich nicht mehr erkennen. Dabei warst Du der Einzige, der mich immer erkannte, weil Du alles in mir sahst und meine Schwermut auf Händen trugst.
Immer schwärmtest Du von den Farben der Wüste, obwohl Du ganz genau wusstest, dass Deine Worte mich einfach nur retten sollten.
Ach, wären wir uns doch viel öfter in der Musikakademie begegnet, in der Anstalt waren wir zu selten allein. Wenn wir zu Komitas schlichen, hieltest Du meine Hand und warst mir so nah, doch in seinem Schweigen lag diese Wucht, die uns beide lähmte.

Manchmal hatte sein Schweigen auch eine Kraft, die mich auf mich selbst zurückwarf, dass ich bis auf den Grund meiner Seele blickte und dort meinen ureigenen Stil entdeckte. Ab da brauchte ich die Lehrer am Pariser Konservatorium nicht mehr.
Komitas ahnte nicht, dass er mein Meister war. Er saß gefangen in seinem inneren Exil, schon mehrfach verstorben.
Habe ich dir erzählt, dass ich ihn ein einziges Mal zum Lächeln brachte? Als ich ihm sagte, sein letzter Tod werde ein glücklicher sein?
Du hast mich oft gefragt, warum ich nicht glücklich bliebe. Wüsste ich die Antwort, lebte ich in Deiner bunten Welt und hätte all Deine Farben gesehen. Stattdessen vermochte ich sie nur zu erahnen. Aber mit all meiner Kraft und so, wie ich konnte, war ich glücklich mit Dir.
Als wir uns zum ersten Mal im Konservatorium trafen, vernahm ich ein magisches Tönen, Du sahst Polarlichter mit leuchtenden Schleiern. Die magischen Laute höre ich noch, aber das sagte ich Dir nicht, als Du mir anvertrautest, dass die Lichter noch lange strahlten, so als hätte sie jemand wie von Zauberhand über uns gemalt.
Ach, könnte ich doch Deine Farben sehen! Stattdessen verwandeln sich die Nordlichter nun in Unglücksboten und werden zu den tanzenden Seelen der Toten. Als hätte ich es schon immer geahnt, habe ich Dich stets verzweifelt geliebt.
Wie oft wünschte ich mir zu sterben, aber jetzt, wo ich gehen muss, möchte ich nichts lieber als weiterleben. Denn ich bereue, dass ich das Leben mit Dir und Ramon nicht wagte. Ach, wäre ich doch mutiger gewesen!

Du aber bist der mutigste Mensch, den ich jemals traf. Du hast Dein Leben aufs Spiel gesetzt und versteckt, was andere verfolgten. Vergiss Dein Cello nicht.
Und versprich mir, dass Du unseren Sohn beschützt, wenn meiner Schwester etwas zustoßen sollte. Aber verwirre ihn nicht, denn er kennt seine Wurzeln nicht.
Vernichte mein Werk, doch behalte meine drei Opern für immer bei Dir und fülle sie mit Deinen Worten. Sie sind das, was uns nun vereint.

In Liebe
Deine Rosa

Alle Personen außer Komitas Vardapet sind frei erfunden.

Komitas war ein armenischer Priester, Komponist, Sänger, Musikwissenschaftler, Musikethnologe und Musikpädagoge, der den Völkermord an den Armeniern überlebte, aber psychisch daran zerbrach. Seine letzten sechzehn Jahre verbrachte er in einer psychiatrischen Klinik in Villejuif, im »Maison de Santé«.

Im Roman wird das Gebäude als Oktogon beschrieben, in einem zauberhaften Garten gelegen, der nur für ihn und eine Vielzahl von Schmetterlingen angelegt wurde. Das hätte sich die Autorin für ihn gewünscht, aber es entsprang nur ihrer Fantasie.

»Ich spüre, dass mein Tod ein glücklicher Tod sein wird … meine Lieblingsblumen werden auf meinem Grab nicht fehlen!«

Komitas Vardapet, 1869–1935

(Quelle: Marc Sinan: »Exkurs: Komitas Vardapet – ein Kronzeuge des Völkermords«, Bundeszentrale für politische Bildung – bpb.de, 26. 4. 2016.)

Für das Umschlagmotiv danken wir dem Berliner Maler, Grafiker und Fotografen Kornelius Wilkens.
www.kornelius-wilkens.de

Impressum

Verlag Dreiviertelhaus GbR
Ahornstraße 30 · 12163 Berlin
www.dreiviertelhaus.de

Lektorat: Marcel Diel
Korrektorat: Benedikt Viertelhaus
Gestaltung und Satz: Henning Hraban Ramm, *www.fiee.net*
Umschlagmotiv: Kornelius Wilkens, »Rot-Schwarz 9« (Ausschnitt)
Druck: Conte Verlag

ISBN 978-3-96242-913-3
auch als eBook

Paul
oder: Besuche in der Bilderkammer

»Wir hatten uns so viel zu erzählen. So viele Jahre dachte ich mir Geschichten über ihn aus. Immer endeten sie damit, dass wir uns wiedersahen. So viele Versionen einer niemals aufgeschriebenen Geschichte und in keiner begegneten wir uns ausgerechnet auf einem Friedhof. Ausgerechnet Katharina, die sich tatsächlich selbst getötet hatte, verdankte ich diesen glücklichen Zufall.«

Johanna ist sich sicher: Der Mann, den sie auf der Suche nach dem Grab ihrer Freundin sieht, ist ihr vor drei Jahrzehnten verschwundener Halbbruder. Doch als sie ihn mit Gegenständen aus ihrer Familiengeschichte konfrontiert, gibt er vor, sich nicht zu erinnern. Lebt ihr verschollener Halbbruder tatsächlich unter neuer Identität ganz in ihrer Nähe, oder täuscht sich Johanna?

Gudrun Hammers Novelle ist ein sprachlich hochsensibles Leseerlebnis über Schuld und die Kraft der Hoffnung.

Gudrun Hammer
Paul
oder: Besuche in der Bilderkammer
Novelle
176 Seiten. 20,– €
ISBN 978-3-96242-909-6
auch als eBook

»Literatur beginnt mit Sprache. Erst wenn sie mich verführt, finde ich zum Inhalt. Im Mainstream vordergründiger Krimifluten wird das meist vergessen. Kompliment: Diese Autorin beherrscht ihr Handwerk.«
(Vito von Eichborn)

Gesicht zur Wand

Schon als Jugendlicher in den 1970er Jahren gerät Bodo Lederer in Konflikt mit der DDR-Obrigkeit. Trotz guter schulischer Leistungen wird ihm der Zugang zur Erweiterten Oberschule verwehrt, und auch als Ringkämpfer werden ihm zunehmend Steine in den Weg gelegt. Für die Verweigerung des Wehr- und Ersatzdienstes wird er zu einer Freiheitsstrafe von achtzehn Monaten verurteilt. Im Gefängnis reift in ihm der Entschluss, das Land zu verlassen. Zusammen mit seinem Freund Vierkant ersinnt er einen Plan ...

In *Gesicht zur Wand* erzählt Hans-Gerd Pyka die bewegende Geschichte einer Flucht aus der DDR und eines steinigen Neuanfangs im Westen. Für seine Arbeit an dem Roman erhielt der Autor ein Alfred-Döblin-Stipendium der Berliner Akademie der Künste und ein Arbeitsstipendium für Literatur des Künstlerhauses Ahrenshoop.

Hans-Gerd Pyka
Gesicht zur Wand
Roman
648 Seiten. 30,– €
ISBN 978-3-96242-910-2
auch als eBook

»Pyka ist ein magischer Erzähler, und wie jeder vernünftige Magier weiß er, dass er in der Realität zu beginnen hat.«

(Johannes Groschupf)